国家舞台艺术
精品工程
剧作集 ⑫

音乐舞蹈杂技卷二

中华人民共和国文化部艺术司 编

文化艺术出版社
Culture and Art Publishing House

精品提名剧目·音乐剧

星

广州歌舞团

人物

月　月　在读大学生。

阳　光　便衣警察。

如　花　月月的姐姐。

邓大龙　经纪人。

花城之星选手、便衣警察、记者、群众若干

————音乐剧《星》 >>>>>

序　幕

〔在主题音乐中一段充满浪漫情怀的"星之舞"。
〔主题曲《星》。

　　在浩瀚的星空
　　你是哪一颗
　　在梦境里闪烁
　　一首绚丽的歌
　　在记忆中婆娑
　　一条蜿蜒的河
　　你不怕寂寞
　　寂寞给你快乐
　　你与雷电同行
　　不怕被吞没
　　你理想满天
　　满天燃烧着火
　　你在远方抒写
　　千万个传说
　　你是我的歌
　　你是我的河
　　你是我的光
　　你是我的火
　　在那浩瀚星空我已找到你

你在生命的每一个印记

你在我无尽无期的梦里

留下不熄不灭的记忆

〔涌出了更多的男人和女人，高歌，狂舞……天地间，像掀起了阵阵狂飙，涌动着滚滚熔岩……

〔阳光、月月如在云海中遨游，互相寻找、呼唤……

〔与此同时，原本广漠而神秘的天幕，先是一颗星孤独地闪烁着……后来，两颗、三颗、四颗……当主题曲终结时，大大小小的星星缀满了整个天幕，像燃放着的金色的火苗……

第一幕　第一场

〔在《我们美丽我们青春》的乐曲声中灯亮——众选手奇装异服登场，满怀信心，争先恐后地向工作人员领取报名表——充满青春活力的《丑小鸭之舞》。

胖乎乎的选手甲　（冲出队列）"我们美丽我们青春……"

装束怪异的选手乙　（不甘示弱）"我们美丽我们青春……"

选手丙　（一开口就跑调了）"我们美丽我们青春……"

选手丁　（用粤语演唱）"我们美丽我们青春……"

〔选手们恣情恣意表达她们的憧憬和愿望。

〔邓大龙上。

邓大龙　"花城之星"选美刚刚开锣，"天使"公司的廖总，要我为他物色一个形象代言人，身高、脸蛋、三围缺一不可，还要高素质、高品位、高学历。唉，可惜啊！来报名的选手成千上万，没有一个入我的视线……

〔选手们在初选中用各自不同的方式淋漓尽致地展示自己的才华……

众选手　青春青春青春

　　　　　出征出征出征

　　　　　选美选美选美

　　　　　出征出征出征

　　　〔一选手在表演时不小心摔倒……

邓大龙们　小心小心小心……

　　　〔在选手们的喧闹声中，月月拖着行李箱上。

　　　〔其他人隐去，只有一束光照射着清纯可人的月月……

月　月　（《不一样》）

　　　　　深深地呼吸

　　　　　深深地呼吸

　　　　　怯怯地仰望

　　　　　不一样不一样

　　　　　这里的气息不一样

　　　　　扑面而来让我心慌

　　　　　不一样不一样

　　　　　这里的阳光不一样

　　　　　灿烂耀眼令我神往

　　　　　那些楼那些房

　　　　　仿佛在讲述一个故事

　　　　　那些草那些花

　　　　　仿佛在憧憬一个梦想……

　　　〔选手们正在表演才艺——一个身材不错的女选手在跳舞……吸引了无数的观众，邓大龙发现了正看得入迷的月月……

　　　〔邓大龙全神贯注地观察月月……

　　　〔《我们美丽我们青春》的音乐继续……

邓大龙　众里寻她千百度，那人却不知在何处……你们去给我努力找、找、找、找……

设计师等　找——找——找——找……

月　月　（回到现实中）

　　　　　　　人海茫茫

　　　　　　　姐姐呀你在何方

　　　　　　　你可知道云雾山下

　　　　　　　妈妈在翘首盼望

　　　　　　　快找到姐姐

　　　　　　　快回到妈妈的身旁

　　　　〔选手们时尚动感的《选美之舞》……正在观看的月月情不自禁地跟着选手们手舞足蹈起来……邓大龙向月月走去……

　　　　〔邓大龙果断地向月月走去……

邓大龙　（递名片）请问尊姓大名？

　　　　〔听不见他们在说什么，只看见邓大龙比比划划……

邓大龙　怎么样，我现在就带你去报名。

月　月　可我……要先找到姐姐……（走开）

　　　　〔一直也在选美的现场游走的木瓜甲、木瓜乙，他们也早就盯上了月月，当月月刚一离开邓大龙，他们立即向着月月走去……

木瓜甲　小姐，有什么可以帮到你吗？

月　月　请问星星索俱乐部……

　　　　〔木瓜甲刚要张嘴……木瓜乙一个眼色……

　　　　〔木瓜甲、木瓜乙瞬息间消失得无影无踪……

　　　　〔月月奇怪地望着他们慌忙离开的背影……

　　　　〔阳光和几个便衣警察追踪而上……

　　　　〔匆忙中阳光绊倒了月月的箱子……

阳　光　哦，对不起！

月　月　请问星星索俱乐部……

阳　光　（本能的警觉，指着木瓜们的背影）你认识他们？

月　月　（摇头）不认识。

阳　光　哦，坐地铁2号线，琶州站上，就能找到。

———音乐剧《星》 〉〉〉〉〉

〔月月刚想道谢,阳光已经匆匆离去了。

〔切光。

〔阳光和便衣警察上,潇洒而充满几分神秘的《便衣之舞》。

阳光、便衣 (《守护美丽》)

    当朝霞升起

    当灯火逶迤

    出发出发

    追击追击

    脚步匆匆

    伴随着日落星移

    目光炯炯

    搜寻着蛛丝马迹

    踏碎喧嚣

    穿越虹霓

    出发出发

    追击追击

阳 光 这是一片神奇的土地

    每时每刻都在创造奇迹

    我是这片土地的儿子

    我的一切属于这里

    如果有一天惊涛骇浪

    我愿是钢铸的长堤

    如果有一天山崩地裂

    我愿是擎天的柱石

    阳光、便衣守护美丽

    守护美丽

    当城市传来

    安宁的气息

喜上眉梢

笑在心底

第一幕　第二场

〔不再喧嚣，不事张扬，只有霓虹灯还在炫耀这是一座不夜城，毫无遮拦地袒露城市的另一道风景线……

〔如花们不知从什么地方游荡出来，一个、两个、三个……妖冶、冷艳、凄美、性感的《夜之花之舞》。

如花们　（《夜之花》）

　　　　晚风轻拂

　　　　月如水泻

　　　　夜之花

　　　　飘荡飘荡

　　　　摇曳摇曳

　　　　说不清什么香味

　　　　看不清什么颜色

　　　　不知几时开放

　　　　不知几时凋谢

〔一身白色衣裤的月月，像一朵云飘了出来，在斑驳的灯光下，显得格外清新、飘逸……

如花、月月　我也曾青春妩媚

　　　　（我青春妩媚的姐姐）

　　　　我也曾清白纯洁

　　　　（我清白纯洁的姐姐）

　　　　我也曾灿若烟花

　　　　（我灿若烟花的姐姐）

　　　　我也曾金枝玉叶

　　　　　　（我金枝玉叶的姐姐）

月　月　　穿过灯红酒绿

　　　　　　寻找姐姐的下落

　　　　　　处处碰壁

　　　　　　层层阻隔

　　　　　　才知道繁华下

　　　　　　遮掩着冷漠

　　　　　　姐姐呀姐姐

　　　　　　你究竟在哪里

　　　　　　谁能告诉月月

如花们　　哦

　　　　　　一切随风而去

　　　　　　如烟而灭

　　　　　　飘荡摇曳

　　　　　　飘荡摇曳

　　　　　　夜之花没有香味

　　　　　　哪有颜色

　　　　　　夜之花从未开放

　　　　　　早已凋谢

　　　　　　飘荡飘荡

　　　　　　摇曳摇曳

　　　　〔如花们隐去，月月拿着地址还在寻找着，迎面撞上了木瓜甲乙……

木瓜甲　（喜出望外）小姐，我们有缘哪！

月　月　　你……你们……

木瓜甲　你不是要找星星索俱乐部吗？走，我们带你去！

月　月　（突然起了戒心）不，我已经找到了……

　　　　〔月月欲躲避，木瓜甲乙立即上前，用一条毛巾捂住了月月……

〔夜之花们还在摇曳、飘荡……

〔舞台的一角灯亮。

木瓜甲　花姐，请验收！

〔如花转身，当她看到昏迷中的月月时，如晴天霹雳，惊呆了！

〔如花突然暴怒，抬手对着木瓜甲就是两个耳光。

〔木瓜甲、木瓜乙不知发生了什么事，也傻了……

〔只剩下一束光照在如花身上……

如　花　（《老天爷我是不是在梦中》）

　　　　天旋

　　　　地转

　　　　啊天在旋，地在转

　　　　恍惚回到云雾山

　　　　是现实

　　　　是梦幻

　　　　哦是现实，是梦幻

　　　　果真是月月的眼睛妹妹的脸

　　　　真想紧紧抱住骨肉之躯

　　　　真想把妹妹的名字呼唤

　　　　可是我不能

　　　　我不敢

　　　　不敢……

木瓜甲　花姐，解药……

如　花　（突然醒悟）解药……对，解药……

〔如花喂月月喝解药……突然，如花仿佛听到了什么声音，敏捷地闪在一旁，木瓜甲、木瓜乙立即掩护如花……

〔阳光们像从天而降，经过一番搏斗，木瓜乙被擒，木瓜甲逃脱……

〔便衣们退去，只剩下阳光守护着渐渐苏醒的月月站立不稳……

阳　光　（安慰地）姑娘，姑娘……

〔月月见到阳光本能地躲闪。

阳　光　你别怕……我们见过……星星索俱乐部……

月　月　星星索俱乐部……

〔阳光拿出警徽。

月　月　你是警察……（仿佛想了起来）

月　月　（《一阵清风》）

　　　　　仿佛吹来一阵清风

　　　　　把我从噩梦中唤醒

阳　光　　真想化作一阵清风

　　　　　把她从噩梦中唤醒

月　月　　哦是诚实的眼睛

阳　光　　美丽的眼睛

月　月　　是友善的笑容

阳　光　　纯净的面容

月　月　　惊恐的心渐渐安宁

阳　光　　忐忑的心慢慢平静

月　月　（在音乐中）谢谢你……救了我……（挣扎着起来）

阳　光　（在音乐声中）姑娘，你要去哪里？

月　月　（在音乐声中）找姐姐……

阳　光　（在音乐声中）找姐姐？

月　月　（《这座城市好陌生》）

　　　　　半年前姐姐失去音讯

　　　　　一家人心急如焚

　　　　　放暑假来找姐姐

　　　　　刚来到就落入陷阱

　　　　　幸好遇到你这个好人

　　　　　月月逃过了一场厄运

真想马上离开这里

这座城市好陌生

阳　光　（在音乐声中）你叫月月？

月　月　（在音乐声中）嗯，我的小名，学名何如月。

阳　光　（在音乐声中）如月……这个名字很美。

月　月　（在音乐声中）你呢？

阳　光　（在音乐声中）我叫阳光，阳光的阳，阳光的光。

阳　光　（《你会爱上这里》）

这一座城市

慢慢地你会熟悉

春天来时满眼绿

春天去时披彩衣

很美丽很诗意

夜晚来时闪虹霓

夜晚去时染晨曦

我相信你会爱上这里

月　月　（忍不住笑了）你是个好人。

阳　光　（夸张地）这点是可以肯定的！月月，把你姐姐的情况告诉我，我，还有我的一群哥儿们，一起帮你找姐姐。哎，你姐姐长得啥模样？

月　月　就我这模样啊，扎了个马尾巴！我上大学那年姐姐就离开家了……

阳　光　相信我，一定能找到你姐姐的。

月　月　真的？

阳　光　真的。

〔他们击掌约定……

〔当他们的手碰到一起的时候，却像触电般突然分开了……

月月、阳光　（《感觉》）

突然间

　　　　　有一种异样的感觉

　　　　　似浪花在翻腾

　　　　　似电流在飞掠

　　　　　朦朦胧胧

　　　　　仿佛不再陌生

　　　　　忐忐忑忑

　　　　　仿佛早已相约

　　　　　仿佛早已相约

　　　　　突然有一种饥渴

　　　　　突然想腾空飞跃

　　　　　和他一起追风逐云

　　　　　和他一起攀星摘月

　　　〔当他们再次走近伸出手想再次拉钩时，阳光接到警讯呼叫……

阳　光　（简短有力）是，明白！马上就到！

　　　〔切光。

第一幕　第三场

　　　〔邓大龙工作室。

邓大龙　参加"花城之星"选美的事，想好了吗？

月　月　你真的觉得我够条件吗？

邓大龙　不但够，是超够！我邓大龙是诚心诚意要造就你的。请看，这是第一届"花城之星"，这是第二届"花城之星"，这是第四届"花城之星"，这是第六届"花城之星"……我就是要把你打造成她们这样的星！

　　　〔在邓大龙叙述的过程中，四个跟班各自举起千姿百态的美女巨幅照片……

　　　〔月月显然心动了……

〔邓大龙又从包里拿出一叠厚厚的纸……

邓大龙　（《要去精彩的世界云游》）

一纸合约早已拟就

我提供的条件很优厚

包吃包住包培训

月薪三千六

接拍广告三七分

出席活动另有报酬

签不签约你有选择的自由

〔邓大龙将厚厚的合约送到月月的手里。

月　月　　沉甸甸的合约捧在手

几分欢喜几分忧

月月徘徊在十字路口

路该怎么走

邓大龙　　这是竞争的年头

胜者为王败者寇

是跟我邓大龙

去名利场厮杀搏斗

还是平平庸庸度春秋

月　月　（再次抬头看那几幅照片）

谁不喜欢鲜花掌声

谁不渴望功成名就

仿佛看到金灿灿的桂冠

在向我微笑向我招手

月月、邓大龙

成功失败都是财富

酸甜苦辣都是享受

月月要走出云雾山

去精彩的世界云游

如　花　　　愿苍天保佑

〔一直隐蔽在一角的如花如释重负地松了一口气……

〔月月在合约上签名。

邓大龙　好得很，请！

〔节奏强劲火爆的音乐声。在老师的指导下，选手们正在进行形体训练。

〔邓大龙等人议论。

邓大龙　你们看，这个月月就是与众不同，鹤立鸡群一枝独秀……

设计师等　（竖起大拇指）您是伯乐！

邓大龙　竞争非常激烈，决不可掉以轻心！

设计师等　（七嘴八舌）"这是我的设计"、"请看我的构图"、"这是世界最新潮流"、"我有最美妙的想法"……

〔在邓大龙的指挥下，发型师、服装设计师、形象设计化妆师等人，推着几个几乎可以乱真的"月月"的模型出来。

邓大龙、发型师等　（《巧夺天工》）

什么花

都能让她绽放

什么鸟

都能让她歌唱

什么河

都能让她荡漾

什么雷

都能让她炸响

什么旗

都能让她飘扬

什么星

都能让她闪亮

黑的可以漂白

短的可以拉长

要瘦要胖

要土要洋

古典、现代、纯情、豪放

嬉之胸臆

玩于股掌

鬼笔神刀

泼几手浓墨

遮掩真相

巧夺天工

造几道彩虹

满天霞光

〔在《巧夺天工》的音乐中，发型师等人给"月月"戴上各种不同颜色不同造型的发套，穿上不同花色不同款式的时装，还有不同风格的手袋、饰品……

〔经过发型师们的一番折腾，那个真人大的"月月"早已面目全非了……而他们仿佛并不满意，还在锲而不舍地修改着、折腾着……

〔那个真人大的模型变戏法似的变成了真人月月——一个完全被雕琢出来的月月……

〔所有人都消失了，偌大的舞台只剩下月月一个人……

月　月　(《这是我吗》)

眉毛又弯又细

眼圈又黑又密

浓浓的胭脂

厚厚的粉底

脸颊飞起粉红

　　　　　不再白皙

　　　　　长发高高卷起

　　　　　不再飘逸

　　　　　这是我吗

　　　　　灯红酒绿光怪陆离

　　　　　梦依稀

　　　　　我不知自己丢失在哪里

　　　　　一颦一笑

　　　　　散发出诱人的笑意

　　　　　举手投足

　　　　　传递着征服的气息

　　　　　眼睛燃烧着欲望

　　　　　变得混浊

　　　　　声音蕴藏着希冀

　　　　　变得犹疑

　　　　　这是我吗

　　　　　如影如幻如歌如泣

　　　　　梦惊起

　　　　　去哪里找回真实的自己

邓大龙　不行！这个造型太淑女，不够现代，继续想！要独特！要标新立异！

　　　　〔富于节奏感的音乐再次响起……设计师们挥舞着各自的工具在音乐声中锲而不舍地开始了新一轮的打造、包装……

　　　　〔他们的争论愈来愈激烈……争吵的声音终于盖过了音乐声，变得刺耳嘈杂……

　　　　〔被折腾得不耐烦的月月突然爆发……

月　月　别吵了！我不干了！我退出！我要回家！

　　　　〔刹那间，所有的声音都消失了……邓大龙等人惊呆了！

〔灯再亮时，月月拉着她的旅行箱，神色黯然……

阳　光　月月，你真的要走？

月　月　（点了点头）（《那颗星已在闪耀》）

又急又气又恼

想哭想喊想叫

魔鬼式训练没完没了

闲言碎语是非造谣

阳　光　别急别气别恼

别哭别喊别叫

咬咬牙坚持到底

梦里的那颗星已在闪耀

月　月　那颗星离我太遥远

看不见摸不着虚无缥缈

人生的路千条万条

我决定放弃目标

阳　光　你不该信心动摇

你不该临阵脱逃

月　月　什么临阵脱逃

没想到你也给我扣大帽

〔月月气冲冲拖着旅行箱下……

阳　光　月月……月月……

〔切光。

第一幕　第四场

〔训练场。

〔在《守护美丽》的变奏中，阳光们朝气蓬勃地练习搏击……喊

————音乐剧《星》 〉〉〉〉〉

叫声、搏击声、厮杀声……电闪雷鸣般此起彼伏，响彻天地间——《搏击之舞》。

阳光们　（《何时能成家》）

　　　　小伙儿长得像朵花
　　　　可是至今没成家
　　　　你看上的人家摇头
　　　　倒着追的基本没有
　　　　不知你是干哪行
　　　　拍拖拍拖还勉强
　　　　知道你是便衣警察
　　　　变成超女人间蒸发
　　　　不是小伙儿不敢追求
　　　　没人愿意天天为你担忧
　　　　小伙儿白长成一朵花
　　　　不知几时能成家
　　　　阳光阳光很阳光
　　　　爱情之花已经开放
　　　　坦白坦白快坦白
　　　　交待交待快交待

阳　光　（《这位姑娘》）

　　　　这一位姑娘
　　　　才貌双全了不起
　　　　她的名字很美丽
　　　　这一位姑娘
　　　　她的故事很传奇
　　　　散发着青春的活力
　　　　好姑娘我记住了你
　　　　你的善良你的美丽

阳光们　（七嘴八舌）说了半天，这位姑娘到底叫什么呀？

阳　光　（嘟哝了一声）月月……

便衣甲　听不见，大点声！

阳　光　（提高了嗓门）月月……

便衣们　再大点声，我们听……不……见……

阳　光　（突然爆发）月月……她的名字叫月……月……

便衣们　（拼尽全力）月月……月月……月月……

阳　光　可是……她已经走了……

月　月　阳光……（她显然不明白为什么这么多人都在喊她的名字）

〔当月月突然出现在他们面前时，便衣们全都傻掉了……瞬息间，他们丢盔卸甲狼狈逃窜……

〔阳光忍不住哈哈大笑。

〔月月受到感染也跟着大笑。

〔两个人笑得前俯后仰，直不起腰来……

阳　光　你笑什么？

月　月　你笑什么我就笑什么！（掏出纸巾给他）

阳　光　月月，我知道你会回来的……

月　月　一离开你我就后悔了……

阳　光　我也要向你检讨……

月　月　该检讨的是我……

阳　光　月月……（有意岔开话题）朋友们帮着查了所有的夜总会，也没有何如花的名字，你姐姐有别的名字吗？

〔月月摇头。

阳　光　会有好消息的。

月　月　你真好！

阳光、月月　（《感觉》）

那种感觉

更加真实更加强烈

————音乐剧《星》 〉〉〉〉〉

    似浪花在翻腾

    似电流在飞掠

    朦朦胧胧

    忐忐忑忑

    仿佛不再陌生

    仿佛早已相约

    突然有一种饥渴

    突然想腾空飞跃

    和他一起追风逐云

    和他一起攀星摘月

月　月　阳光，告诉你一个好消息，我进入"花城之星"的决赛了！

阳　光　太棒了！月月，梦里的那颗星离你更近了！

月　月　（用力地点了点头）嗯！（《梦想为我插上翅膀》）

    我的梦想插上翅膀

    梦里的星星在眼前闪亮

    仿佛贴近星星的脸庞

    仿佛和星星一起歌唱

阳　光　（加入）　我（你）的梦想插上翅膀

    不再仰望不再遐想

    当我（你）戴上桂冠的时候

    我（你）就是那灿烂的星光

    星星啊星星啊

    我要和你一起歌唱

    我要和你一起飞翔

    梦想为我（你）插上翅膀

    我（你）要和星星一起飞翔

阳　光　月月，告诉你一个秘密，我也有一个梦想，我心中也有一颗星……

月　月　你的梦想……你心中的星……

阳　光　（《绝顶》）

　　　　　　　我的心中藏着一颗星

　　　　　　　她在喜玛拉雅山之顶

　　　　　　　那里有万古缭绕的白云

　　　　　　　那里有千年不化的冰封

　　　　　　　风暴是你的笑声

　　　　　　　雪崩是你的图腾

　　　　　　　触摸你真实的面容

　　　　　　　是我永远不醒的梦

　　　　　　　啊绝顶

　　　　　　　你是终极

　　　　　　　我心中不渝的忠贞

　　　　　　　啊绝顶

　　　　　　　你是无限

　　　　　　　我心中不朽的神圣

阳　光　我喜欢登山……

月　月　登山？

阳　光　喜玛拉雅山！我曾经三次登上第七级，绝顶就在我的视线之中，它仿佛在呼唤我……可我还是败下阵来，第三次登顶失败……痛苦极了，因为我……（沉默良久才艰难地吐出两个字）……怕死……

月　月　阳光……阳光……

阳　光　（突然站了起来凝视着远方）过些天，我还要第四次登顶，如果再一次失败，我还要第五次第六次……直到有一天，我可以匍匐在绝顶之上！

月　月　阳光阳光……

〔阳光用那只特制的子弹头吹奏《感觉》的音乐，很珍重地把它挂在月月的脖子上……

阳　光　月月，这是我最喜欢的子弹壳，我把它送给你，让它永远守护着你伴随着你……

阳光、月月　(《心已相约》)

　　　　无需相约

　　　　无需承诺

　　　　我深信你时时都在盼着

　　　　盼着见面的那一刻

　　　　脚步太慢

　　　　阻隔太多

　　　　恨不能展翅飞跃

　　　　等我等我

　　　　原来思念可以美丽如花

　　　　原来思念可以炽热如火

　　　　无需相约

　　　　心已相约

　　　　无需承诺

　　　　心已承诺

〔阳光和月月在如云似浪的花海中徜徉云游，他们仿佛已经融化、交融、沉醉……

众　人　(《爱你》)

　　　　在浩瀚的星空我已找到你

　　　　你在生命的每一个印记

　　　　你在我无尽无期的梦里

　　　　留下不熄不灭的记忆

　　　　爱你

　　　　爱你

第二幕　第一场

〔舞台的一角灯亮。

〔一个背影正在训话，木瓜甲、木瓜乙站立两旁。

背　影　如花已被跟踪，如有意外，当场解决。

〔切光。

〔总决赛现场的新闻中心。人头攒动，人声鼎沸，人们在这里议论，评头论足、八卦绯闻、预测赛果……

记者、观众　（《谁呀谁呀》）

信息爆炸爆炸

传媒发达发达

时事要闻财经

焦点绯闻八卦

谁呀谁呀花城之星

谁呀谁呀谁是黑马

谁呀谁呀创造神话

谁呀谁呀弄虚作假

谁呀谁呀笑到最后

谁呀谁呀伤心泪洒

谁呀谁呀谁是谁呀

谁呀谁呀谁怎么啦

本是茶余饭后一消遣

各取所需何必辨真假

就算被蒙被骗被愚被耍

只当是被人娱乐一把

娱乐一把

〔也在现场等待赛果的邓大龙和设计师们都异常兴奋，设计师们

————音乐剧《星》 〉〉〉〉〉

　　　　　向邓大龙竖起了大拇指。

邓大龙　（《又一颗星光耀天际》）

　　　　　月月进入总决赛

　　　　　再次见证了我们的能力

　　　　　满意满意我很满意

　　　　　廖总满意我很得意

　　　　　又一颗星就要冉冉升起

　　　　　又一颗星就要光耀天际

第二幕　第二场

〔在《我们美丽我们青春》的歌声中灯亮——时尚、新潮的《青春之舞　美丽之舞》。

选手们　（《我们美丽我们青春》）

　　　　　我们美丽

　　　　　我们青春

　　　　　晨露涂抹双唇

　　　　　朝霞装点笑容

　　　　　挥挥手

　　　　　百花颤动

　　　　　扭扭腰

　　　　　万物沸腾

　　　　　施放魅力

　　　　　表演才情

　　　　　展示智慧

　　　　　渲染野心

　　　　　今日寂寂无名

　　　　　明朝闪耀天空

　　　　　　啊花城之星

　　　　　　青春之星

　　　　　　啊花城之星

　　　　　　美丽之星

　　　　　　以青春的名义

　　　　　　我们出征出征

〔宣布月月获冠军……

〔华丽的灯光照着婀娜多姿的月月款款走来，此时此刻，全世界都在屏息聆听……

月　月　(《轻轻地我推开一扇窗》)

　　　　　　轻轻地我推开一扇窗

　　　　　　梦里的星星在手中闪亮

　　　　　　心灵的旅途深远悠长

　　　　　　回眸凝望已是生命的过往

〔主题曲再次响起……高昂的旋律把月月拥向了情感的巅峰！

月　月　(《爱你》)

　　　　　　在浩瀚的星空我已找到你

　　　　　　你在生命的每一个印记

　　　　　　你在我无尽无期的梦里

　　　　　　留下不熄不灭的记忆

　　　　　　爱你

　　　　　　爱你

第二幕　第三场

〔化妆间内，月月依然沉浸在喜悦之中，一边哼着"花城之星，美丽之星……"，一边对着镜子卸妆、换装……

〔追星族突然拥进来。

追星族　（《追星歌》）

　　　　　　　星期一跟着你

　　　　　　　你是我心情的总经理

　　　　　　　不要二奶不要美金

　　　　　　　只要能够见到你

　　　　　　　星期二我爱你

　　　　　　　不是那只俗气的老鼠爱大米

　　　　　　　为你欢喜为你哭泣

　　　　　　　爱你爱你我爱你

　　　　　　　星期三星期四星期五星期六星期七

　　　　　　　你领导我向右向左

　　　　　　　向前向后站在原地

　　　　　　　星期九我想你

　　　　　　　哎哟哎哟我爱你

　　　　　　　……

　　　　〔邓大龙上，把追星族赶出去。

邓大龙　对不起……对不起……请各位先出去，如月小姐要换装……月月，新闻发布会十点开始，抓紧时间。

月　月　知道了。

　　　　〔追星族们被推出门外。

　　　　〔两个衣着入时的姑娘推了一只大花篮上，后面紧跟着戴着墨镜的如花。

　　　　〔如花做了个手势，两个姑娘退下。

月　月　（先看到大花篮）好漂亮的花，太美了！

如　花　没有云雾山的山花美！

月　月　（愣住了）你……你是……

如　花　（摘下墨镜）月月……

月　月　（惊喜）姐，是你！真的是你，是你！

〔姐妹俩相拥而泣。

〔如花拿起冠军的桂冠戴在月月的头上。

月　月　好看吗？

如　花　好看。月月，你是一颗星了，姐姐好高兴啊。

月　月　姐姐也是一颗星。

如　花　陨落之星！

月　月　姐，瞎说什么呀！姐，妈妈让我给你带来了照片，你看。

如　花　（喃喃地）妈妈……

如　花　答应我，不要告诉任何人见过我。

月　月　为什么？

如　花　不要问为什么，答应我！

月　月　我……

如　花　月月……（《嘱托》）

　　　　　一只小包交给你

　　　　　那是姐姐全部秘密

　　　　　说不尽的酸甜苦辣

　　　　　抹不去的生命轨迹

　　　　　请代我捎去孝心爱意

　　　　　云雾山远如花归无期

月　月　（《曾经的你和我》）

　　　　　莫非是时间的细流注入了不同的江河

　　　　　莫非是岁月的年轮催生了异样的花果

　　　　　姐姐啊姐姐呀姐姐啊

　　　　　我在茫茫人海中把你寻找

　　　　　却只见车水马龙霓虹闪烁

　　　　　你在匆匆行色中与我话别

　　　　　平添我脑海疑云心田急火

　　　　　难道说深邃的夜空会吞噬昔日的璀璨

　　　　　　难道说错综的花街会迷失曾经的你我

　　　　　　姐姐啊姐姐啊

如　花　　妹妹啊妹妹啊

月月、如花　可记得故乡儿时纳凉的率真禾场

　　　　　　可记得儿时取暖的温馨草垛

　　　　　　可记得儿时嬉游的清纯山溪

　　　　　　可记得儿时追逐的明媚阳坡

　　　　　　愿你我同携手沐云浴雾

　　　　　　回故乡伴母亲秋收春播

　　　　　　一切太晚了……云雾山啊……妈妈……妈妈呀……

　　　　〔一切都消失了，只有一束光照射着如花，她双膝下跪，仿佛在和妈妈和云雾山诀别……

如　花　（《我已被绝望埋葬》）

　　　　　　从未这样痛悔

　　　　　　从未这样绝望

　　　　　　如果能够脱胎换骨

　　　　　　如果能够倒流时光

　　　　　　可我已病入膏肓

　　　　　　四面楚歌深渊万丈

　　　　　　我已被痛悔撕裂

　　　　　　我已被绝望埋葬

　　　　〔两个衣着入时的姑娘将姐妹强行分开……阳光上。

阳　光　（几乎同时）月月！

月　月　阳光！

阳　光　刚才有人找过你吗？

月　月　我姐姐……

阳　光　你姐姐？（拿出照片）你看，是她吗？……

月　月　这就是我姐姐。

阳　光　（惊呆）果然是她?!

　　　　〔如遭雷劈，阳光惊呆了!

阳　光　（《你是我的天堂》）

　　　　　　　一声惊雷炸响

　　　　　　　心海卷起巨浪

　　　　　　　真相竟是这样

　　　　　　　情况复杂猝不及防

月　月　你来闻这花香不香

　　　　我戴上桂冠靓不靓

　　　　好多好多话要对你说

　　　　美妙的感觉要与你分享

如　花　已是剑拔弩张

　　　　快跑快逃快躲藏

　　　　却难舍难弃骨肉情

　　　　万箭穿心摧肝断肠

阳　光　一张未经风雨的脸庞

　　　　只有憧憬只有梦想

　　　　怎么道出真情

　　　　残酷的事实怎么对她讲

月　月　还是那些草那些花

　　　　还是那些楼那些房

　　　　都变得更美更漂亮

　　　　只因为月月的心里有了阳光

如　花　从未这样痛悔

　　　　从未这样绝望

　　　　如果能够脱胎换骨

　　　　如果能够倒流时光

阳　光　号令声声催我上战场

　　　　　　强压下男儿情怀侠骨柔肠

月　月　我们一起去拥抱未来

　　　　　　我们一起去创造辉煌

如　花　我已被痛悔撕裂

　　　　　　我已被绝望埋葬

三　人　此时此刻血涌胸膛

　　　　　　血涌胸膛

　　　　　　此景此情刻骨难忘

　　　　　　刻骨难忘

　　　　　　月月啊月月

　　　　　　（阳光啊阳光）

　　　　　　（妹妹啊妹妹）

　　　　　　你是我的天堂

　　　　　　（我永远的好姑娘）

　　　　　　（我永远的阳光）

　　　　　　（祈求上苍）

　　　　　　你是我的天堂

阳　光　（又收到信息）目标消失。是！明白！马上就到！（急下，又返回，欲言又止）月月，我有好多话要跟你说……

月　月　我也有很多话要跟你说……

阳　光　等我！

月　月　等你！

　　　　　　〔神差鬼使般，阳光居然行了个军礼，急下。

月　月　（突然意识到什么）阳光……姐姐……

　　　　　　〔月月急速拿起姐姐留下的那只小包，当她打开时，恍然大悟……

　　　　　　〔月月果决地向着阳光离去的方向追踪而去……

　　　　　　〔切光。

第二幕　第四场

〔舞台一角灯亮。

如　花　货都准备好了吗？

木瓜甲、木瓜乙　（打开箱子，拿出其中的一包毒品）准备好了。

如　花　记住，不见兔子不撒鹰。

〔如花刚一转身，木瓜甲、木瓜乙互相使了眼色，木瓜甲拔出匕首狠狠地向如花扎去，如花应声倒下……

〔木瓜乙又从隐蔽处拿出另一只箱子，里面装满了炸药，他们提着箱子仓皇逃离现场……

〔如花捂着伤口，挣扎着拨通了手机……

如　花　（艰难地）星星索……俱乐……部……炸……炸……药……

〔舞台的后区灯光亮，阳光在接听电话……

阳　光　星星索俱乐部……炸……炸药？大点声……喂……喂……

〔如花已经倒下，手机掉落……不知是天外传来，还是如花的幻觉，飘来了那一支她和月月最喜欢的曲调……她手中的花瓣一片片、一片片地掉落下来……

〔月月拿着姐姐留给她的小包急匆匆地上。

月　月　（边走边喊）姐姐，你在哪儿？姐姐，你在哪儿？……

〔月月甚至走到姐姐被刺杀的地方，她依然急切地呼唤着姐姐……她当然不知道，姐姐永远也听不见了……

〔收光。

〔阳光们一身戎装，精神抖擞英气勃发，雄壮威武——《战士之舞》。

阳光们　（《守护美丽》）

　　　　当朝霞升起

　　　　当灯火逶迤

　　　　　出发出发

　　　　　追击追击

　　　　　脚步匆匆

　　　　　伴随着日落星移

　　　　　目光炯炯

　　　　　搜寻着蛛丝马迹

　　　　　踏碎喧嚣

　　　　　穿越虹霓

　　　　　出发出发

　　　　　追击追击

阳　光　这是一片神奇的土地

　　　　　每时每刻都在创造奇迹

　　　　　我是这片土地的儿子

　　　　　我的一切属于这里

　　　　　如果有一天惊涛骇浪

　　　　　我愿是钢铸的长堤

　　　　　如果有一天山崩地裂

　　　　　我愿是擎天的柱石

　　　　　守护美丽

　　　　　守护美丽

〔搜捕！追击！

〔当战士们就要冲进星星索俱乐部的时候，阳光推开了所有人冲了进去。稍顷，阳光抱着那只装满炸药的箱子冲开重围，一直向着舞台的底部冲去。刹那间，所有的声音都消失了，只有阳光那急促却坚定的脚步声和心跳的韵律……

〔惊心动魄震天撼地的巨大的轰响……

〔所有的一切都在刹那间凝固住了，所有人都木雕泥塑般呆住了……没有一丝声音，死一般地寂静……

〔月月凄厉的喊声："阳——光——"

〔哀悼……送别……壮美、凝重、肃穆的葬礼——《哀悼之舞》。

〔火红的木棉在瞬息间变得苍白、雪白……也许是泪水洗褪了那原本猩红的花瓣……

〔白色的木棉簇拥着穿着警服的阳光，还是那样灿烂明亮的阳光……

阳　光　（《绝顶》）

　　　　我在俯瞰众山之顶

　　　　我在惊世骇俗之顶

　　　　冰封掩盖着登山者铁骨铮铮

　　　　白云守护着抱憾魂灵

　　　　风暴是我的笑声

　　　　雪崩是我的图腾

　　　　我已触摸到真实的面容

　　　　我已实现了不醒的梦

　　　　啊绝顶

　　　　你是终极

　　　　我心中不渝的忠贞

　　　　啊绝顶

　　　　你是无限

　　　　我心中不朽的神圣

〔仙境般素白的世界，只有两束冷光照着月月和阳光……

月　月　（《你改写了星的意义》）

　　　　为什么为什么匆匆离去

　　　　情未了情难断忘不了你

　　　　为什么为什么匆匆离去

　　　　太短暂心不甘离不开你

　　　　　　千百次千百次苦苦寻觅

　　　　　　多么想再听到你的呢喃细语

　　　　　　千百次千百次久久追忆

　　　　　　多么想再感觉你的温暖气息

战友们　　你浓缩的青春

　　　　　　刻下了爱的心迹

　　　　　　你燃烧的生命

　　　　　　改写了星的意义

月　月　　离不开你忘不了你

　　　　　　我和你永相依长相思

　　　　　　忘不了你离不开你

　　　　　　我和你长相思永相依

　　　〔月月和阳光轻声慢语缠绵悱恻，那是两个灵魂的如泣如诉的交融……

　　　〔在主题曲中，再次出现灿烂的星光，舞台的每一个角落都在闪烁……闪烁……

众　人　（《星》）

　　　　　　在浩瀚的星空

　　　　　　你是哪一颗

　　　　　　在梦境里闪烁

　　　　　　一首绚丽的歌

　　　　　　在记忆中婆娑

　　　　　　一条蜿蜒的河

　　　　　　你不怕寂寞

　　　　　　寂寞给你快乐

　　　　　　你与雷电同行

　　　　　　不怕被吞没

　　　　　　你理想满天

满天燃烧着火

你在远方抒写

千万个传说

你是我的歌

你是我的河

你是我的光

你是我的火

在那浩瀚星空我已找到你

你在我生命的每一个印记

你在我无尽无期的梦里

留下不熄不灭的记忆

〔所有的灯都熄灭了,一切都消失了,只有星……整个舞台闪烁着无数晶莹耀眼的星!五彩缤纷的星!

〔星,在观众席缓缓地闪烁、飘落……

〔星,在人们的心底燃烧、升起……

〔剧终。

舞 剧

精品剧目·舞剧

红梅赞

空军政治部歌舞团

时间

中华人民共和国诞生前夕。

地点

歌乐山渣滓洞监狱。

人物

江姐、孕妇、恋人、疯老头、小萝卜头和母亲、老彭、幻想中的恋人、4个黑衣人、叛徒、诱惑者、男女革命者若干、黑衣人若干

————舞剧《红梅赞》 >>>>>

（一）粗重的牢门一扇扇被打开，革命者艰难地从门里走了出来，开始了每天一次的放风。"疯老头"独自跑着，"黑衣人"不耐烦地推搡着、戏弄着他；孕妇、一对恋人又被捕了，"黑衣人"张牙舞爪，对他们展开攻势，让他们面对镣铐和"自由"进行选择，他们最终选择了镣铐。又一个人被带了进来，"黑衣人"对他进行心理攻势，威逼、恐吓，他挣扎、矛盾、斗争，最后走向背叛……

江姐被捕了，她受尽折磨，拖着受伤的身体不屈地前行着，一次次倒下，一次次又坚强地站起……"疯老头"前来探望，小萝卜头与江姐玩耍。江姐、恋人、孕妇、"疯老头"各自诉说着心中的理想。

（二）"黑衣人"在酒会上为自己庆功，并欢迎叛徒的加入。江姐被带到酒会上，碰到了可耻的叛徒，表达对叛徒的蔑视和憎恨；"黑衣人"对江姐进行利诱，但遭到江姐毅然的拒绝；"黑衣人"气急败坏，又对江姐行刑；男恋人为了给受刑的江姐送一小钵水，被敌人活活折磨致死。

革命者愤怒了，他们用绝食进行抗争。

女恋人倾诉着对男恋人的思念，幻想中仿佛看到了他们在一起的情景。男恋人虽死，英灵却不离开，他徘徊在人群中。江姐安慰女恋人，并回想起自己的爱情。

所有人在《国际歌》音乐中站起，他们用信念支撑着。

又一次的死亡威胁着革命者，小萝卜头和母亲被敌人枪杀了……革命者又一次受到考验。

孕妇阵痛，在疼痛中挣扎，人们期待、盼望并为新生命的到来而喜悦。革命者对象征着"新中国"的"监狱之花"倾诉着，他们仿佛看到了五星红旗飘扬在天空……然而，孕妇却毅然走向了刑场。敌人展开了最后的疯狂屠杀，"黑衣人"疯狂地抢着新生命，江姐为保护新生命，同时也

413

是捍卫新中国而英勇就义。革命者们在敌人的疯狂屠杀下，冲破了铁筑的牢笼。众人为了保护新生命而战，最后慷慨就义。

新生命被无数双手托交给"疯老头"，革命者的灵魂得到了永生。

牢笼退去，枷锁打开，革命者不朽的灵魂在歌唱，他们手举红旗走向远方……

全剧艺术构思：

以渣滓洞为背景，塑造一组群像来反映共产党人的理想信念和革命英雄主义。全剧采用舞剧的艺术表现形式，用舞剧的思维来阐述那个年代的那群为理想信念而不屈不挠同敌人进行英勇斗争的共产党人的感人事迹。通过现代的手法，全剧以无场次来展现，风格写意、浪漫，运用了意识流，打破以往传统舞剧的结构方式。全剧开门见山，不描述具体事件，直接进入到渣滓洞。紧紧围绕人性、人道、理想、道德、情操的主线，展示这组英雄群体在正义与邪恶、自由与专政、生命与死亡的尖锐冲突和斗争中，经受住了各种诱惑和酷刑，为了理想而不惜生命。

江姐作为一个领导者贯穿于全剧始终，从女人的角度去刻画，充满着情感同时具有不屈的意志，改变以往英雄概念化的模式；以塑造"孕妇"为该剧的一条"理想"线，孕育着未来和希望；"疯老头"象征着共产党人的意志不可摧；"恋人"代表年轻人，充满着理想和情感；"母亲"和"小萝卜头"代表着所有革命者的母亲和后代；"叛徒"代表着在追求理想和信念的斗争中意志薄弱的人；"黑衣人"是压制与摧毁革命者意志的对立面，他们永远站在黑暗之中，动作强硬、凶狠。

音乐创作构思：

全剧寻找的是一种新的乐队语言和个性化的表达方式，不仅选用了西方古典音乐中的和声语言和旋律语言，而且更多地从中国传统的音乐或现代音乐中提取最具鲜明特色的表现元素。全剧头尾运用了《红梅赞》原创的音乐旋律，呼应着一曲生命的礼赞，把观众带入了一个无比动人的情节中去。

全剧音乐富于激情，有极强的浪漫主义色彩，体现出庄重、严肃的风格和深刻的内涵，而这种深刻的内涵则正是一种告慰人生的升华。

舞美创作构思：

全剧舞美设计思想体现了"现代"二字，从舞剧的特性出发，采用洗练、简约手法，使用一组铁链、一组栅栏、一面高墙、一组红绸的写实语言，将舞台构成多空间、多方位的表现形式，展示了舞台装置多变的艺术手段。开场无数铁镣组成了一堵巨大的幕墙，突然间坠落一条裂口，"鲜血"流淌；高墙的变化处理、活动的牢笼……与剧情紧密相连，营造氛围丝丝入扣，大大加强了视觉的冲击力。

〔剧终。

精品剧目·舞剧

大梦敦煌

编剧　赵大鸣　苏孝林

时间
古代。

地点
敦煌莫高窟及附近的沙漠。

人物
莫　高　年轻的画工。
月　牙　军团首领的女儿。
大将军　军团的首领。
老妇人　月牙的乳娘。
道　士　偶然发现藏经洞者。
众工匠、求亲者、军团士兵、当地百姓

―――舞剧《大梦敦煌》 〉〉〉〉〉

序　幕

　　风声，在无边无际的旷野中呼啸而过。沉静的暗夜里，一切都显得格外的清冷而寂寥。一束追光打亮了舞台口，影影绰绰地，人们可见在舞台前沿是一处半掩在沙尘之中荒凉颓败的莫高窟洞窟。坍塌的台阶、残破的墙壁、暴露的椽木以及幽暗的洞穴，一切都是那么凄凉。这凄凉中还带着几分神秘。

　　忽然，有一盏灯亮起来，幽幽的灯光，在广阔的黑暗中是那么孤单。一个灰布衣衫、道士装束的人，一手举着一盏提灯，一手夹着一把扫帚，摇摇晃晃地沿着乐池里直通上来的木格楼梯，吃力地爬了上来，来到这处几乎半塌了的洞窟门外。道士举起灯四处照了一圈，然后，他似乎是叹了一口气，弯下腰开始打扫墙根下的沙土。无意间他好像听见墙壁发出了空洞的声音。道士好奇地敲了几下墙壁。而后，他又轻轻地扫了几下眼前的那处墙壁，一片漂亮的"飞天"壁画露了出来。道士又顺手剥下了一片墙皮，拆下几块砖来，墙壁上露出了一个小小的洞穴。道士大感意外，他急忙打开洞口，只身钻进洞穴中，在他眼前，是堆积如山的文书卷宗、经书典籍。道士被惊呆了，他颤颤巍巍地取下一卷书籍，轻轻地吹去一层浮土，缓缓打开书籍。一声古朴干冽的琴声响起，凝重而悠远的音乐进入。舞台上的洞窟废墟部分的布景向上升起，只有那个道士依然坐在现实的空间中，凝神注视着手中的经典，仿佛已进入书中的另一个世界。随后，道士渐渐为尘雾所掩盖消失。

第一幕

天地旷远，大漠苍茫。

无边无际的沙丘绵延起伏着，仿佛是庞大而没有知觉的躯体，躺倒在广袤的大地上。视觉中，那灰黄色的沙海在不断地向远方延伸，一直到天地交汇的地平线，而后与昏灰色的天空融为一体。

沙漠中，一位年轻的画工，正在艰难地跋涉着。他瘦骨嶙峋，衣衫褴褛；胸前挂着一只已经喝光了水的破水囊，身后背着一只装满画工用具的旧布包，有一支画轴斜插在他身后。在弥漫的风沙中，劳累、干渴和酷热煎熬着这个画工。然而，他却执著地向着心中那片神圣的境地前进着，他的眼中始终亮着犹如朝圣者一般虔诚的光芒。

他是年轻的画工莫高，要去他神往的敦煌莫高窟开窟作画。

风沙大了，天地变得更加昏暗。渐渐地，莫高因为极度的衰竭而进入了一种意志弥散的梦幻境界中。在他的头顶上，昏黄的天宇中有海市蜃楼一样巨大的光环出现。仿佛是从天上传来的歌声，飘洒着落在了荒芜的大漠上。年轻的画工，被冥想中的声音所召唤着，为莫名的力量所吸引着，走向巨大的光环。光环里交替掠过了葱郁的绿洲、奔跑的鹿群；迷茫之中，那鹿群又化作了奇异的神兽，在祥云瑞气中跳跃、奔腾。莫高为幻境中的神奇景象所感动，他张开双臂，似要融进这神圣境地之中。花雨纷飞起来，有一两个"飞天"的影子，舞姿婆娑、裙带飘逸，在莫高头顶上的光环中盘桓着。此时，在远方的地平线上，鲜艳的火苗仿佛是从大漠的深处升腾起来，烘托着天空中巨大的光环。莫高完全沉溺在了这仙国圣境神奇灿烂的景象中。

忽然，空中那巨大的光环在眼前消失了。远方的地平线上，跳荡的火焰在变幻着颜色。鲜艳的火苗在跳荡起伏中化成了黑色的旌旗，在沙漠尽头渐渐地连成一线。刺耳的号角在天空中划过，有一支军团在大漠中挺进而来。

——舞剧《大梦敦煌》 〉〉〉〉〉

　　黑烟像云雾一般飘过，强悍而沉重的节奏，透出了铁血式的冷漠和狞厉，震人心魄。在遮天蔽日的旌旗浩荡中，随时可见银白色的铠甲闪烁着刺眼的光芒。分不清单个士兵、旗帜与马匹，人们见到的是黑色的军团，像一个整体般向前移动。

　　响亮的强音打破沉重的节奏。在天幕底部的高坡背后，第一批近景的士兵阵容，露出他们的身影。他们手持着兵刃与盾牌，连成密不透风的人墙，铁灰色的铠甲和头盔下是千篇一律的黑色面孔。大约是因为大漠风沙中行进的缘故，那黑色的面孔其实是用黑布捂住脸颊只露出眼睛的结果。

　　一排一排的兵阵踏着沉重的节奏向前移动，在移动的过程中，偶尔有单个的士兵携着一面旌旗从兵阵的队列，横向疾驰而过，仿佛战阵前驰过的传令兵一般。兵阵继续前行，逐渐地铺盖整个舞台。在强劲的音乐中，开始一段风格浓烈的军团舞蹈。整段舞蹈动作单调却整齐律一，表现出古代战争的残暴与开疆拓土式的英雄史诗意蕴。

　　一个身穿铠甲、肩披战袍的大将军，踏着与兵阵同样的节奏，从集体舞中脱颖而出。他挥舞长刀与战袍，气宇轩昂地驰骋在沙漠之上。挥洒的动作充满了古代英雄的气概。随后，整个兵阵在他身后收缩成紧凑的方块形。

　　一个戎装的女子，从方阵中脱颖而出。她窈窕的身体紧裹在厚重的铠甲中，显得精干而又风姿绰约，那是将军的女儿月牙。在征战的马背上，姑娘跟随着父亲度过了小女孩儿的时光。此刻，她纵马于队列之前，体验着驰骋疆场的自在，也显示着她虽是女儿却也热烈奔放的性格。忽然，月牙发现了那个正在旷漠中挣扎着前行的青年画工，她纵马奔驰而去，兵阵中，一队骑兵紧跟月牙而去。

　　正在沙漠中跋涉的莫高，被这突如其来的冲击包围了。在马蹄扬起的沙尘中，莫高摸索着、躲闪着，想找到一处藏身的地方。然而，士兵的马队已将他团团围在了中间。面对着沙漠中遇到的这个几乎是半死了的画工，士兵们好像是在嘲笑着他一般，打着唿哨。他们驱赶着座骑围着莫高奔跑起来，放纵恣肆地在莫高的头上挥舞着砍刀。那冷森森的刀光，好像

421

随时会落在莫高的头颈上一样。只有姑娘似乎是带着几分好奇的目光，在一旁观察着这个虽然瘦弱，却又有些奇异的沙漠中的独行者。

马队的包围越来越靠近，莫高在士兵的刀光和交错的马蹄丛中，已经被逼得无路可逃了。眼见得那寒冷的兵刃就要砍下来，莫高反而镇定下来。他想到了自己一路跋涉而来，历尽千辛万苦，为的就是寻找到那沙漠瀚海之中的佛国圣地，为信仰而作画，求得正果。正因为如此，才不畏一切艰难险阻，不惧任何困苦劫难。如今，虽然未到敦煌，便可能葬身沙海，但若这是修成正果所必经的劫难，虽死而无憾。莫高自觉诚心一片，可对天地日月，于是他凝神敛气，在刀丛兵戎之中盘腿坐下，闭目入定。任凭周边人喊马嘶，莫高已在无人之境了。

这一番情景，不仅让身边的骑兵们意外，就连在一旁观看的姑娘，也不由得心中大为震动。她虽然是女儿身家，但是多年随父亲东征西战，所见的残酷的悲剧场面也在不少，却从未见过如此羸弱的人，面对死亡却又如此镇定从容。姑娘放慢了马蹄细细看去，只见那年轻画工虽然微闭着双目，却透出一股凛然不可侵犯的气概与超脱凡俗的神情。这更让姑娘心有所动。

只见姑娘一声唿哨，招呼身边的骑兵们退走。马蹄声声，烟尘滚滚。骑兵们又一次围绕着沙地上端坐的莫高奔跑一周之后，快马加鞭向沙漠深处疾驰而去。马队中的月牙，策马经过盘腿而坐的莫高，她有意从身上取下一只装满清水的漂亮的羊皮水囊，在经过莫高的一瞬间，"啪"的一声扔在莫高怀中，又顺势从他身后抽走了那幅画轴，而后迅速消失在沙漠中。莫高被飞来的水囊打了一个趔趄，他又坐稳了身体。

狂风之后，死一般的寂静。夜幕笼罩的沙漠更加空旷幽远。始终端坐着的莫高似乎渐渐地回过神来。他依然闭着眼睛，却用抖动的手慢慢地抚摸着那只盛满了水的羊皮水囊，他似乎又感到了生命力在他身上就像水一样渐渐渗透了开来。然而极度紧张之后的衰竭瞬间占据了他的躯体。莫高颓然倒向一旁，怀里是月牙临走扔给他的羊皮水囊。

第二幕

　　敦煌附近的沙漠中，三危山下，莫高窟前。近处是工匠们的作坊，远处有莫高窟某处新开洞窟前室的飞檐斗拱。

　　夕阳西下，遥远的天际上燃烧着火一般的红云。白日里沙漠的酷热正在向四方散去，而灰蒙蒙的暮色却仿佛是雾气一般渐渐地从大漠深处弥漫过来，把眼前这处莫高窟前的工匠作坊包围了起来。

　　有几处火把亮起来，照亮了作坊前的一片空地。大群的画工和土木匠们聚集在这里休息、喝水、戏闹。在工匠们的身后，人群外围着一群一群当地的百姓、小贩和流浪艺人。这里俨然是一处喧闹纷杂的底层社会的生活场景。

　　一个年轻的小工匠踏着欢快的节奏，从人群中穿过，他一路向周围的工匠们打着招呼；

　　一群画工站起身来，相互拉扯着、招呼着，开始一段舒展而洒脱的群舞；

　　一队胡女头上顶着水罐蹒跚着从画工眼前走过，引来众人的一阵骚动；

　　一个杂耍艺人从人群背后钻出来，他向四周转圈行着礼，而后招呼同伴们表演了一段"百戏"；

　　一个酒鬼饮得酩酊大醉，被他的老婆追赶着穿过人群，不断地与他那发了怒的老婆周旋着。

　　此时，背景中有军队走过的声音，人群身后大队密集的军旗缓缓经过这里。那个年轻的姑娘月牙，虽然是一身戎装，却已卸去了头盔，露出一头黑色的长发。她在一位老妇人的陪伴下，徒步经过这处人声鼎沸的地方，好奇地看着四周的人群。忽然，月牙似乎在人群中发现了一张熟悉的面孔，然而转瞬间又被拥挤的人群遮挡住了。

　　人群中，筋疲力尽的莫高还是沙漠中的那身打扮。他凭着月牙扔给他的那只水囊，终于从茫茫大漠中走出来，一直找到他神往已久的敦煌莫高窟。此刻，眼前这热烈喧闹的情景，让莫高的心里更加兴奋，他在人群中穿行着，仿佛要同每一个他遇到的人打招呼。而他时隐时现的身影，又始终牵动着月牙的目光。两个人在人群中盘桓着，却未能走到一起去。终于，不明就里的老妇女，催促着月牙赶快追上已经远去的军团，姑娘又向人群中张望着，一队嬉戏而过的儿童遮住了她的视线，她只得若有所失地悻悻离去。

欢快的儿童戏耍的舞蹈。

暮色愈加深重，喧闹的人群阑珊散去。只留下莫高一人伫立于三危山下，莫高窟前。头顶上是浩繁的星空。莫高面对着广袤的天宇与无垠的大漠，渐渐地沉入一种博大的精神境界之中，他缓缓地转回身来，一步一步地走进身后那处新开的洞窟之中。

这里是一个壮丽的世界。高高的洞窟顶端是巨大的穹窿，穹窿上大片的"经变"故事壁画与"飞天"图案，正在绘制当中，已经露出一派恢宏的气势与飞扬的神采。在环形的洞窟底部，幽暗的光线下一个个面向墙壁端坐着的画工，犹如雕塑一般一动不动，全神贯注。莫高从他们身后逐次走过，已被眼前的情景所强烈地震撼。

舒展悠长的音乐旋律，仿佛是从天上传来一般；在壮丽而神奇的音乐中，莫高投入了一种忘我的玄想境界。这是一段具有莫高主题形象意蕴的男子独舞。音乐和舞蹈动作，勾勒出了莫高这一年轻的画工虔诚的精神信念与丰富的内心世界。整个舞段充满了飘逸隽永的风采，以及浪漫神奇的想象力。在舞蹈的过程中，莫高时时表现出来一种近乎痴痴的沉醉，为了他心目中所追求的精神境界，也为了他眼前所见的莫高窟壁画世界。最后，音乐和舞蹈升华成一种绚丽辉煌的境界。在铿锵的节奏与灿烂的旋律中，整个洞窟的墙壁上，低处与高处的众多佛龛仿佛放射出金光，就连那些画工，也如同修成正果一样端坐成雕像。莫高又一次沉入到巨大的幻界之中。

灯光渐暗，一切重又恢复到原来的景象，莫高轻轻地倚坐在画工作画用的脚手架旁,他环顾着身旁一处处精美的壁画,似乎是下意识地伸手要从背后取下那支随身带着的画轴,然而他摸了个空。这才想起日前在沙漠中的那一幕情景,想到了被军团围困的险恶,想起了那个骑在马上的年轻将领,没有让士兵杀死自己,竟然还在临走之前扔下一只盛满了水的羊皮水囊。如果不是这只水囊,恐怕自己永远也到不了眼前这心仪神往的莫高窟了。莫高用手抚摸着那只水囊,若有所思地望着洞外的夜空。

一阵轻快的脚步声,有人走进洞窟里来。借着微弱的光线,莫高看出眼前是一位窈窕的姑娘,却是一身英武气概的戎装打扮。

来人正是月牙。

白日里,她从莫高窟前走过时,无意中在人群里发现了莫高的身影,一种莫名的喜悦让她难以抑制。自从在沙漠中遇到这个有几分奇异的年轻画工,他眉宇间的神采,他超脱凡俗的气质,尤其是那种临危不惧的凛然气概,让姑娘无法忘怀。当她看过了从画工身上抢来的那支画轴之后,从画中妙相庄严的观世音菩萨那慈悲与智慧的神情中,似乎也已经领悟到画工那种正气与虔诚的根源所在。所有这一切,让姑娘感到了一种巨大的吸引力,她忍不住让自己最信赖的乳娘陪着自己,一路寻找到莫高窟的洞窟之中。在那里,她终于见到心中渴望见到的人。

莫高面对着眼前这戎装打扮的漂亮女子,心中十分诧异。恍惚之间,似曾在梦里相识,却又无法辨认得清楚。月牙以其爽朗而又大方的性情,睁大了眼睛望着眼前这个年轻的画工,果然是一派不同凡俗的气质。虽然他身上的衣衫破旧,却掩不住英俊聪颖的风采。姑娘心中爱慕之情溢于言表,她高兴地捧起手中的画轴示意莫高;莫高见画轴心中怦然一动,几乎是同时,他下意识用手抓住了紧系在腰间的那只羊皮水囊。月牙见莫高竟随身带着自己送他的水囊,不觉心中更加喜悦。她上前托起自己的水囊,又抬头看看莫高,一丝女孩的羞怯,竟让她第一次在陌生男子的目光注视中低下头来。这一切让莫高欣喜而又迷惑,他似乎认出月牙的举止正是日前在沙漠中扔给他水囊的那个骑马的青年将领,然而眼前的人却分明是个明眸皓齿、一头乌云的漂亮女孩,这让他如在云里雾里。月牙见他如此神情,不觉动了自己无拘无束的性格,她娇嗔地一把抢过水囊,又利索地把那支画轴插在莫高后背。在轻快而又俏皮的节奏中,月牙仿佛再现了当时沙漠中的那番情景。她又一次把水囊扔在莫高身上,顺势拔出莫高背后的画轴。

瞬间的停顿,莫高与月牙相互凝视着。

忽然,幸福和甜美的情感,犹如激流一般奔泄而来,莫高与月牙相拥在一处,倾诉绵绵无尽的爱慕之情。这是一段莫高与月牙爱情主题的双人舞。音乐与舞蹈中,充满了幸福与美好的感情抒发及绵长而细腻的倾诉和表达。在舞至感情的高潮时,有无数的"飞天"群舞环绕在两人的世界中,更增加美丽而神奇的意境氛围。最后,莫高与月牙在莫高窟前,面对大漠与苍天许下永久的爱情誓言。

热情渐渐地平静下来,莫高拉着月牙的手,二人背向观众依偎着坐在一处,莫高展开了那幅画轴,似乎是在向月牙讲述他作画的意图,月牙凝神倾听着。

忽然,异样的声音从远处传来,那个年迈的老妇人慌慌张张地跑进洞窟里,她上气不接下气地刚要向月牙说什么,一队黑衣的军团士兵凶神恶煞般闯进洞窟中来。士兵分开,那个身材高大的军团大将军的身影出现在人们面前。他见到自己的女儿竟然与一个莫高窟里作画的工匠在一起,不由得大怒。他扬起手来,两个士兵不由分说架起画工拖出洞来。画工被按在地下,士兵们抽出砍刀。月牙见此情景,怒不可遏,上前一腿踢翻了一个士兵,其他的人见状都退到一旁。只有大将军依旧冷漠地站在那里,他面无表情地看着这对年轻人。月牙轻轻扶起莫高,又回头看看父亲,眼里并无丝毫惧怕的神情。大将军似乎有所触动,他犹疑了片刻,用手指指回去的方向,要姑娘随他回到军营。月牙看看父亲,又看看身边的莫高,无奈之中,她咬紧牙关猛然甩头奔出洞窟,纵马疾驰而去。众人也随大将军策马离开,只剩下莫高一人在沉沉的夜色中。

莫高凝望着远方,他表情沉重而又有些茫然,忽然,他猛地转过身去,面对着洞窟中巨大的佛像壁画,双膝跪下,两手合十,默默地祈祷着。

第三幕

　　敦煌附近的临时军营，厚重的帐篷里，跳动的火光照亮了大将军平素穿戴使用的铠甲兵刃，以及简单的坐卧用具。舞台中央，是一把坐椅，月牙姑娘身着女儿的衣衫，神情抑郁而冷淡地坐在那里。身边，是大将军高大森严的背影。

　　沉重而有些僵硬的音乐主题响起来。作为父亲的大将军，开始向身边的女儿提出了自己的要求。他以其军队将领与父亲的双重身份，要求女儿按照他的意志，选择自己的婚姻方式。父亲的威严和冷漠，让月牙觉得透不过气来。作为女儿，她无法抗拒父亲的意志，然而内心的情感和向往，又让她无论如何不能接受父亲为她安排的婚姻。大将军的主题音乐与舞台形象，在这段舞台情景中，始终处在支配的统治地位，而月牙的形象却在压抑变形的反抗情绪中进行。最后，将军挥手招呼一旁那个年迈的老妇人替月牙拿上来一身鲜艳的红袍，父亲告诉月牙，他已经安排了一次隆重的招亲活动，马上就要进行，由月牙自己在这些招亲的聚会中，选择自己的夫婿。月牙听了惊愕而气愤，她冲到父亲面前，想要与父亲争辩，但是大将军绝然地挡住月牙的表达。他甚至冷酷地从怀里掏出月牙留给莫高的那只皮水囊，扔在了月牙的脚下，告诉她，死了那份再见莫高的心思。

　　父亲竟自走出帐幕去准备招亲的仪式。月牙心情纷乱而痛苦。身边的老妇人想要帮她披起那身招亲用的红袍，却被月牙恼怒地甩在一旁。老妇人看见月牙这番模样，心疼而又手足无措地连连摇头叹气，无可奈何地退到了内层帐幕中去了。

　　伤感而又优美的音乐旋律，像涓涓的溪水一样流淌而来，那是月牙内心女儿情感的无可抑制的流露。这个常年跟随着父亲在沙漠里征战的女孩，虽然性情奔放，甚至有些娇纵，但是毕竟有一个温柔细腻的内心感情世界。只是因为终日在马背上奔走，又身处军营之中，这份女儿的内心世界还从未对谁开启过，甚至连她自己也不曾真正地意识到。自从在沙漠中遇到了年轻的画工莫高，她被一种从未有过的异样心情所感染，在莫高窟中与莫高的再次相见，更强烈的情感让姑娘难以自制，她第一次如此渴望着与一个年轻男子相处在一起，这份心情超过了她在马背上驰骋的快乐、在敌人面前骁勇善战的骄傲，甚至超过了她对父亲自幼就有的依赖和对他的威严的惧怕。

月牙轻轻地捧起了那只羊皮水囊，一种强烈的柔情仿佛从水囊中涌出来，她缓缓地起舞，仿佛是在面对着心中的恋人倾述自己的感情。这是一段月牙内心感情与性格表现的主题独舞。其中，月牙的形象主题意蕴在这里获得一种独白式的表达的发展。由于人物角色所处的环境，主题中又渗透着一种伤感的色彩，更让人感到一种凄婉的人物命运与内心感情的描述。当月牙舞至情感浓烈的时候，有大队的"飞天"出现，流动在月牙的周围，像是在包围她、爱抚她一样，"飞天"的神奇、飘逸更是月牙内心想象的浪漫表达，充满了悠长、清澈而美好的意韵。

热烈火爆的人声，骤然打破了月牙的幻想世界。大帐升起，露出了外面一片为火光照亮了的空地，在威严剽悍的武士守卫下，各路前来参加招亲活动的人群，摩肩接踵地排列成一队，衣衫鲜光、姿态各异地进入场地中来。

依旧是刚才那把椅子，姑娘在父亲的意志下，无奈地坐在那里，但是却眼帘低垂、神情冷淡。她身边是那个老妇人，似乎是在忙前跑后，嘴里不断劝解着、叹息着。

招亲的比试正式开始了。一个年轻的小武士，轻盈活泼地跳跃着上场，他用灵巧敏捷的步伐和动作，向各路的来宾致以问候，并且依次点燃周边的火把。当他走到某一处来宾的面前，便以其来宾身份地域相符的形式，向来宾致礼。各种不同身份，如军人的威严，财主的滑稽，异族的凶猛与怪诞，均在这其中有所表现。当他走到一个被人抬着的、衣着华丽但却昏昏欲睡的小胖子面前，忍不住用手指戳了一下他圆鼓鼓的肚皮。小胖子惊醒过来，咧开嘴刚要哭，却又被别人用手中的食物塞住。小武士一路欢快地表演，为整个招亲活动打开了场面。

——舞剧《大梦敦煌》 >>>>>

强劲的音乐开始了,在众随从的陪衬下,一位突厥族青年表演了剽悍蛮勇的弯刀舞。

在一群美女伴舞下,獐头鼠目的小财主,浑身绸缎发着光闪,滑稽起舞,向姑娘和大将军献着殷勤。

又有一群猕猴一般装束的异族人簇拥着一位同族的贵族青年,表演风格奇异的弓舞。

众侍女抬着那个小胖子上场,但见他不停地要吃要喝,身边的老仆人、老保姆不断地哄着他。

数名回族武士,在手鼓伴奏下,表演匕首舞蹈。

一名醉汉上场,将酒桶系在脖颈上,表演了奇特的"醉鼓"。

数名疏勒男女,表演了狼牙棒和骨环饰舞蹈。

在这几段招亲的舞蹈表演过程中,月牙姑娘沉默地坐在椅子上,始终无所表示。一旁的父亲几次想要询问女儿,但是见到月牙的表情,又止住不再询问。倒是围绕月牙左右的那个老乳娘,不断地唠叨着,探头探脑地观察着月牙。看着月牙始终不予反应,甚至还对过于殷勤的求婚者怒目而斥,大将军渐渐地失去了耐心,变得恼怒起来,他开始焦躁地在月牙身后来回踱步。忽然,月牙也无法忍受眼前的闹剧,她目无旁人地站起来,撇下大家转身径自走向了大帐内。帐内火光跳动,姑娘的影子映在了帐幕之上。

音乐戛然而止。众人相觑无声,陷入一片尴尬的沉寂之中。大将军更是恼羞成怒,他抓住月牙丢在椅子上的那件红袍,几步走到前台,狠狠地挂在了一把插进墙壁的刀柄上,而后他转过身去,大踏步走向帐内。

大将军怒气冲冲,一层层掀开帐幕,只见月牙的背影披着一只披风一动不动坐在那里,将军来回走了几步,终于按捺不住心中的恼怒,一把掀起披风,瞬时间众人与大将军大吃一惊,原来披风下竟是那个吓得瑟瑟发抖的老妇人,月牙却已经杳无踪影。

一阵清晰的马蹄声由近而远,向沙漠深处莫高窟的方向奔去。将军大怒,他拔出腰间的长刀,举向空中,周围的人群一片混乱。

429

幕间段

　　急切而紧张的音乐旋律，从前幕直接顺延而来，音乐中似乎夹杂着马蹄狂奔的雷霆之声。在漆黑的旷漠里，由远而近的一个身影，那是只身从军营大帐中逃出来的月牙，在大漠之中向着敦煌莫高窟的方向奔去。

　　父亲的冷漠与专横，让月牙对她自己与莫高的爱情感到了绝望；而对于心中恋人的思念，以及她自幼养成的桀骜不驯的性格，更让她不能忍耐父亲为她安排的形同闹剧一般的招亲。于是她骗过众人的眼睛逃出军营，要去莫高窟寻找莫高。月牙心中明白，父亲一定不会饶恕她的这样叛逆的行为，甚至会派军团的士兵来追杀她和莫高。两个人最终的命运，也许是一场无可避免的悲剧。然而被爱情所燃烧的姑娘，已经顾不得所有这一切了，她疯狂地在沙漠中奔驰着，义无反顾地向着莫高窟的方向。

　　渐渐地，音乐中透出一股悲哀的情绪，仿佛是在预示着一个悲剧的命运结局在等待着这一对恋人；也仿佛是月牙心中的预感和幻觉一般。舞台上月牙的头顶上再度出现了序幕中的那个巨大的光环，奔腾的神兽；飘浮的绿洲；燃烧的火焰还有翱翔的"飞天"。一切像是梦幻一般在月牙的脑海流动着，又像是命运的召唤一样，引着月牙走向了大漠深处的莫高窟。

第四幕

　　莫高窟那座新建的洞窟内，中间一面巨大的墙壁上，一处妙相庄严而又灿烂的观世音菩萨与"飞天"壁画行将完成。在四周幽暗的光线包围下，这处壁画尤其显得璀璨夺目。壁画前是全神贯注作画的莫高。他时而凝神注视，时而涂画勾勒，身边的一只木架上，悬挂着那幅展开的画轴。莫高似有重重心事一般，停下笔来，把茫然的目光投向大漠深处的夜空。

　　忽然，急促的马蹄声由远而近，风尘仆仆的月牙如同从天而降一般，倏然出现在了莫高的眼前。瞬间的惊愕之后，莫高奔上前去，拥住了精疲力竭的月牙，二人悲喜交加，相对无语。须臾，月牙从莫高怀中挣脱出来，她神情急切地向莫高诉说着这一夜的情形。紧张的节奏中，二人仿佛已听见了军团士兵追赶而来、步步逼近的声音。面对着危难将至，莫高与月牙的感情炽烈地升腾着，他们紧紧地拥抱在一起，相互倾诉着心中的爱情，发誓生生世世在一起。由此而成一段情绪激烈的爱情双人舞，在爱情的炽烈与升腾之中，又透出了巨大的悲哀和不祥的色彩。

在绝望的爱情双人舞发展到了极致的时刻，音乐中那种不祥的色彩因素，终于形成了一种强烈的主题形象。舞台上幽暗的大幕忽然升起，高台上是层层伫立于洞窟周围的军团士兵。

面目狰狞的大将军，步履阴森地走进洞窟，他先是踱步在两个年轻人身边，像兀鹰一样注视着猎物；而后，他轻轻扬一扬手，四个士兵上前一下子将莫高举在空中。大将军缓缓地从腰间抽出了佩剑，直指着被士兵们缚住了的莫高。姑娘绝望地上前，张开双臂用身体挡住父亲的剑。然而大将军却目光冷酷地步步向前，终于，月牙双膝跪下来，她用手抓住父亲平举着利剑的胳膊，像是哀求又像是哭泣一般取下了紧握在父亲手中的利剑。

月牙望着手中的剑，满目泪光。她又回过头来看着自己心爱的莫高。如泣如诉一般的舞蹈，是月牙姑娘在这个世界上的最后独白。这独白由美好而至悲哀，又由悲哀而至刚烈；姑娘仿佛又一次驰骋在马背上，她仿佛是在脑海中回忆着最初与莫高相逢在沙漠之上，用水囊救莫高于危难时的情形。莫高也似乎是心有灵犀一般，与月牙相和着，无语地倾诉着。两人好像是在诀别一般双双起舞。最后月牙自己取下那幅挂在木架上的画轴，悉心地卷起来，缓缓插在莫高的后背上，又珍重地拿起那只盛满了清水的羊皮水囊，挂在莫高的腰上。而后，她整理容颜，正色地让父亲和士兵放莫高离去。众人让开通道，莫高在月牙坚决甚至严厉的目光下，一步三回头，离别而去。

目送莫高离去，月牙的神情似乎是从未有过的安详。大将军与众士兵举步上前，要携月牙同回军营。猛然间月牙举剑插入腹中，之后，猝然倒地。众人大惊失色。并未真正离开的莫高，冲破人群，扑向月牙，痛苦地抱住她，无声地抽泣着。大将军上前几步，却又颓然地背坐在众人之外的石阶上，而他的士兵们却有如被震慑的木偶一般，僵直在那里一动不能动。

悲哀的旋律响起来，莫高怀抱着心爱的月牙，缓步走向前台，仿佛是走向月牙泉边。水波粼粼，映着莫高年轻而凝重的面容，也映着他怀抱中月牙那柔软如水的躯体。莫高轻轻地把月牙放进清澈的湖水中，又取下腰间的羊皮水囊，用清水沐浴着月牙的身躯。在深情的音乐中，满天的飞花和"飞天"的身影飘浮而来，像是为月牙祈祷、祝福。

望着渐渐在湖水和鲜花中消失的月牙，莫高起身转回到洞窟中那幅巨大的观世音菩萨与"飞天"壁画前，他背向观众，又开始凝神作画，在他面前，是那铺天盖地的画面。

灯光变幻，犹如季节变幻、岁月流逝。那一个个伫立的军团士兵，渐渐地化成了掩埋在沙漠之中的偶俑，在风沙与时光的残蚀中褪色衰败。序幕中颓败的洞窟景致更层层落下，只有舞台深处那个年轻的画工依旧在凝神作画，而那观世音菩萨与"飞天"的壁画却愈加灿烂，仿佛超越了宇宙的时空，永远凝固在那最为辉煌的瞬间。

〔剧终。

精品剧目·舞剧

大红灯笼高高挂

（取材于苏童小说《妻妾成群》，根据张艺谋执导的同名电影改编）

编剧　张艺谋

———舞剧《大红灯笼高高挂》 〉〉〉〉〉

序　幕

　　二十世纪二十年代。幽深的大宅院，一个年轻的女孩被强行塞进花轿，她是老爷新娶的三太太。上轿前，她想起青梅竹马的恋人——戏班子里年轻的小生。

第一幕

　　迎亲的喜庆气氛中，大太太与二太太怀着复杂的心情接纳这位新人。洞房花烛夜，新来的三太太拼命抗争，但终于没能摆脱悲剧的命运。

第二幕

　　唱堂会、打麻将，老爷领着太太们终日消磨时光。
　　新来的三太太利用短暂的机会与昔日恋人相会，两个年轻人的恋情被居心叵测的二太太发现了。

第三幕

　　年轻人继续偷偷相爱相会，二太太告密。老爷当场捉拿了这对大胆越轨的恋人。
　　二太太趁机想恢复失去的宠爱，心情败坏的老爷却赏了她一记重重的耳光。

失落的二太太将满院的红灯撕得粉碎。

尾　声

那对年轻的恋人与二太太同时被带到行刑现场，在死亡面前，他们尽释前嫌，以宽容和爱彼此紧紧拥抱。

封建制度扼杀了年轻的生命和美丽的爱情。

〔剧终。

精品剧目·舞剧

妈勒访天边

(根据同名壮族民间传说改编)

编剧　冯双白　梅帅元　李云林　丁　伟

——舞剧《妈勒访天边》 〉〉〉〉〉

序

〔一幅镌刻着花山崖画的巨幅大幕,形象栩栩如生。幕上映着醒目的大字:"这是一个非常古老而又永远年轻的故事。很久很久以前,阴暗和寒冷封锁了壮人的家乡。为了邀请太阳,一位美丽的孕妇带着对光明和温暖的渴望,到天边去寻访……"

〔凝重的铜鼓声起,仿佛把人们带到了遥远的年代。透过大幕,隐约可见两名合唱队员庄严肃立。壮语画外音:"相传在很久很久以前,我们住在没有太阳的地方,土地不长五谷,春天没有花香,有个美丽的壮族母亲,怀着未出世的孩子,到天边去寻访太阳……"

〔壮语朗诵中,合唱队从乐池依次缓上立于两旁,凝重庄严。

〔音乐起,大幕缓升。阴暗寒冷的山谷中,山民们在捕捉微弱的阳光,突然间电闪雷鸣,乌云吹散了最后一缕阳光,山谷中的人们在寒冷中面临生存危机……

(壮语《寻火歌》)

领　唱　　天边有个地方
　　　　　住着温暖的太阳
　　　　　她的火焰永不熄灭
　　　　　照得大地暖洋洋

合　唱　　啊!太阳、太阳
　　　　　谁能邀请她
　　　　　光临寒冷的家乡

〔山民们争先恐后要去天边寻访……

老　人　　让我们去吧，我们饱经沧桑

　　　　　愿去天边访太阳

青　年　　让我们去，山高水险

　　　　　我们的腿比马蹄强壮

孩　子　　我们去，我们去

　　　　　我们以后的日子最长

〔一位年轻的孕妇缓缓来到人群中间。

孕　妇　　请让我去吧

　　　　　也许我也走不到那美丽的地方

　　　　　可我有腹中的娃仔

　　　　　他会接过阿妈的拐杖

〔众人叹服，拥向孕妇……

（壮语《盼归歌》）

　　　　　唱起勒脚歌给你铺条路

　　　　　访到天边你就牵着歌声走回屋

　　　　　山花等你得太阳好再开

　　　　　鸟儿等你得太阳好唱歌

〔歌声中，长者砍来了最坚硬的楠木送给孕妇做拐杖，以传后人——这是家乡的期盼，这是乡亲的嘱托。孩子们摘来了壮乡最美的木棉花，长者用花汁在孕妇的额头上画出一个鲜红的太阳……

〔突然，大山开裂，一条通往山外的道路出现在众人面前。

（壮语多声部无伴奏《走歌》）

领　唱　　走啊，走……

合　唱　　走啊，走……

〔歌声中，孕妇告别了乡亲，告别了亲人，走出大山，踏上希望之路……

〔合唱队唱着《走歌》从两侧依次走到台前大幕处，孕妇拄着拐杖在合唱队中间穿行……

第一幕

〔孕妇在没有道路的荒野中艰难行走。

〔群山险峻，雾霭弥漫。孕妇在险山峻岭中艰难跋涉，从不屈服的群山停住了怒吼，用宽厚的背膀托起邀请太阳的孕妇跨过了高高的山峰。

〔孕妇遇到了山谷激流，河水伸出温柔的双手，为她洗去征尘，将她送向远方。

〔孕妇来到茂密的森林，花草树木翩翩起舞开道相迎，孕妇与花草树木跳起了欢快的舞蹈……

〔孕妇突然感到腹中阵痛。她没有恐惧和惊惶，只是平静地等待着新生命的诞生——他是走出黑暗的希望，他是走向光明的未来……

〔她静静地等待、等待……

〔群山静静地等待……

〔河流静静地等待……

〔花草树木静静地等待……

〔一声充满生机的婴儿啼哭声响彻大地，在山间回荡……

〔群山雀跃，江河奔腾，花草树木欢歌起舞。一个新的生命在绿色的世界中诞生……

（高亢的《勒歌》）

领　唱　　短短的腿要走长长的路
　　　　　　矮矮的身子要爬高高的山
　　　　　　高高的山，长长的路……

合　唱　　走啊，走……

〔光渐暗。

第二幕

〔勒在母亲的呵护下长成少年，从此母亲不再寂寞。在行进中，母亲给儿子讲述自己的家乡，讲述乡亲的期盼，那支深情如诉的《盼归歌》又在耳边响起……

〔突然，一声野兽的嗥叫，母子顿时停住脚步，三只凶猛的花豹朝母子逼来。母亲一边与花豹搏斗，一边鼓励儿子去征服猛兽，勒则惊恐地退缩在母亲的身后。母亲爱恨交加，举手欲打，沉重的手却在半空中凝固——儿子年幼体弱还是个孩子，可是往后的路还有很长很长，几只野兽就拦住了前进的道路，将来怎能走到天边？坚强的母亲流下了伤心的眼泪。母亲的泪水让年少的勒鼓起了勇气，他奋力扑向花豹，展开了殊死搏斗……

〔母子合力击退了花豹，勒却在搏斗中身受重伤昏死过去。母亲紧紧抱住遍体鳞伤的儿子悔恨不已……

〔儿子终于苏醒，母亲惊喜万分。勒拭干了身上的血迹，顽强地与母亲一同前行。蹒跚的步履渐渐变得矫健如飞……

〔经历了无数次月缺月圆，勒在母亲的哺育下逐渐成长为英俊威武的男子汉，母亲则在风雨历程中苍老憔悴，散乱的白发飘动在灰暗的山野。

〔灵巧的勒攀上高高的山岭，采来了壮乡最美的木棉花为母亲打扮，垂危的母亲则用花汁在勒的额头上画了一个鲜红的太阳，让他永记家乡的期盼。

〔儿子接过拐杖，背着母亲继续行走在寻访太阳的道路上。腰背佝偻的母亲在儿子的背上仍用虚弱的声音吟唱着《盼归歌》：

  唱起勒脚歌给你铺条路
  访到天边你就牵着歌声走回屋
  山花等你得太阳好再开

鸟儿等你得太阳好唱歌……

〔母亲的歌声在儿子背上渐渐消失，渴望光明的、温暖的灵魂，永远留在了寻访太阳的路上。

〔花瓣如雨纷纷扬扬撒落在母亲的身上。

〔勒在寒风中悲痛欲绝……

〔花山崖画幕落。

第三幕

〔崇山峻岭，狂风凛冽。心力交瘁的勒在艰难跋涉。山高险阻，勒在顽强攀登时不慎摔落山崖，人事不省。

〔山溪清清，藤妹和部落的姐妹身背竹筒来到溪边，发现了昏迷不醒的勒。藤妹用甘甜的山泉将勒救醒，留下了一张迷人的笑脸，便消失在崇山峻岭之中……

〔幕后山歌：

　　　壮乡三月好风光

　　　山青青，水蓝蓝

　　　欢乐壮乡播种爱情的春天

〔歌声中，壮族女子在油菜花丛中辛勤耕耘。金灿灿的油菜花，艳若桃李的壮乡姑娘，展现了一派温馨祥和的田园风光。

〔一声呼哨在山间回荡，恬静的山乡顿时沸腾起来。人如海，歌如潮，远古的各族青年身着节日盛装从四面八方涌向歌墟。一年一度的赶歌墟，是比歌赛艺的好场所，更是男女青年谈情说爱的好时机。

〔溪边河畔音乐飞扬，山间田野欢歌曼舞，绣球飞舞，其乐融融，各民族兄弟姐妹欢聚一堂。

〔侗族男女青年弹着琵琶跳起多耶舞……

〔瑶族青年跳着欢快的长鼓舞……

〔苗族青年跳起了悠扬的芦笙舞……

〔壮族姑娘跳起了绣球舞……

〔勒悄然来到歌墟,惊奇地看着这一切。

〔一条青藤从天而降,藤妹荡着青藤出现在歌墟。她是部落里最漂亮的公主,引来各族青年的倾慕。勒认出了美丽的藤妹,藤妹也看见了这个山风吹来的男人。

〔藤妹和手拎绣球的壮族少女在榕树上整齐地坐成一排,双双玉腿随着悠扬的歌声在轻轻摇晃。性急的小伙子纷纷向榕树攀爬,被姑娘们一一踹到树下……

〔灵巧的勒飞身跃上榕树,亦被众姐妹推落树下。因为这不符合规则。

〔藤妹将绣球抛向人群,众男子勇猛地展开了激烈的抢绣球,勒也不由自主地卷入人群之中,他凭着灵巧和蛮力终于抢到了绣球。众姐妹将藤妹推到勒的面前……

〔众男子不服气——最美丽的姑娘应嫁聪明勇猛的男人。

〔苗族小伙子吹起了芦笙,悠扬的乐曲赢来了阵阵喝彩。勒面对芦笙不知所措,便吹起巨大的芭蕉叶,音色恢弘。魅力洞穿,令众人纷纷陶醉倒地……

〔壮族小伙子跳起了板鞋舞,节奏明快,步调一致,勒穿着板鞋却迈不开步伐。藤妹与勒一起穿上板鞋,两人情意融融,心有灵犀,步调和谐,令壮族小伙子目瞪口呆,纷纷摔落……

〔瑶族小伙子敲响了铜鼓,铿锵有力。勒抢过铜鼓,在鼓上翻飞跳跃,阵阵鼓声震撼了山寨、震撼了群山、震撼了人心……

〔众人欢腾,簇拥着勒和藤妹跳起了欢快的舞蹈。藤妹和勒四目相对,含情脉脉,时间仿佛永远凝固在这一刻……

(男女对唱《情歌》)

女　　　　山风吹来的男人

　　　　　你来自哪一寨哪一村

———舞剧《妈勒访天边》 >>>>>

　　　　　　走累了你就脱下鞋吧

　　　　　　在妹的藤床上安身

男　　　　　月光照亮的女人

　　　　　　你是太阳的影子么

　　　　　　我走过九十九座岭

　　　　　　今夜却走不出你的歌声

〔芭蕉林中，勒将母亲遗留的项圈作为定情物挂在藤妹的脖上，两人如胶似漆。陶醉在无限深切的柔情蜜意之中，忘却了一切，仿佛这世界上只有他们俩，他们紧紧地黏合在一起，分不清你和我……

〔山泉飞溅，儿女情长。

第四幕

〔合唱队划拳行令。
〔伴着打嗝声的《酒歌》：

　　　　姑娘像月亮
　　　　欢歌伴酒香
　　　　夜夜醉不醒
　　　　快活在仙乡
　　　　月光够亮了
　　　　何必找太阳
　　　　火塘够暖了
　　　　郎子不思乡

〔歌声中，勒悠闲地躺在吊床上……
〔屋外，一群带仔的男人在哄孩子……
〔河边，爱美的姑娘在梳妆缠头……
〔山岭，好斗的公鸡在拼杀搏斗……

〔听着悠扬的歌声,看着屋外动人的情景,勒感到无比的温馨。

〔藤妹采来山上的木棉花,与勒在长凳上卿卿我我,恩恩爱爱,寻找太阳的勒沉溺在温柔和甜蜜之中。勒用木棉花为藤妹描眉化妆。藤妹依顺地昂着脸。画着画着,勒在藤妹的额头上画出一个鲜红的太阳……

〔勒大惊。

〔合唱《盼归歌》:

　　唱起勒脚歌给你铺条路

　　访到天边你就牵着歌声走回屋

　　山花等你得太阳好再开

　　鸟儿等你得太阳好唱歌……

〔歌声中,远处如梦如幻地出现了妈妈所讲述过的家乡寒冷的情景……

〔勒猛然想起母亲的嘱托和家乡的期盼,他看着久搁一旁的拐杖,又看看心爱的藤妹,内心充满矛盾。母亲交付的使命,使他最终还是拿起了落满尘埃的拐杖,欲走。

〔藤妹不理解勒,死死抱住拐杖。勒的决心已定,狠心夺过拐杖。伤心的藤妹愤然离去,勒望着离去的藤妹内心充满惆怅……

〔众人得知勒要去访天边,纷纷赶到村口前来送行。

〔瑶族青年送来了长刀,保他一路平安……

〔苗族青年送来蓑衣,为他遮风挡雨……

〔壮族青年捧着牛角酒斛,为他送来了告别酒……

〔勒告别众人,依然朝天边走去……

〔无伴奏合唱《走歌》

　　　走啊,走……

〔藤妹望着远去的勒,内心痛苦万分。她拿着勒送给她的项圈,仿佛看见勒在山崖上攀登,在荒原中奔跑……

〔一缕微弱的阳光射来,藤妹仿佛理解了渴望光明的勒,于是朝着阳光照射的方向追下……

第五幕

〔茫茫荒原，一片沉寂。

〔勒孤零零地走在没有道路的荒原，除了沉重的脚步声和拐杖声，大地像死一般寂静。精疲力竭的勒终于摔倒在地，再也迈不开那沉重的步伐……

〔大风吹来，变幻成一张舒适的网床，紧紧缠绕着勒，他奋力挣脱幻觉中的网床，在逆风中艰难行进……

〔幻觉中，荒原上各色的花朵又变成了美丽的花仙子，她们轻歌曼舞，香飘四溢，使勒想起了山寨那温柔之乡……

〔惊雷炸响，幻觉中母亲的身影出现在高高的山峰上，她依旧是那样年轻，凝视着遥远的天边。勒欲扑向母亲，母亲的身影转眼消失……

〔突然，雷鸣电闪，风雨交加。汹涌的洪水扑面袭来。勒在洪水中翻扑跌滚，奋力抗争。似乎苍天有灵，滔滔洪水卷来了追寻而至的藤妹。两人相见，百感交加，情爱顿时化作力量。他们紧紧相依偎，相互搀扶，紧握着母亲留下的拐杖终于战胜了洪水。

〔雨过天晴，东方霞光四射。

〔《盼归歌》音乐骤起，高亢激昂。

〔歌声中，勒和藤妹朝着天边迈开了追赶的步伐。坚强有力的脚步声，像催人奋进的铜鼓，震撼大地，响彻人寰，在他们身后，无数双赤脚随着铜鼓声走来，走向太阳升起的地方……

〔深情如诉的《盼归歌》声中，全体演员谢幕。

〔剧终。

注："勒"是壮语儿子的意思。

精品剧目·舞剧

红河谷

编剧　门文元　刘仲宝　杨民麟　陈欲航　陈　闯

剧目简介：

　　舞剧《红河谷》取材于电影《红河谷》。它以战争与爱情相交织的戏剧结构，生动地演绎了1904年英国远征军进犯西藏前后发生在这片雪域圣地的一个神奇历史故事。在生与死的考验、血与火的厮杀中，塑造了鲜明生动的人物形象，颂扬了藏汉人民团结一心，抵御外敌入侵的爱国主义精神。

———— 舞剧《红河谷》 >>>>>

第一幕

春天来了，冰河解冻，藏民们祭拜神狮（相传，这是文成公主入藏时所立），祈求圣土的吉祥与安宁。

神狮前，头人之女丹珠对藏奴格桑一见钟情。

红河水滚滚流淌。山妹漂泊而来，格桑救起了这位奄奄一息的汉族姑娘。

罗克曼考察来到这片雪域圣地。

雪崩，罗克曼被掩埋在雪堆乱石之中。藏民们将他救起，头人惊异地发现：他是个英国人。

第二幕

萨噶达瓦节，藏族青年男女相聚在一起，欢舞雀跃。丹珠嫉妒格桑、山妹的亲密情意，当众为难山妹。山妹惶恐不安，格桑挺身相护。罗克曼伤愈，丹珠向他敬酒献哈达。罗克曼被靓丽、开朗的丹珠所吸引，拉着丹珠一同起舞，行为放荡。头人阻挡了他对女儿的纠缠。在欢乐的气氛中，罗克曼张扬大英帝国不可一世的傲气，举枪击落凌空而过的大鹰。这亵渎西藏神灵的狂放之举，激起藏民们的强烈不满……

第三幕

罗克曼惊叹西藏秀丽而壮美的山川，胸中涌动着对这方圣土强烈的占有欲……

　　格桑、山妹在红河谷畔相依相拥，爱意绵绵。丹珠见到他俩甜蜜的情景，怒不可遏，她鞭打格桑，发泄满腔妒火。流水潺潺，丹珠下河天浴，命格桑为她宽衣，用高傲的姿态震慑山妹：这里的一切都是属于我的，你休想将格桑从我心中夺走！罗克曼窥探，心荡神迷，意欲放纵。山妹挺身制止，在厮扭中负伤。头人对山妹赞许和怜爱。众怒斥罗克曼的卑劣行为，头人下令将其驱逐。

第四幕

　　头人赠藏袍给山妹并为她洗礼。深爱着格桑的丹珠异常痛苦，她无法理解父亲的行为：为什么成全格桑和山妹，而无端伤害了她的情感……

　　枪炮声袭来，众惊愕。罗克曼一身戎装来到寺院，数门大炮对准了头人与藏民。

第五幕

　　头人挡住了入侵者的去路，被罗克曼枪杀在城堡大门前。喇嘛们冲出城门，纷纷倒在英军的枪下。丹珠狂奔而来，扑向父亲，悲痛万分。罗克曼向丹珠献媚，丹珠虚意周旋。山妹为保护丹珠饮弹身亡。格桑抱起山妹，悲愤填膺。

　　各民族、各阶层民众同仇敌忾，气壮山河！

　　丹珠从血火中站起，将格桑和山妹的尸体拖到一起，含泪祝福他俩在天堂相聚。丹珠在一片火海中与入侵者同归于尽。

　　〔剧终〕

精品剧目·舞剧

一把酸枣

编剧　张继钢

人物

酸　枣　傻少爷的童养媳、小伙计的恋人、管家的私生女。

小伙计　酸枣的恋人。

管　家　酸枣的生父。

殷　氏　殷家主人。

傻少爷　殷氏的儿子。

——舞剧《一把酸枣》》》》》

序

　　低沉而神秘的音乐，在沉吟的北方寒风中隐隐传来，由远及近……

　　巨大而斑驳的青砖老墙横贯整个舞台，威严、恐怖、沉闷、压抑，令人窒息。

　　高墙冷月，两个人影在墙根下战战兢兢向对方缓缓走去……

　　他们是殷家童养媳酸枣和殷家小伙计。酸枣从怀中取出一双布鞋，深情地看着背着包袱的小伙计，目光中，充满了叮咛和不安。她弯下身去，把一双布鞋端端正正地摆放在小伙计的面前。小伙计穿鞋，酸枣哭泣。这时，充满深情的爱情主题音乐悠然而起，令人无限伤悲、酸楚和无奈。小伙计扶起酸枣，为她擦去泪水，掏出一把酸枣，动情地放在酸枣手里，尔后，紧紧地拥抱着自己的心上人。如梦如幻的音乐仿佛包裹着一对可怜的人儿。酸枣取出一颗酸枣喂给小伙计，再取出一颗含在自己的嘴里。两双泪眼久久凝望，仿佛倾诉着永远相爱的誓言！

　　突然，一道闪电，一声炸雷，将巨大的老墙撕裂开来，狂风呼号，沙尘弥漫，苍凉而强劲的合唱声骤起。舞台上，迷迷茫茫、成千上万的逃荒人流潮水般地向西涌去。

　　悲凉的合唱声中，一声凄惨的"走西口"撕碎了酸枣和小伙计的心……

　　小伙计远去了，在莽莽苍苍的走西口的人流中不时回头张望……

　　酸枣紧紧地握着一把酸枣，凝望着远方……

　　这时，管家背着傻少爷找到了酸枣，傻少爷摸着管家脖子上的玉佩，发现和酸枣脖子上的玉佩一样，伸手欲抓，被管家急忙制止……

宏大的、苍劲的、史诗般的音乐在高原的上空久久回荡……

第一场　傻少爷的生日

宁静、安详的音乐声中幕启。

晋商殷家大宅门。门楼木勾斗拱，飞梁雕栋。院墙青砖灰瓦、古朴精工。一对石狮子蹲坐在门的两边，令人胆寒。巍峨的石台阶上被饥饿的孩童挤得满满当当。他们骨瘦嶙峋，每人手持一只空碗庸懒地昏睡在一起，只有一个小女孩望着殷家的门缝乞盼施粥。一抹斜阳，几处残雪，如同一幅陈年老画。

清脆的音乐（如同敲碗的声音）唤醒了孩童，他们敲着碗嬉戏玩耍、诙谐可爱；他们唱着珠算口诀的儿歌手舞足蹈。舞蹈风格独特、情趣盎然。（饥童舞）

殷家的门半开了，管家手持饭勺和粥桶给孩子们施粥，孩子们你争我抢，狼吞虎咽。在一片呱唧呱唧的吃饭声中构成了一段富有特色的施粥舞蹈。（管家和饥民施粥舞）

这时，一群富家小姐们前来给傻少爷祝寿，她们手持团扇，妖艳妩媚、风情万种。尔后鱼贯进入刘家。（团扇舞）

突然，乐声阵阵、锣鼓喧天。舞台上，青砖灰瓦的院墙由横向转为纵向，一群举着花伞的男女青年由远处走来，他们扭着晋中秧歌前来祝寿。（伞头秧歌舞）

高大的殷家门大开，殷氏在酸枣的搀扶下慈善地走了出来，酸枣给众人赏钱，众人千恩万谢。忽然，富家小姐们尖叫着、疯跑着，夺门而逃，后边紧追不舍的是殷家傻少爷和尾随而来的管家。傻少爷手持粥勺见人就砸，酸枣上前劝阻，被傻少爷打在头上，鲜血流出。傻少爷惊怕而慌张地跑回了家。殷氏尴尬无奈、唉声叹气地为酸枣擦去血迹，并无意地摸着酸枣的玉佩。管家看在眼里，疼在心上……

舞台上，灯光暗淡。殷家冷落的门庭和院墙迁换成内院。

凄风残雪、月上高楼。

酸枣忍受着无尽的屈辱和疼痛，在如诉如泣、优美动人的《绣荷包》音乐中，思念起自己的心上人小伙计。（思念舞）

忽然间一个包袱从天而降！酸枣一看是小伙计的包袱，又惊又喜，四处寻找。顿时，舞台上迁换成层层叠叠、高低不等、远近分明、蔚为壮观、极富晋中特色的大片屋顶。

天上，星满苍穹；脚下，瓦挂残雪。在神奇而绚丽的爱情主题音乐中，小伙计悄悄爬上了屋顶，由于思念酸枣心切，他返回殷家。酸枣和小伙计紧紧相拥。这对可怜的人儿，在只属于他们自己的世界里百感交集，相爱着、倾诉着……（爱情双人舞）

忽然，酸枣猛然推开了小伙计，逼他远离殷家，外出学徒经商，待成就大业再救出酸枣成亲！

小伙计终于被逼走了，酸枣十分悲伤。猛然间，她发现了小伙计的包袱，急忙追上前去，充满深情地将包袱从屋顶投了下去。

舞台上，场景迅速迁换成青砖老墙，在壮丽的爱情主题音乐的高潮中，墙根下的小伙计万分激动地接住了从天而落的包袱，掸去灰尘、背起行囊，迈着坚定的步伐向着远方昂然走去！

第二场　小伙计学徒经商

清脆的算盘声响彻天空，低沉的吟诵声时隐时现……

舞台上，历经风雨剥蚀的巨大店铺门板从天到地直立高耸，横贯舞台，蔚为壮观地等距排列着，上面赫然写着"殷记丝绸店"、"殷记瓷器店"、"殷记茶庄"、"殷记药铺"……

皓月光辉从门板缝中穿越，斑驳陆离洒满了舞台。在充满学儒之气的音乐中，透过规则而整齐的门板缝隙可以看到，一个个学徒的小伙计发辫高悬，武士般地正襟危坐；他们吟唱着经商口诀，掷地有声；账本翻飞，风卷残云，令人肃然起敬。（头悬梁舞）

天光渐亮，几个小伙计动作协调统一，将巨大的门板仪式般地摘下来，形成华丽的柜台。其他的小伙计手脚麻利，勤快地耍着手绢擦拭店面，一时间眼花缭乱、龙飞凤舞。（手绢舞）

一根根银线横穿舞台，一个个飞标（记账用的纸夹子）在流畅地穿梭，你来我往，好一片繁忙的景象！（营业舞）

在繁忙的节奏声中，伙计们聚精会神地打着算盘，干净利落，潇洒从容。突然，他们挤成一堆，为一个有争议的数字犯难，几经核算不得其解。这时，小伙计自告奋勇，只见他手持两把算盘，劈里啪啦如飞沙走石，顷刻间拿出准确的数字，令众人瞠目结舌、欢呼喝彩。（算盘舞）

夕阳西下，伙计们仪式般地挂上门板。

入夜，人去楼空。爱情主题音乐安详而柔美。小伙计从衣袋中取出一颗酸枣咀嚼着、品味着，思念着远在家乡的心上人。（小伙计独舞）

在舞台的一角，酸枣也咀嚼着酸枣，深情地思念着小伙计。

随着梦幻般的音乐，一对恋人慢慢走到了一起，他们来到了如同仙境般的酸枣地。这时，整个舞台布满了抽象的白色荆棘和星星点点红酸枣。他们相爱着、倾诉着。

忽然，酸枣好像被什么蛰了似的，后背猛地抽动了一下，小伙计关切地查看着，然后，用嘴在酸枣的背上咬出几根刺儿来，酸枣沉浸在喜悦之中。这时，又见小伙计表现出痛苦，酸枣更为关切，小伙计示意自己疼痛的胸口，酸枣也用自己的嘴去咬，却被小伙计一把搂进怀中。他们如痴如醉，缠绵悱恻。酸枣拿一颗酸枣喂给小伙计，再拿一颗含在自己的嘴里，俩人你吃一颗，我吃一颗，享受着人间的幸福，憧憬着遥远而美好的未来……（爱情双人舞）

幻觉隐去，小伙计仍然沉浸在幸福的思念中，他期待着尽快回到酸枣的身边！

第三场　投毒

压抑而沉闷的音乐。

殷家大宅院，五间九架的过厅，十二根大梁滚金为底的雕绘彩画，富丽堂皇地映衬出空荡荡的豪华和阴冷冷的寂静。

管家点燃几炷不旺的香火在殷家列祖列宗的牌位前飘摇。殷氏端坐在考究的清代木椅上，威严却又和蔼地和并排跪在她面前的酸枣、傻少爷仿佛叮咛着什么……

写着"殷家"字样的红灯笼极其壮观地排列着摆放在舞台台口。傻少爷去点灯，一盏盏点亮，却又一盏盏熄灭。接着，酸枣去点灯，管家和殷氏看着这一切，心里冷一阵、热一阵、慌一阵、稳一阵……红灯笼终于全部点亮了。殷氏颇感欣慰，她一手牵着酸枣，一手拉着傻少爷，向着祖宗牌位跪拜，保佑殷家生意兴旺、香火万年！（三人舞）

红红火火的音乐响起，冉冉升起的红灯高照。

各路掌柜带着各自商号的伙计们兴高采烈地依次进入殷家。殷氏迎候着，管家张罗着，傻少爷乱跑着，只有酸枣心事重重。伙计们有的挑着担子，有的推着独轮车，上面满载着标有"殷记"字样的绸缎布匹、金银细软、茶盐米面、古玩瓷器等，掌柜们兴奋地介绍着，殷氏满意地点着头。（商人舞）

忽然，傻少爷大呼小叫、忙不迭地跑了进来，他兴奋地告诉众人：小伙计回来了！

依然是背着包袱的小伙计学徒归来。傻少爷绕着小伙计疯疯癫癫、活蹦乱跳，殷氏也满心欢喜地招呼着，管家和小伙计相见分外高兴，问寒问暖。然而，众人们围着两手空空的小伙计嘲笑着，他们交头接耳议论着小伙计的无能。这时，小伙计从从容容打开身上的包袱，取出几本整洁的账簿，述说着三年的成就，殷氏和众人哗然。只有酸枣用漠然的外表克制着内心的激动，默默地退到了台口……

此时，巨大的青砖老墙缓慢而沉重地推上舞台，关闭了舞台里边的热闹喧哗，只把酸枣一人留在了台上。

万籁俱寂。甜美而宁静的《绣荷包》的歌声缓缓传来。酸枣悄悄地从怀里掏出荷包，满怀深情地一针针一线线地绣着。（酸枣独舞）

青砖老墙根下，酸枣手里拿着自己精心绣好的荷包，静静地等待着小伙计。这时，小伙计偷偷地走到了酸枣的身后，一把抢过荷包。酸枣紧紧地追赶，俩人你来我去、形影相随，终于到了一起。酸枣拿过荷包轻轻拉开，小伙计将一把酸枣一颗一颗放了进去，两人两双手如同凝聚爱的誓言一般将荷包紧紧地系在一起！

爱情主题音乐再次奏响，俩人火辣辣的眼神相视，并紧紧地拥抱在了一起，心儿醉了，身体酥了，仿佛世间的一切全都融化了。（爱情双人舞，尔后如同雕塑）

无意间，荷包掉落在地上。

这一切，被站在高墙上的管家看在眼里，他摸着自己的玉佩，面对墙下冷冷地漠视着，阴阴地思索着，狠狠地诅咒着，发誓绝不能让小伙计破坏自己精心设计的女儿酸枣与殷家的婚姻，欲置小伙计于死地。（管家独舞）

大墙下，傻少爷从一旁闪出，他发现遗落在地的荷包，好奇地捡起并摆弄着，扭头又看见如胶似漆的酸枣和小伙计，正欲上前，却被一闪而出的管家强行捂住了嘴，并拉着他诡秘地退到了一旁，只见管家解开荷包，取出毒药放了进去，并用荷包逗引着傻少爷悄悄退去……

沉浸在幸福之中的酸枣和小伙计发现荷包不见了，小伙计急忙四处寻找。这时，他俩忽然听到了脚步声，酸枣让小伙计赶快离开。

酸枣独自一人继续寻找着不翼而飞的荷包。

富丽堂皇的音乐奏响，青砖老墙徐徐打开。

舞台上张灯结彩。大堂上，殷氏及殷家诸掌柜正隆重地为小伙计颁发委任状，由于小伙计才华出众，殷氏决定提升他为口外大掌柜，并即刻上任。大堂下，激动不已的小伙计向着殷氏跪拜，他感恩戴德，发誓永远效忠殷家，发奋图强！

小伙计恭恭敬敬地把委任状放进包裹，背起行囊，告别众人，他目光久久地注视着酸枣，心情复杂，依依不舍。

这时，管家慈祥地、慢慢地走到小伙计的跟前，为他掸去灰尘，整整衣袖，并悄悄把酸枣的荷包塞进小伙计的手中，小伙计顿生诧异，内心一阵惊慌！尔后，又心领神会，充满了感激，并再次回首深情地凝望着酸枣！

柔肠寸断的《绣荷包》音乐夹杂着滚滚的雷声，预示着不祥……

第四场　婚变

长空万里，明月高悬。

殷家大片瓦房顶群落张扬着富甲一方的威严。数百个写着或"殷家"或"喜"字的红灯笼，辉映出洞房花烛夜壮丽的景象。

夜空下、屋顶上，被五花大绑的酸枣身着高贵华丽的婚礼服，头蒙长长的红盖头，独自一人仰望夜空，绝望地思念着远方的心上人。（独舞）

像幽灵一般爬上屋顶的管家悄悄来到酸枣的身旁，保护并强制酸枣跟着他在瓦房顶上行走……

舞台迁换，瓦房顶高高升起，留下一片摆放在地面的红灯笼。管家引领酸枣，朝站在舞台中央、身着新郎服装的傻少爷走去。

在列祖列宗的牌位前，殷氏强撑病体端坐在太师椅上。

华丽而典雅的数十名女子红灯贺喜舞。

极具特色的数十名女子晋剧凤冠贺喜舞。

数十名男童从舞台两侧分别推出两半巨大的鼓合二为一，将一对新人围在中间。他们沿着鼓边席地击鼓，祝福着殷家多财、多寿、多子、多福的盘鼓贺喜舞。

忽然，酸枣昏倒在地，圆圆满满的大鼓顿时四分五裂。站在殷氏身旁的管家慌做一团，急忙上前扶起酸枣。红盖头滑落，霎时间人们看到酸枣被蒙眼、蒙嘴、五花大绑。众人惊吓，纷纷散去。

殷氏见状，在太师椅上撒手归天。

傻少爷躲在观众席扶着台口瑟瑟发抖。

管家慈父般地为酸枣松绑，苦口婆心地向木人一般的酸枣劝说着，酸枣不从。管家只好将自己的玉佩与酸枣的玉佩相对，讲明自己与酸枣父与女的真相。父女终于相认，悲喜交加，酸枣在管家的怀中失声痛哭，宣泄着久久压抑的痛苦！

管家苦苦相求酸枣嫁与殷家，那将是享不尽的荣华富贵。酸枣誓死不从，坚决表明：自己生为小伙计的人，死为小伙计的鬼！

管家万般痛苦，无奈地拉着酸枣走向台口，告诉酸枣，小伙计永远不会回来了……

酸枣吃惊！愤怒！痛苦！绝望！欲哭无泪。在幻觉中，青砖老墙缓缓推出，墙头挂满了小伙计各种形态的尸体。

一声炸雷，老墙龟裂；漫天荷包，纷纷坠落。

又是一声炸雷，老墙再次龟裂，鲜红的血浆沿着裂缝流淌；漫天荷包再次纷纷坠落。

悲凉的爱情合唱从地平线隐隐传来，随着音乐，小伙计朝酸枣跑来，打开荷包，吃了酸枣，死去……

又一个小伙计向酸枣跑来，死去……

又一个小伙计死去……

又一个……

直至尸横遍野，堆积成山。

激昂的合唱如洪水决堤从天而泻。

哭泣的老墙，惨烈的尸山，僵硬的管家、痴呆的傻少爷和仰天疯笑的酸枣共同构成一幅宏大的、撼天动地的、触目惊心的画卷！

过场　疯寻

大漠起伏，天高路远。黄沙弥漫，昏天晦日。

形容枯槁、面目憔悴的酸枣疯疯癫癫、跌跌撞撞，奔跑在西去的路上……（酸枣独舞）

第五场　绝唱

古道西风瘦马，枯藤老树昏鸦。夕阳西下，断肠人在天涯。

酸枣像一尊女神，与黄沙挟裹昏死在空旷的沙漠上……

天边隐隐传来的驼铃声，由弱到强，由远而近。单调的驼铃声，在天地间回荡，清脆而响亮，盛大而隆重，直至交响出一片灿烂辉煌！

连绵不断，一望无际的驼队，踏过古道：

（女子群舞）身披驼毛，背负筘箱，高举硕大的驼铃，仙风道骨地走过。

（男子群舞）黄金般的人，背负黄金，高举金铃，豪情万丈地走过。

（女子群舞）人如翠玉，背负瓷器，高举瓷铃，玲珑剔透地走过。

（男女群舞）身披五彩云霞的人上人，背负绫罗绸缎，高举彩铃，神奇斑斓地走过。

驼队浩浩荡荡、威风凛凛！音乐恢弘、气势磅礴！

这时，酸枣在慢慢蠕动，她饥寒交迫，力不能支地喘息着、爬行着、歌唱着、疯笑着……她拦着驼队去路，乞求一口水喝，乞讨一口饭吃……

面对一个疯女人，归来的人们越围越多，他们纷纷嘲笑着、戏弄着、辱骂着、驱赶着！

忽然，人们闪开一条通道，当年的小伙计衣冠楚楚、气宇轩昂地走来。他喝退众人，让他们继续赶路。

空空荡荡的舞台上只留下了小伙计和酸枣。小伙计满怀同情地扶起眼前的疯女人，喂她水喝，并掏出食物给她。酸枣狼吞虎咽……

仔细打量酸枣的小伙计，猛然认出这熟悉的面孔。万万不能相信，这疯女人原来就是自己日思夜想的心上人！霎时间，他百感交集、痛苦无比，将可怜的酸枣紧紧地拥抱在自己的怀里，并一遍又一遍地哭喊着酸枣的名字。然而，酸枣已是疯女人，她麻木地看着这一切无动于衷，小伙计扑在地上痛哭着，酸枣仰望苍天傻笑着……

这时，小伙计忽然想起什么，急忙从怀里掏出荷包。酸枣看到荷包，眼睛一亮，一把抢过异常欣喜地打量着、玩弄着。她拉开荷包，小心翼翼地掏出一颗酸枣，喂给小伙计。又掏出一颗酸枣喂给小伙计。

又一颗……

又一颗……

凄婉的爱情音乐缓缓传来，催人泪下！

酸枣彻底清醒了！她终于认出了眼前的小伙计！

这时，小伙计的身体开始抽搐，他穿心裂肺般痛苦万分。猛然醒悟的酸枣大惊失色！急忙冲上前去呼叫他、救助他，然而为时已晚。绝望中的酸枣抱着小伙计放声大哭！……

朦胧之中，小伙计醒了过来，他幸福地躺在酸枣的怀中，温暖地凝视着她，并指着远方的驼队，诉说着自己多年创业的艰辛和成功，这一切，都来自于怀揣一把酸枣的信念！

绝望中的酸枣从荷包里取出一颗酸枣，放进自己嘴里。她感到无比幸福，露出了满足的笑容！

残阳如血！音乐如画！

酸枣和小伙计终于互相拥有！在高天大地之间，一对恋人，一把酸枣，你喂我一颗，我喂你一颗……

痛苦的身躯和幸福的笑容交织在一起。终于，他们紧紧地拥抱在一起，死去。

一对年轻而苦难的生命书写出永恒的绝唱！（小伙计、酸枣双人舞）

风起，沙扬。

在沉重的、巨大的、轰鸣的音响中，青砖老墙缓缓推出……

傻少爷手捧一把酸枣，在墙根下步履蹒跚。他面对观众傻笑着，仔细吃着酸枣，一颗，又一颗……

沉重的、巨大的、轰鸣的音响，持续着……

〔剧终。

精品剧目·舞剧

风中少林

编剧 冯双白

序　莽原追杀

1

月黑，风急，大雪漫天，飞扫横卷。

天边地平线上，旌旗摇曳，火光冲天。外族入侵者又一次骚扰中原，烧杀抢掠，无恶不作。

2

天元和素水这一对恋人正亡命茫茫荒原。

追杀，追杀！多少年来骚扰中原的强悍外族头领鬼眼独，带领一群骑兵，挥刀嘶喊，声声逼近。刀影寒彻，马蹄激越。

奔跑中，素水的荷包掉在了地上，天元急忙去拣起来，回头一看，几个强敌突到眼前，素水已经落入虎掌。天元将对手打散，二人携手，趁着夜黑急速奔跑。

3

黑色的追杀之风，把两个恋人冲散了，素水消失在大风中，天元焦急万分。

4

猛然间，天元被追杀者包围了！他身为大将军之后，奋起反抗，无奈寡不敌众。

无数把尖刀，对准了天元，在空中高举！

就在即将刀落头掉的一刹那，出现了一个黄色的身影，挡住了夺命刀锋！紧接着，一个个身影出现，在舞台形成了一道明黄的铜墙铁壁，如同巍巍长城！"长城"之内，身受重伤的天元，跌倒在地。

少林棍僧气势如虹，黑衣的追杀者们，杀气收敛，如同鬼魅般退缩。

慧山大师慈悲为怀地抱起了奄奄一息的天元……

第一幕

1

黎明的曙光，照耀在少林寺高檐和红墙之上，一副庄严宝相。

曙光渐渐照在地面上，人们这才发现摆成了各种"卧佛"睡姿的少林武僧们，梦中都在练功！

2

辽远的钟声，荡响山间，唤醒少林武僧。盛大的礼佛仪式，肃穆辉煌！

隆重的音乐，伴和着朗朗的诵经……

3

一阵急速的梆子声，好像催人的号角，揭开了一天的晨练……

正气凛然的，出手不凡，浩浩荡荡！

模仿动物的，出神入化，惟妙惟肖！

音乐声停，赤手空拳的习武者，把一声声深沉的呼吸和猛然爆发的吼声灌注在少林寺上空！

各种冷兵器出现了，极其快速地交接对打，令人目不暇接，火星在呐喊中迸发！

4

一个小和尚出场了。他的动作,虽然带着稚气,却也板板中节,招招有力。他与大武僧们形成了鲜明的对比。

轻松的、快乐的音乐里,少林寺伙夫们推上了八仙桌,早晨的斋饭尚未开始,就在饭桌前,武僧们手中的碗和筷子已经成了神奇武功的展示,幽默、风趣的生活动作,涵含着少林武功的博大精深。

5

慧山大师抱着昏迷不醒的天元出现在少林寺中,扶持着他,端坐在庭院中央。

一瞬间,少林武僧们团团围坐成了一个呈放射状的太阳图案,慧山大师以掌托心,为其发功疗伤。

一切都安静了下来,静得让人几乎难以呼吸!

忽然,天元的胸口动了一下,又动了一下,一口浊气,猛然呼将出来。

慧山大师喜出望外,站起身来,双臂舞向空中,天地之精华,尽数吸纳于胸,又再次向天元的背上推去,推过去……

天元的身体渐渐地抖动起来,生命的元气在其身上鼓荡,如同孕育大潮的湖面,暗涛汹涌……

一声深沉的呐喊,好似一声号令,少林武僧们一起运作起来,他们脚踏神秘的步伐,忽快忽慢,忽左忽右,或团身自转,或整队团旋,那画面,煞是好看!!

天元随着少林的神奇医术之力,慢慢苏醒过来。他睁大眼睛,却好似在梦幻之中。慧山大师带着他,舞动起来,动人的礼赞音乐,为这劫后余生的生命重归而响彻寰宇……

满台红叶,在那讴歌生命的音乐中缓缓飘下,风起,叶飞,歌荡。

6

天元被眼前的一切深深地震撼,他虔诚地跪拜在慧山大师面前,感谢少林神医的救命之恩。他向往地抄起了一支兵器,向慧山大师要求拜师学艺,没想到,大师却递过来一把扫帚。天元大感不解,不屑一顾地将扫把扔在一旁。

7

天元从怀中掏出了素水的荷包,歌谣似的音乐,温暖地从他心底小溪般流淌,浸润着对素水的思念……

天元拜谢了慧山大师和少林武僧,转身,向山下奔去……

第二幕

1

阳春三月——正是让人心跳的恋爱季节!

大河旁,桃红柳绿;桑林边,舞步踏节。

空气中流动着青春的气息,成群结队的青年男女,高举着夸张的、充满生殖崇拜的民间泥塑"泥狗狗",欢娱而舞,求爱的歌声在荡漾!

2

天元穿插在流淌的舞队里,虽然看不见头戴面具的素水,却也灵犀感应着对方的存在,嬉戏般想探个究竟,又总是被欢快热烈的舞队时而分开、时而包围,难觅倩影。

3

澎湃激情,演绎着人间的爱情传说。舞队的男女们摘下了面具,在队形的巧妙变化里,寻找着自己真正的心上人。当一对一对的恋人们结伴而去时，失散已久的天元和素水激动万分地紧紧相拥！

夜色里，爱情双人舞，与"三月三"似的求爱集体舞交相错落，生命之花的绽放，令天地动容。

飘曳的桑枝在感叹，多么动心的劫后重逢；月光与河水在赞美，多么美妙的一对恋人！

4

天元与素水尽情享受着重逢的快乐，却没有想到，危险已经偷袭而来！

云，大朵大朵的黑云，悄悄遮住了月亮。

空气中，一种不知名的隆隆之声，暗暗地，压迫似的滚动。

众入侵者和鬼眼独（在乐池中升起，慢慢地走向舞台）如魑魅魍魉逼近这对恋人（入侵者与游弋者，两者间看上去互不关联，双重时空却越来越交织并存），最后，鬼眼独突然转身抓住两人，他们才如梦方醒。

5

天元帮助素水挣脱了魔爪，趁乱隐没在漆黑的夜色里。

夜，如此之黑；风，如此之冷！中原百姓，被入侵者残酷地玩弄于股掌。

鬼眼独再次发现了素水，她迷人的美貌，使这个心如毒蝎者一下子愣住了神。也就是在这千钧一发之际，天元再次帮素水逃过一劫！

6

逃难的路上，凄苦无边……

逃难的天元和素水，苦命相连……

7

大概唯有爱情，才是支撑人们度过灾难的心灵力量吧？天元不知道从哪里摘得一枝鲜花，渐渐地，一个美丽花屋，在天元和素水的手中慢慢地搭设起来了；苦难中的爱恋，来得如此灿烂，苦难中的情感，显得更加圣洁！

8

鬼眼独的手，从花屋的缝隙中伸了进来，让人不寒而栗的音乐，像深重的大雾，弥漫在空中。

鬼眼独面对素水，一股强烈的占有欲踏碎了他所有的意识，贪婪的本性驱使他要把美貌的素水掠走。

天元与鬼眼独搏斗，但被打翻在地。

鬼眼独脱下了自己身上的黑色斗篷，强行披在素水身上。素水，这个黄河边上长大的姑娘，宁死不从！

天元挣脱束缚，再次冲上前去要与鬼眼独拼命，但被众入侵者死死地拦住，羞辱地挡在胯下！

鬼眼独以杀死天元为要挟，逼迫素水就犯。

素水虽不情愿但又万般无奈地披上了黑斗篷，与心爱的恋人相视诀别，冲向黑幕似的夜色……

9

浩劫过后，失魂落魄的天元，几乎在下意识地走向一个目的地——少林。

天元已经完全精疲力竭了。他哪里知道，少林慧山大师，早已经命定地等在了天元回归之路上。

大慈大悲的钟声隐隐传来……

慧山将跌倒在地的天元轻轻扶起……

第三幕

1

少林武僧的刀舞,寒光闪烁之处,怎一个威风形容!

2

天元魂不守舍地出现在众人面前。

小和尚见到天元成天不开心的样子,决定逗弄他一番。一条板凳,成为二人出神入化的媒介,展示着机敏、风趣、性格及心态的极大反差。

3

慧山大师静静地出现了。

神拳出手,处处有!

4

天元冲动地跪拜在慧山面前,要求大师传授自己武艺。没想到,大师仍旧像第一次一样,递给他一把扫帚!

5

天元无奈地扫着地……

几个梦幻般的意识片断,出现在天元的脑海中。

桑林爱情双人舞;

素水的无奈胡服之舞;

鬼眼独、素水与天元的三人舞。

6

天元从梦幻中醒来,气急败坏地扔掉了扫帚。

7

慧山大师拾起地上的扫帚，手把手地递给天元。

慧山大师看上去是在教天元扫地，但是，破解了几个动作之后，就把天元带进了少林武功的神奇境界。少林武僧们最最普通的日常生活动作里，竟然隐藏着如此高深的功夫！

8

春花乱眼，天元在克服着自己通身的不足，极其刻苦地锻炼……

夏雷动心，天元在暴风雨之夜，努力地攀登高岩，一次次摔下来，一次次攀上去……

秋风剃度，天元在静静领略佛祖禅宗的教诲，从怀中掏出了荷包，交还给慧山大师……

幻化武术，令人窒息的节奏和高强度的冲击力，充分显示着少林武功的强大威力。

武功高强的少林武僧，在空中的峭崖上，飞檐走壁！

冬雪素裹，天元依然矗立巅峰之上，一朵盛开的雪中梅花，颜色分外娇艳……

第四幕

1

素水，以自己单薄的身躯，想要挡住鬼眼独们烧杀掠夺的脚步。

2

素水奔跑，她要给中原的父老乡亲们报信。

山川变换，景色变迁，少林寺的山墙缓缓露出身影。

疲惫不堪的素水跑到少林寺大鼓之前，猛烈地击鼓报警。

3

众人发现身着黑色大斗篷的素水，入侵者的服饰，激起大家心中的民族仇恨，纷纷推搡素水，素水把斗篷摔在地上，又脱下胡服，露出里面的汉衣。

4

少林武僧们闻鼓出阵，列成了强大的阵势。就在阵前，天元认出了失散多年的素水。二人都如天裂震撼似的，愣住了！

5

天元、素水相见，两人相望，近在咫尺，同在月下，却已经两重天！爱要相拥，此刻却再也不能相守。

6

慧山大师将荷包交还素水。

素水悲痛万分，泣不成声。

众姐妹们纷纷围了上来，安慰着素水。哪想到，人们越是安慰她，她就越是不能克制自己。最后，素水挣脱开众人的劝阻，不顾一切地冲向远方……

7

素水的奔跑，怎能宣泄心中的悲伤。留下来，伤心地；回头望，见虎狼！！

两难的境界，一样的疯狂？！

8

入侵者扭曲着逃难的人群……

入侵者每人手中各执一根绳索，将蹂躏之气全数撒在中原妇女的身上。

9

素水冲向入侵者，她想以自己的微弱之躯，阻止这没有人性的残害。但是，她哪里挡得住呢？！

鬼眼独来了，他见到素水身上的汉族服装，顿生冲天怒气！他万万没想到，这个被自己霸占多年的中原女人，心，还是属于中原！

鬼眼独再次强力地给素水披上黑色斗篷，素水把那黑色斗篷，撕成了一条又一条……

鬼眼独疯狂地用黑斗篷的碎条，抽打着素水……

中原妇女无数双手，把素水高高抬起，好似大地伸出的救援之臂。

在生命的最后时刻，素水眼前幻化出一条美丽的彩虹，将自己带入高高的苍穹……

10

手抓着已经被撕碎了的黑斗篷，鬼眼独色厉内荏地狂笑，却难以掩盖内心的重创。

突然，威武雄壮的正义之声，如同万钧雷霆，在空中炸响。

黝黑的山岩上，出征挂帅的少林武僧们，各个身披红色袈裟，如同愤怒的火焰熊熊燃烧。

齐声呐喊，神兵天降！

11

大对决开始了！！

僧兵与入侵者两军对垒，神勇的少林，势不可挡！

天元与鬼眼独紧张对峙，今非昔比，一个正义在手，武功在身；一个心怀鬼胎，色厉内荏。

12

天元终于把鬼眼独打翻在地，再也没有还手之力。

鬼眼独颤颤巍巍地拜倒在天元面前，交出了手中的武器，表示自己完全投降。

众武僧们高举手中的武器，围了上来，要结果鬼眼独的性命。天元阻止了众人。他收下鬼眼独的武器，饶恕了这个危害中原的罪人。

谁也没想到的是，鬼眼独从怀中掏出了暗藏的匕首，从背后猛地刺向了天元。

警觉而神勇的天元，猛然回身，一个击掌，鬼眼独受了巨大冲击力，根本守不住脚步地跌撞向一旁，又从墙壁上反弹回来，挣扎着、痛苦地翻滚着，翻滚向地沟……

13

天元单掌合十，微微鞠躬，又缓缓地脱下了红色外衣，露出内里的金色外袈裟，转身向高山之上走去。

光芒里，一个高大的武僧！

14

武僧们用扫帚扫除了舞台上的一切残迹。

佛光普照

辉煌！！

〔剧终。

精品剧目·芭蕾舞剧

二泉映月

编剧 于 兵 王训益 门文元 李宝群

时间

二十年代末。

地点

南中国。

水乡、古镇。

人物

泉　哥　二十三四岁，民间二胡演奏家。

月　儿　二十岁左右，江南刺绣女。

古少爷　三十岁左右，古宅风流少爷。

古　母　五十岁左右，古宅之主，少爷之母。

卖花小姑娘　七八岁。

众百姓、众家丁、众仆人

竖琴的滑奏将观众带到那泉水潺潺流动的想象之中，随之钢琴与交响乐队插入似奔腾不息的泉涌，将乐曲引入更加澎湃激昂的气势之中，高度技巧的二胡花彩演奏，与交响乐浑然一体构成了前奏曲的高潮，终止是强烈动听的和弦。（前奏曲有中国江南风格，是二泉映月主题变奏而来）

第一幕　翠竹掩月

1

　　翠竹丛丛，绿色幽幽，舞台上下四周布满错落有致的竹树林，恰似江南竹林的海洋舞台前沿乐池上流淌着溪水，乐池上清水如镜，阳光灿烂照射着竹林，林中卖花小姑娘在采摘着朵朵鲜花，舞台上美哉！

　　音乐：小鸟的啼鸣，水沙沙的流淌声，悦耳、愉心（音效）

2

　　竹林像大幕一样，向舞台两侧拉开，在舞台后区下场门处一只小船划动着，小船在蓝色聚光灯照耀下，显得晶莹而古朴，船头上坐一位年轻人，微风拂动他的衣角，船行走在古镇小街长廊下的溪水中，泉哥手中二胡运弓洒脱自如，迎着晚风和霞光抒发着对人生美好的向往，真是一幅别有韵味的江南水乡人文景观。

　　音乐：女声与乐队，楚楚动人

3

　　月儿奔船而去，偷偷将泉哥二胡抢到手中，泉哥见月儿喜出望外，两人在追逐着，玩耍、嬉闹着，众采花女望着月儿与泉哥乘船走向远方……

音乐：跳跃，欢乐，亲密地（两人主题相交合）

4

当两人手拉在一起，似乎听见心在跳动，相互叙说着心愿和爱意……

音乐：情浓浓，意切切，旋律流畅动人

5

欢快的音乐响起，刺绣姑娘们穿着正宗江浙美女服饰蜂拥而上，泉哥在姑娘的嬉闹中不好意思地跑出竹林……

音乐：花彩段，喜悦的

6

刹那间舞台上犹如一张美女图案，穿着四种不同颜色衣服的绣花姑娘们飞针走线，手中蓝色的鸳鸯鸟在绣缎上栩栩如生，月儿和姑娘们格外秀美。

音乐：评弹式乐曲，木管与琵琶，轻巧而玲珑

7

奇异的音乐响起，古宅大船楼门打开，古宅的家丁们排列下船，气派非凡，迎接古少爷。

音乐：古少爷主题，乐曲气势逼人，礼仪式舞曲

8

众多刺绣女列队两旁，月儿手拿刺绣也站立其中，古少爷风度翩翩，得意洋洋，死死地盯着众绣女……显示出古少爷的风流……

音乐：古少爷主题变奏，风流得意

9

　　古少爷来到月儿面前，惊呆了！从未看见这样的美女，古少爷情不自禁地挽过月儿手中绣缎，月儿措手不及绣缎掉在地下，立即蹲下，要拾起时，少爷也急忙蹲下，死死地看着月儿，此后时间里少爷缠着月儿，情不自禁表露出他的爱！

　　音乐：戏剧性，少爷与月儿主题交叉，富于情意地

10

　　泉哥急速上场解救了月儿，月儿投入泉哥怀中，少爷笑嘻嘻地看着泉哥，并抢走泉哥手中的二胡，扔给众家丁，家丁传抛着，泉哥原本把二胡视为生命，泉哥为此而拼命抢夺着！

　　音乐：戏剧性，阿炳主题变奏

11

　　正当泉哥与少爷争抢僵持时，大船上大红灯笼排排挑起，古宅船上侍女列两旁，中间端坐一位老太太——少爷之母，她身着地道江浙贵人之服装，头饰高大而古怪，显得富贵、权势，老太太早就看到他们的一切！她阻止了少爷的行为，刹那间船岸上所有人都跪下为古母请安，古母板着面孔——过目绣女们手中的绣帕。当月儿走到古母身旁时，古母猛然站起为她秀美的身姿和俊俏的脸庞而震惊，当接过月儿手中的绣帕，更是赞叹着，她十分喜爱月儿，少爷抢过古母手中的手帕，将二胡用力甩到了船下，泉哥惊讶！月儿惊讶！他俩人不约而同奔二胡而去，泉哥十分痛惜地捡起二胡擦去尘土，抱在怀中，月儿和泉哥望着古少爷时，大船的舷梯已关上，船窗透过影子看见古少爷用手帕得意地擦着自己的嘴角；船悠悠而去……

　　音乐：戏剧性，低沉而深沉内在

　　最后终止前，出现泉哥旋律，最后一句在强和弦中结束。

第二幕　中秋揽月

1

座座链桥高高横入舞台，舞台左右两边矗立着江浙一带白色屋檐高墙，舞台一条街巷上，戏楼、茶楼、烟楼显露出文化的儒雅构建特色，戏楼里泉哥在演奏着二胡舞曲，他的激情、他的技艺征服了观看的镇民们。茶楼雅座一位老太太（古母）气宇非凡，身后女仆人侍候着，她品茶听乐，味道十足，而在烟馆里透过纱窗可看见古少爷躺卧着在吸着大烟……在二胡曲中镇上男男女女沉浸在中秋佳节的气氛之中。

音乐：极为欢快的二胡与乐队舞曲，是一首狂欢舞曲

2

当泉哥演奏完赢得了一片掌声，古母站起身子并命侍女把钱赐给泉哥，泉哥谢过接下。古母坦然看着戏楼的镇民并亲自将大把钱抛向楼下，她得意地笑着，为自己的慈善而念经取道……

音乐：古母主题，稳、沉，是女性的

3

当古母看见古少爷时，少爷已经烟瘾过后神清气爽在母亲身边撒娇，狂舞一身怪态。

音乐：拨弹，古少爷主题变奏，轻浮怪异地

4

古母见儿子如此疯狂，把烟斗折断扔下阁楼，儿子气急败坏，就像失去命一样的恼怒……

当烟斗掉在地面上时，舞台光洒开，欢乐的人群仍然在节日的气氛

中，卖泥人的老人与放风筝的孩子们，阔太太、阔少爷们，打鱼的渔民、种稻的稻娘，数十人场面十分活跃……

音乐：跳跃地、活跃地

（在热闹的场面中穿梭着，手拿同心结的月儿正在寻找着泉哥，泉哥不知不觉来到了月儿身边）

5

月儿将同心结别在泉哥腰间，两个人含情脉脉在板桥上，众多男男女女都在交换着同心结，明月当空，情丝绵绵，月儿与泉哥、众青年男女荡漾在爱的海洋里。（窥视着这边的古少爷早已抑止不住自己的妒火）

音乐：抒情、优美

6

一位七八岁卖花小姑娘将筐中鲜花一朵朵卖给周围青年男女，当小姑娘看见地上的烟斗时，刚要拾起，古少爷狠狠地踩着小姑娘的手，小姑娘痛苦地挣扎着，古少爷用力一脚把小姑娘踢倒并用烟斗戏耍着小姑娘，泉哥与月儿看到这一切，十分气愤，泉哥用力将古少爷拉开并甩倒在地上，当泉哥去扶小妹妹时，古少爷急速跪在月儿脚下求爱并戏耍着，月儿挣脱反抗跑到泉哥身边，泉哥及月儿关爱着小姑娘并把卖艺挣的钱全部给了小姑娘，小姑娘感激不尽跪拜离去，泉哥拉着月儿漫步在桥上幸福离去……

音乐：戏剧性，平静的

7

古少爷看着他们离去，心中燃起怒火，他已无法抑制自己的羞愧，决心要报复、报仇，此时古少爷丧心病狂地舞蹈着！（戏楼有京剧、昆曲、原生态的表演）

音乐：戏曲板鼓与乐队交织，具有昆曲与京剧因素，其中可以有旦角的喊声

第三幕 彩云追月

1

宁静的夜晚,满天星光在闪烁,泉哥坐在船头凝思苦想进入音乐创作的意境,他坐立不安,心潮起伏,脑海里浮现着那即将诞生的音乐旋律。

音乐:思索的、戏剧性(阿炳主题)

2

泉哥似漫游在泉水奔流的江河之中,一轮明月倒映在湖泊之中,山川秀美的景色伴随着他的舞姿,抒发着泉哥的圣洁心灵。

音乐:极为抒情浑厚美好、给人以更广阔的想象空间

3

泉哥激情满怀,他寻到了灵感,直奔船上拿起手中二胡拉起"天籁之声",月儿奔来听见乐曲极为激动,舞动着快节奏的舞蹈,似乎就是泉哥音乐的外化。

音乐:二胡轻盈欢快,跳跃地,钢琴与二胡也可以

4

随着音乐的发展,泉哥真诚跪在地上,面对苍天他心中充满着真挚的热忱,表现了音乐家对人生意义的感悟和对苍天、大地养育恩德的表露。

音乐:热忱而博大、动人地

5

泉哥激动之后带着喜悦进入梦乡……月儿轻轻地走到他身边,看见他甜睡,她手拿二胡抚摸着,表达她对泉哥深深的爱恋。

音乐：舒缓地，戏剧性，富于感情地

6

梦幻：

一条长长的红绸从空中落下，泉哥扯着长长的红绸从空中飘下，刹那间站在红绸另一端的是穿着新娘衣服的月儿，舞台上坐了无数秀美的江南女人和彬彬有礼的男人，构成了壮美的江南婚礼庆典场面。

音乐：富于江南味道，浪漫地、瑰丽地

7

满台红伞在转动，当红伞闪开时却是穿着白色长袍的众多男子，席地而坐拉着二胡，执红伞的新娘们伴着新郎。

音乐：二泉映月旋律极其动听、悦耳，群二胡与交响乐

8

众人簇拥着泉哥、月儿，泉哥戴上新郎之帽，月儿披上新娘头巾，穿梭在人群之中，泉哥在追赶，月儿消失，泉哥慌乱，梦幻消失。泉哥还在甜睡着，月儿为他盖上长衫，离开。

音乐：乐队与小提琴，小提琴激烈地演奏，突然弦断

9

古少爷与众家丁早已出现在舞台后区，高高滑竿上坐着古少爷，众家丁猛然间将月儿抓住抢走，古少爷得意！

音乐：阴冷、恐怖，要静悄悄的，紧张、戏剧性

10

泉哥被卖花女叫醒，看见地上月儿掉下的同心结，急忙向月儿被抓方向奔去！卖花女在哭泣着。

音乐：阿炳主题，激昂愤慨

第四幕　古府蚀月

1

古府内堂，层层落地门窗展现出各种雕刻的图案与样式，为封建社会势力的缩影。

一道道门窗被侍女打开，当第三道大落地窗门拉开时，正面坐着古宅之主——古母。她奇特的头饰与着装显露出这个古家大宅的世袭风貌。

她身旁站着少爷，而跪在她脚下的是月儿，老人伸手要下了少爷手中那刺绣手帕，猛然站起，赞美这手帕的工艺。

当老太太把月儿扶起时，十分喜爱地看着、摸着。古母的喜欢与月儿的忧虑所组成的双人舞增添了这古宅里的奇异氛围。

老太太唤来侍女送月儿一杯水，拉着儿子离开大堂，而少爷不时地回头望着月儿，恋恋不舍而去。

音乐：低沉、阴冷

2

孤独的月儿思念着情人泉哥……在幻觉中泉哥在月亮中走了出来，他们幸福地又相见了……

音乐：女声哼鸣，小提琴独奏，思念地

3

思念破灭，月儿抑制不住思念带来的痛苦，她决心逃出古宅牢穴。

音乐：强烈的，月儿反叛性格

4

灯光突然亮起，所有窗门打开，舞台后区露出一张大床，床直奔舞台

————芭蕾舞剧《二泉映月》〉〉〉〉〉

中间而来，古少爷从床头上慢慢露出头来。他身穿宽松睡衣，走向月儿，月儿躲闪着、奔跑着，古少爷露出凶相，月儿挣脱，最后在狂乱的扑打中古少爷用花被蒙住床上的月儿，大床倒塌——强暴，舞台刹那间一片黑暗。

音乐：古少爷的主题低沉而恐怖，低音乐器（大提琴），戏剧性

而后，古少爷拉扯月儿双人舞，压迫与反抗的双人舞曲，直至最后凶残之极。

音乐：戏剧性的交响乐曲

5

雷鸣电闪、天地不容！！在倒塌的大床边沿露出月儿的一只手，手上拿着带血的剪刀……

6

泉哥激怒奔上舞台，激奋的舞姿和音乐技巧刻画他内心充满着痛苦，恨不得将古家大宅一切烧掉。

音乐：强有力地，激怒愤慨地

7

大雪飘飘，凄冷的寒风，手拿着刺死古少爷带血的剪刀的月儿，颤动着双手，将剪刀惧怕地扔在大雪地上，她披发破衣，无力地、恍惚地走在大雪中，她哭无泪、喊无声，十分悲惨！雪花飘飘伴着她。

音乐：小提琴独奏与人声交织，哭泣伤心

8

月儿在大雪地中要抹去耻辱，泉哥携起白白的雪花，两个无言的情人只有猛烈洗搓，而心灵却是痛、是泪、是血。

音乐：紧拉慢唱的快板，此段舞曲采用传统板鼓伴奏更好，充满着无

限悲痛的恨

9

惊天动地的锣声响起，从一面锣的声音递增至二十几面大锣一齐敲响，敲红色大锣家奴出现于舞台，逼近泉哥和月儿。逼近！逼近！再逼近！！只见满台红色大锣和穿红色衣服的众多家丁，阵势就是一座难逃的人间地狱！！

音乐：锣声一、二、三，随之增加，乐队出现十二声锣声（极为强烈地）

主题句凄惨地结束。

第五幕　黄泉沉月

1

古宅墓地，石碑密密麻麻矗立于舞台后区，烟雾滚动笼罩着一股杀气，使观众窒息。古宅所有家丁、侍女身穿孝服高执灵幡跪在被月儿刺死的古少爷身前。古母腰中系着一条白带，背向观众，面向已死去的儿子坐在太师椅上……

音乐：恐怖地、阴森，丧葬仪式

2

古母抑制不住内心的痛苦，双眼死盯着被捆绑在石碑上的月儿……当她慢慢把头甩向观众，擦去脸上泪水时，突然发怒，暴跳如雷，失去往日的伪善，露出凶狠面孔……

音乐：强烈地、狠毒地

3

母亲舞动之后，毒狠狠地走到被捆绑在石碑上的月儿身前，古母用自己长长的指甲切断了被绑的绳子，月儿立刻昏倒在地，古母岂能容忍月儿的举动，她恨恨地把月儿从地面拽起，骷髅的古少爷晃动着身体拉着月儿不放松，台上出现了骷髅与真人的双人舞，十分恐怖。

音乐：凄惨地、黑暗地

4

古母命家丁押来泉哥，当泉哥被拉上来看见这一残忍场景时无法忍受而挣扎着，当月儿看见泉哥被捆绑来到这里，月儿和泉哥紧紧拥抱在一起……

音乐：苦难中相见动情感人

5

古母拿来二胡，命泉哥跪拉乐曲为葬礼奏乐，为儿子送行，残酷的抉择啊！泉哥冷静地接过二胡，月儿立即阻挡，古母及家人紧逼，泉哥不顾月儿的阻挡，甩过了月儿，穿过林立于舞台空间的数面石碑登上高山顶峰，猛然面对天空跪下，此时天空乌云滚动，音乐大作！

音乐：戏剧性，威逼、强烈

6

泉哥充满着对世道的反抗和激愤，面对苍天高亢地奏出二胡与交响乐曲，乡亲们从四面八方拥上舞台，其中有渔民、农夫、市民，密密麻麻的人群在乐曲的感召下，奋亢的舞姿似浪潮涌动，蕴含着人们对光明的企盼和不屈的斗志，泉哥与月儿在展开的乐曲中与群众融为一体，场面浩荡无比壮观！

音乐：雷电强烈闪动，高亢二胡与交响乐交织，激奋人心，气势宏大，犹如火山爆发，河水急流，奔腾咆哮！雷电之舞

舞蹈中音乐戛然而止，只听一声二胡琴弦断裂的声响！原来泉哥被群众举在空中，他向苍天表达对这人世间黑暗的诅咒，琴弦断裂之声震响天

际……

　　音乐：雷电炸响、震撼大地

7

　　古母见此情景，恼羞成怒，命古家人鸣枪镇压，舞台一片漆黑……

8

　　强烈的定音鼓敲出最强音，击出不同节奏，数台定音鼓速成强大震撼人心的音乐效果。

　　音乐：戏剧性地

　　第一句鼓滚捶，后强烈不同节奏，舞台上泉哥、月儿、古母、古少爷四人不同定点的独舞，刻画在戏剧冲突中不同场合、不同心态的独舞……

9

　　古母携家人将月儿拉走……泉哥在拼命地奔跑、追赶，古母狠毒地阻挡了泉哥并将自己的双手高高举起，举起长长的指甲，刺向泉哥的双眼！只听泉哥一声怒吼，倒在血泊中。

　　音乐：鼓声紧逼的演奏之后，是更为激越的旋律，像呼喊式的乐曲气氛，刺向双眼要有特殊的效果和节奏

10

　　乐曲爆发出极为强烈的曲、混声长喊，而后是起伏 20 秒，再次引出悲惨而宛转人声，动听的旋律。

11

　　一曲二泉旋律轻轻飞来，停顿四拍。
　　又一曲二泉旋律轻轻飞来，停顿四拍。
　　竖琴极为优美地过渡……

————芭蕾舞剧《二泉映月》 〉〉〉〉〉

茉莉花仙女们叠叠层层拥上舞台，把一朵朵白花撒落在泉哥身旁。圣洁的花朵唤醒了泉哥，他捡起所有花朵撒落溪边，月儿在花丛中出现，茉莉花与月儿起舞，泉哥与月儿表达了人世间爱的真谛，优美而瑰丽。

音乐：极为动听的舞曲，优美、深情、流畅

速度：慢板

长度：加上二泉过渡 4′30″

柳叶飘落，凄美的舞台乐池上的柳叶将是厚厚一米多高，在灯光照耀下枯黄枯黄似柳叶的湖泊，泉哥失去双眼却是光明灿灿，因为音乐是他的生命，他走向柳叶枯海在寻找着，在用心用力跋涉着，他要趟过人生的艰难，飞扬的柳叶落在他肩上身上，似点点泪水撞击他的心灵，当他在枯海中捞起那把如生命般珍贵的二胡，他向苍天呐喊：生命的真谛，爱永恒！卖花小姑娘来到泉哥身旁，把一束束花轻轻放在泉哥身边！

泉哥缓缓坐在枯黄的柳叶上拉起二泉时，空中一轮明月，满天星星闪烁，天地间融融合合，月亮中一只小船，船头站着泉哥，船尾是位撑船的女人。

不朽的《二泉映月》给人们留下永远美好的记忆！

音乐：二胡与乐队极为深情的乐曲

〔剧终。

精品剧目·舞剧

筑城记

武汉歌舞剧院

前言

  1954 年，武汉大水。挖土筑堤的铁铲，在匆忙和不经意间，拨响了一个尘封了三千五百多年的历史颤音。于是，挖掘的动作开始变得小心翼翼起来。当尘土一层层掀去，阳光下静卧的，竟然是一座殷商古城遗址。

  武汉建城的历史，就在这一瞬间，便被上溯到了三千五百年前。

  这座城的规模，为同时代所罕见；

  这座城的完整，令考古学家震惊。

  这座城有一个美丽的名字叫盘龙城。

  作为生活在这方水土上的武汉人，当然要充满幻想地去遥思这座城当年的故事。

  凝望祖先的身影，我们当然会对古远时期劈山凿石所击打出的美妙奇异音响心生敬仰；对开拓攀登所踩踏出的气吞山河的节拍满怀感动。

  于是，一个古远的建城故事便带着动人心魄的家园气息向我们走近了；

  于是，一曲长江文明的赞歌便带着人类童年的质朴纯净在我们耳畔唱响了……

人物

季 尚 盘龙部落原首领之子，后被推选为部落首领，是杰出筑城设计师。

兰 荪 盘龙部落心灵手巧的制陶姑娘，后为季尚的恋人。

季 敖 季尚孪生兄长，精通巫术，暗恋兰荪而后加害于季尚、兰荪。

季 母 盘龙部落原首领夫人，季尚与季敖之母；育儿成人，念念不忘亡夫筑城遗愿。

季 父 盘龙部落原首领。

建城工匠、盘龙部落百姓、外族犯兵

————舞剧《筑城记》 〉〉〉〉〉

序　遗愿筑城

1

空寂的原野。空寂的黎明。沐满晨曦的盘龙部落沉醉在睡梦中。

这是一个依水而居的部落,高大的芦苇铺满堤岸,为远山近水增添了几分苍翠,几分葱茏。

伴随一声声忽高忽低的虫鸣,芦苇摆动起来。时而似微风拂荡,时而似波涛奔涌……

忽然,芦苇翻飞,露出一张张怪异的面孔。他们,是一群外族犯兵。

犯兵如奔泻的洪水漫向盘龙部落。他们疯狂舞动手中铜戈,欲在不知不觉中将这片领土一举吞并。

长梯伸向城墙;铜戈戳向城墙;火把烧向城墙……

2

高大威猛的父亲(盘龙部落首领)出现在城墙上,他怒目圆睁,愈战愈勇。

一场刀光剑影的厮杀上演在城墙上,犯兵招架无力,遍野尸横。

忽然,雨点般的利箭从四面八方飞来。利箭飞落在父亲身上,利箭穿透父亲胸膛……

3

年轻的母亲哭喊着奔上,她伸手搀扶父亲的一刹那,临产前的阵痛猛然袭来,她倒在了芦苇丛中。

厮杀声停止了……犯兵败退了……

悲愤填胸的盘龙百姓默祷着围成一道人墙，迎候新生命的诞生。

一声响亮的婴儿啼哭划破天际。已成血人的父亲浑身为之一振。紧接着，他又惊喜地听到了另一声婴儿的啼哭……他踉跄着奔向母亲。

……他看到母亲用双手托起了两团鲜艳的红。这是属于自己的新生命！这是属于盘龙部落的新生命啊！

父亲亲抚着一双孪生儿子，将一柄青光闪烁的权杖——盘龙戈交给母亲，又将一对刻有盘龙图案的骨佩分别戴在儿子胸前。父亲叮嘱母亲，一定要育儿成人，重筑新城，让盘龙部族的百姓享受祥和太平！

带着满心牵挂，父亲倒地身亡。

凄寒的雪花飘落而下，用漫天肃穆，为父亲送行。

怀抱一双儿子，母亲心痛欲碎，她跪地悲鸣，为死不瞑目的父亲合上了眼睛。

4

一对骨佩在母亲颤抖的手中慢慢合拢。天幕上映现出一条雕刻的盘龙。

族人群情激奋，人墙呐喊舞动。

注视着渐渐雄浑厚重起来的人墙，母亲心潮翻涌。恍惚间，她仿佛看到了一道坚固的城墙矗立眼前！

母亲凄凉的目光中升腾起一团希望的火花。

母亲的脚步由茫然而坚定！

第一幕　祥龙盘城

〔十八年后。

5

芳草如茵，花香满地。盘龙部落迎来了一年中最美好的日子——

春日。

　　这是一个黄道吉日。长到十八岁的季敖和季尚将在今天行成人礼。而盘龙部落也将在今天选出新首领，带领部族完成修筑新城的宏愿。

　　一幅盘龙城建城图（纱幕）横贯舞台。季尚潇洒而飘逸地舞动着、穿梭着，尽情描绘着对建城的美好憧憬。手捧那块挂在胸前的骨佩，季尚心潮澎湃。那是父亲留给儿子的信念。那是整个部落的图腾。十八年他练就了一手筑城的好手艺，他要完成父亲的遗愿。因为只有建起一道坚固的城墙，才能抵御和防范外族入侵，使祖祖辈辈赖以生存的这片土地少受战乱之苦，更加稳定、荣昌！

　　众男子簇拥着季尚，惊喜地欣赏着、赞叹着。

6

　　音乐由明朗转入神秘。一只青光闪烁的龟甲上，映现出季敖。作为季尚的孪生兄长，在母亲的精心培育下，季敖也身怀绝技，精通巫术。今天，他也要在母亲和族人面前，一展占卜技能。他的志向，是要做主宰盘龙部落的首领。

　　季敖舞动着龟甲，时而匍匐，时而跪拜，尽情表达着这方土地对天地神灵的敬畏。

　　随着龟甲的舞动，一个个代表占卜内容的字符也随之翻飞舞动。它们用各自不同的形态，勾勒着属于那个遥远年代的神秘，诉说着飘动在岁月风尘中的沧桑。

　　终于，字符铺排成一幅大吉图势。季敖兴奋异常。

7

　　在族人簇拥下，威仪四方的母亲手执权杖出现在高坡上。那是一支雕刻着精美图案的玉戈。戈面宽大碧透，戈体闪闪发光。那是父亲临终前的嘱托，那是统帅和权力的象征。母亲已握着它在部族中执事十八载。今天，母亲要将它交到已经长大成人、能完成先夫筑城遗愿的儿子手中。

季敖、季尚跪拜在母亲膝前。看到聪慧健朗的两个儿子，看到那幅气势磅礴的建城图，母亲心里有说不出的高兴。她欣然从族人奉上的铜鼎中舀酒，斟满两个儿子的酒斛。

跪接母亲赐予的成人酒，季敖、季尚豪情饮下。他们知道，从今天起，他们就是顶天立地的男子汉了。他们要用有力的肩膀，扛起强盛部族、建设家园的重担，并以此来报答母亲十八年含辛茹苦的养育之恩。

母子三人沉浸在其乐融融的亲情中。

8

随着权杖被母亲奉上高台，首领选举仪式便拉开了帷幕。

看着有希望被自己执掌的权杖，季敖兴奋异常。他讨好地搀扶母亲坐下，然后才和季尚并肩而立，静待族人的选举。

藤蔓上，悠悠垂下两只花篮；部族百姓手中，各自举起一朵鲜花。大家将以花为选票，投入分别代表季敖和季尚的两只篮子里。花多者，将荣当首领。

四个工匠商议着把花投给了季尚；

三个农夫则把花投给了季敖；

五个制陶女把花投给了季尚；

两个老者则又把花投给了季敖……

一时间花舞花飞，这片美丽和谐的土地上飘满了沁人的芬芳！

9

花投完了，两篮花分别被倒在了地上。兄弟二人小心翼翼地一一拾数。结果，"花"数一样！

兄弟二人的目光看向母亲，族人的目光看向母亲。面对票数相同的结果，只有请母亲抉择。

母亲犹豫着，她不知该做出怎样的决断。季尚忠厚善良，为了建城，他练就了一手杰出技能。季敖机灵乖巧，也掌握了一身占卜本领。做母亲的又如何能在旗鼓相当中分出高下呢？

忽然，难耐的期待中悠悠飘来一阵歌声。歌声像一股清甜的山泉，为凝滞的空气送上了一缕润爽的清风。

蒹葭苍苍，依水边。

水波涟涟，绕篱前。

篱曲篱折，栖蝶影。

蝶飞蝶舞，美家园……

美兮美兮……

家兮家兮……

美家园……

歌声中，美丽如花的兰荪绰约而至。她手举鲜花且歌且舞。一颦一笑，千娇百媚；芳影流转，欲神欲仙。

母亲笑了，她看到了兰荪手中的那朵鲜花。

季敖、季尚笑了，他们看到了盘龙部族最美的姑娘。

族人笑了。首领的产生，将因这关键一票而尘埃落定。

兰荪走向人群，走向季敖、季尚递上的花篮。

兰荪将花高高举起。她看到了母亲信任的目光。

兰荪举花的手不再犹豫，她闪过季敖的花篮，将花悠悠投落在季尚的花篮中。

部族首领，就在花儿飘落的一瞬间产生了！

10

在一片欢腾中，季尚跪地接受加冕——母亲将一枚代表建城统领的玉扣戴向季尚的额头，并把权杖交到季尚手中。

梦想破灭的失落让季敖显得有些手足无措。为了掩饰，他从篮中拿出一朵鲜花，举向兰荪。他想在这位美丽的姑娘面前表现自己的大度，同时也向她表达爱意。因为兰荪实在是太美了，尽管她关键的一票使他志在必得的权杖旁落季尚之手，但内心对这位姑娘的喜爱却还是促使他情不自禁地把花举向了她。

兰荪正兴奋地注视着季尚加冕的热烈情景,忽然发现有一朵花在眼前晃动。啊!是季敖。季敖竟给自己献花?

兰荪一阵惶恐,欲接又止。就在这不经意的退让间,花落到了地上。

母亲和季尚看到了这一幕。

族人看到了这一幕。

这朵飘落的鲜花,聚满了神态各异的目光……

第二幕　芳心恋城

11

劈山凿石的声响由远而近,由弱而强。

一幅轰轰烈烈的建城画卷正铺展在盘龙部落的土地上。

协助季尚建城的季敖带领随从巡城而来。他边欣赏已垒起半人多高的城墙边察看工程进展,举手投足间,更多了几分威严和傲慢。

12

芦苇边,兰荪和三五个陶罐女在汲水,她们要把甘洌的泉水送给建城工匠。

来到城墙边的兰荪兴奋异常。她时而俯下身子近观,时而站上石块远眺,当她兴之所至欲攀上城墙去细细体味一下登高望远的感受时,由于心急,一个踉跄险些摔倒。这时,一双手伸向了她。

13

啊!是季敖?!原来季敖在两个随从的陪同下,早已不声不响地来到了兰荪身旁。

兰荪的面颊红了,心跳快了。因为她第一次离令族人尊崇的男人这么近，而且她的身体，此刻就倒在他的臂弯里……她有些晕眩……她急忙掩饰慌乱，努力让自己站稳。

季敖却快慰地拉起她的手，眼前这个姑娘，虽然没把选定首领的关键一票投给自己，但她欲神欲仙般的美貌却使季敖实在着迷。季敖对兰荪说，从第一眼看到她，就产生了一种莫名的冲动。他说，这是爱！他说，这是自己第一次爱上一个姑娘。

季敖的表白，让兰荪有些惶恐。她不知道自己该如何面对这份表白。因为她内心只是对季敖有一份敬畏，他是主持祭祀的巫师，他具有知神通天的本领。

就这样，兰荪几分惶恐，几分羞怯；

就这样，季敖几分追逐，几分表白。

14

劳动号子骤然唱响。号子声中，荣任首领之职的季尚带领一群抬石块的工匠来到城边。力与美的风采从他的每一块肌肉中透出，眉宇间透出的自信使他显得更加气宇轩昂。

忽然，一筑城工匠不小心摔倒，季尚急忙上前搀扶。季敖看到这情景，傲慢地近前观看。

看到工匠腿被砸伤，季尚撕下衣襟欲帮其包扎，却遭到季敖阻拦。季敖呵斥工匠继续劳动。工匠勉强起身，踉跄几步又摔倒。季敖气恼，抡起了手中的皮鞭。当皮鞭落下之际，季尚却用自己的身体护住了工匠。

季尚一边阻止哥哥放下皮鞭，一边把受伤工匠抱到石块上坐好。

兄弟俩截然不同的态度，在兰荪内心掀起了波澜。季敖的粗暴和骄横带给兰荪的是失望，而季尚对百姓的体恤和关爱让她感受到的却是一种温暖。是的，她崇拜他。那天把花投给他，就是相信他有能力实现部族建城的梦想，有能力带领大家过上祥和安宁的日子。而发生在眼前的一切，更让她对这位英俊的首领产生了一份爱慕之情……

15

碍于季尚的指令，季敖只有不情愿地将鞭子丢弃于地。这时，季敖又看到了兰荪。为了赶走内心不快，季敖走到兰荪身边并牵起了她的手。季敖想，何不携这位美人一起到城墙上登高望远呢？季敖边想边拽着兰荪向城墙上走去。

如果没有看到刚才的一幕，兰荪也许会兴高采烈地跟季敖去登高望远，因为她太想去体味一下站上城墙的感受了。而此刻，兰荪却兴致索然。她的目光始终盯在季尚身上。

当她看到季尚笨手笨脚地在帮工匠包扎伤口时，终于情不自禁地挣脱了季敖的手，向季尚身边跑去……

兰荪捧起陶罐，帮工匠冲洗伤口……

兰荪从季尚手中接过碎布，帮工匠包扎……

兰荪和季尚相视而笑……

兰荪的拒绝和一连串的举动，令季敖深感意外。他呆立在城墙上，两眼茫然。

第三幕　骤雨袭城

16

号子声冲天，石凿声震地。

劳动的韵律中，季尚正带领工匠垒筑城墙，力与美的风采从他的每一块肌肉中透出，雄健之气让逐渐垒高的城墙显得更加挺拔威壮。

17

头顶陶罐、全身披满鲜花的兰荪和姑娘们一起来为建城工匠送水。看到城墙已高高耸起，姑娘们欣喜若狂。大家忍不住在城下奔跑着、浏览着，将身上的花瓣一把把抛向城墙。

工匠们从城墙上跃下，姑娘们将水送到工匠手中。

季尚从城墙上跃下，抱起陶罐欲喝，却被兰荪夺下。季尚诧异，兰荪却忍俊不禁，"扑哧"笑出了声。她示意季尚仰起头，她要亲手喂给他喝。

清冽的泉水从陶罐中倒出，水花飞溅在季尚脸上，飞溅在季尚胸前……

18

工匠们边为首领酣畅淋漓的饮水风采欢呼，边兴致盎然地手舞足蹈起来。大家你方跳罢我登场，一时间，喝彩迭起，欢声如潮。

这块土地沸腾了。因为劳动和创造。

这块土地沉醉了。因为梦幻和憧憬。

19

被眼前这热烈气氛感染着的兰荪，也舒展身姿舞动起来。她大胆地把手伸向了季尚，她要在众目睽睽下邀请首领同舞，她要让所有的人知道自己对首领的崇拜，她要把深藏在心底的情感释放出来！经历了那天对季敖的拒绝，她才猛然发现自己原来已经心有所属，她才发现那股拒绝的力量原来就来自季尚。是的，她应该把这份心事袒露给季尚；她应该把这份情感向季尚表达！

在众人的喝彩声中，季尚迈开了舞步。他知道，自己此刻是在和盘龙部族最聪慧最美丽的姑娘同舞。从兰荪大胆炽烈的目光中，他已经读到了爱的信息。本来，他以为兰荪是属于哥哥的，因为从哥哥的举动中，他看到了哥哥对兰荪的喜爱。可那天帮工匠包扎伤口，他分明看到了兰荪对哥哥的拒绝。是的，此刻他才明白，兰荪原来属于自己。

季尚和兰荪就这样如一双蝴蝶般在众人的喝彩声中飞舞着、嬉戏着。任爱的情愫在心中交汇、流淌、奔腾、飞溅……

终于，兰荪把胸前的花环戴在了季尚胸前。

这一刻，所有的人都看到了她爱的表白。

20

　　默立城墙一隅的季敖一直恨恨地目睹着这令人心酸的一幕。他感到正有一盆冷水迎头浇下，浑身笼罩在一片彻骨的冰凉中。

　　忽然，他看到天空乌云翻卷，似乎一场暴雨即将来临，于是理直气壮地冲向陶醉中的季尚和兰荪，责令他们停止欢闹，强固工程。话音未落，一声惊雷便骤然炸响在天际。

　　欢乐在这一瞬间凝固了。

　　季敖举起龟甲，浑身随即抖动起来，因为他看到了不祥的征兆。

　　劈雷和闪电越来越急，倾盆大雨，喷泻而下。

　　城墙裂开了，裂缝越张越大。

　　季尚跑向季敖，请他占卜吉凶。季敖置之不理。

　　兰荪请求季敖作法驱灾，他依然傲慢地闭目而立。

　　出现在高坡上的母亲看到这个情景，十分气恼。她快步冲到季敖面前，用颤抖的手将兄弟二人胸前的那对刻有盘龙图案的骨佩捧起……母亲眼前，那刻骨铭心的惨烈一幕骤然映现。

　　另一时空，母亲的回忆在流动——

　　战火熊熊，厮杀阵阵。父亲率领部族与犯敌搏斗……

　　城墙残破，家园被毁。痛心疾首的父亲在刀光剑影中挥洒着满腔仇恨……

　　突然，箭像雨点般飞来，密密麻麻扎满父亲胸膛，顷刻间父亲变成了一个血人……

　　年轻的母亲冲上，跪倒在父亲面前。这悲壮一刻，季敖、季尚在血泪中诞生。

　　父亲抚摸着刚刚降生的两个儿子的头，把一对刻有盘龙图案的骨佩戴在了他们胸前……

　　父亲缓缓倒下……

　　摆动在两个孩子胸前的一对骨佩，闪射出如血的红光……

　　漫天大雪中，母亲怀抱孩子走向残破的城墙……

母亲的诉说，在季敖和季尚心中掀起狂澜。

季敖挥动龟甲，开始占卜驱灾。季尚则带领工匠跑向开裂的城墙。

城墙在暴雨中摇摇欲坠。人们齐齐跪地，向天神祈祷。

暴雨并没有因季敖的作法和人们的祈祷而停止。随着又一声劈雷的炸响，那段用身体支撑着的城墙终于被冲垮了，季尚和众工匠被淹没在瓦砾中……

兰荪慌乱的脚步冲向瓦砾……

母亲慌乱的脚步冲向瓦砾……

族人慌乱的脚步冲向瓦砾……

第四幕　黑云压城

21

月明星稀。

伤情弥漫在这块刚刚经历了一场水灾的土地上。

满目悲怆中，魂幡飘摇。未亡人在为伤亡的亲人招魂。

22

受伤的季尚踉跄而至。他扶起一个死去的工匠摇动呼喊，可工匠却瘫软地从他手中滑落倒地。他又扶起一个，扶起的人依然滑落倒地。

看着眼前的情景，季尚心如刀绞。他凄然跪倒在未亡人面前，向大家赔罪。

23

兰荪寻季尚而来。看到他满身伤痕、满目凄然，兰荪更是心痛欲碎。

兰荪安慰季尚好好养伤。兰荪要季尚振作起来。兰荪说只有首领鼓起勇气才能带领大家重建家园。

兰荪的安慰给了季尚力量。他冲向沮丧地坐在城墙边的工匠，号召大家继续建城，可工匠们却都躲他而去。工匠的态度，令季尚如遭棒击。他绝望地抱起一块石头，怒吼着砸向瓦砾。由于用力过猛，满身伤痛的他昏厥过去。

24

母亲在季敖的搀扶下寻季尚而来。

季尚在兰荪的呼唤中苏醒。他跪地向母亲谢罪，并把建城统领的玉扣解下交予母亲。他说，由于疏忽造成了事故，自己不配做统领。他说，他愿意接受母亲的惩罚。

听着季尚的诉说，母亲黯然神伤。

可季敖却心花怒放。季敖想，机会终于来了！他看到了那柄令他垂涎欲滴的权杖，他跪倒在母亲脚下。

季敖主动向母亲请战。季敖说让弟弟安心养伤，自己暂时替代他行使首领之职，指挥大家继续建城。

善良的季尚对哥哥表现出的骨肉情谊充满感激，当他欲把权杖交予兄长时，兰荪急了，她忍不住上前拦阻季尚。

兰荪的举动，令母亲感到意外，她疑惑的目光看向兰荪。

兰荪欲向母亲说出对季敖的担忧，但又有些惶恐。她迟疑着……终于还是一言未发地退到了一旁。

对兰荪这一举动，季敖更觉意外，由此对兰荪的惚恨更增添了几分。

看着遍体鳞伤的季尚和满目伤情，母亲发出一声长长的叹息。终于，她将季尚手中建城统领的玉扣戴在了季敖的额头，又亲手将权杖交到季敖手中。

季敖脸上终于浮现出得意的神情。

第五幕　舍身祭城

25

一幅象征部族图腾的盘龙图（骨佩图案）悬挂在厅堂中。得到了权杖的季敖正坐在首领宝座上享受着一呼百应的安逸。

捧着各种青铜礼器的男女跳起了欢快的庆典舞。季敖忘乎所以地狂饮着，强迫在身旁陪酒的兰荪与自己同干。兰荪不从，季敖便粗暴地将酒泼向她的脸，并威逼她答应嫁给自己。兰荪终于忍无可忍，愤怒的耳光抽向了季敖。

季敖彻底被激怒了！大庭广众之下兰荪已经一次又一次给了他难堪，让他威风扫地……原以为坐在了首领的宝座上兰荪就会倾心于自己，可这个不知天高地厚的女人竟是如此不识抬举！

季敖指使手下将兰荪拖下去，他要惩罚这个令他绝望的女人。

闷雷又一声声传来。随从跑上报急，季敖并不理会，继续喝酒享乐。

直到怒气冲冲的母亲出现，才使季敖放下杯盏，跑到门外观看天象。

季敖对母亲说，盘龙部族依然灾气未消，需祭城才能平息天怒，驱走水患。

季尚也踉跄而来。他惦记正在一点点修复起来的城墙。听说要祭城，他急忙吩咐族人捧上"牺牲"。

族人抬上三牲，古朴的祭祀仪式就此拉开帷幕。

穿了"百兽服"的族人跳起了祭祀舞。季敖在"百兽"中穿梭，口中念念有词。

26

虔诚的祭拜非但没能阻止风雨的脚步，更密集的红雨反而降落下来。

母亲、季尚、族人期待着季敖的神力。

此时的季敖真有些威风八面了。他想，既然天助我也，何不就此借天意解除心中的恶气？不是正愁没有借口惩罚那个令他绝望的兰荪吗？祭城……对！人祭！一个恶毒的念头终于在季敖心底诞生。

季敖舞动龟甲，退下三牲祭祀者。他说，只有人祭才能免除灾情！

随着季敖的舞动，一副祭祀架被推上，人们惊异地看到，被架在祭祀架上的牺牲竟然是美丽的兰荪。

母亲和季尚惊呆了。他们没有想到季敖会选兰荪做牺牲。

季尚急切地冲到母亲面前,求母亲救救兰荪。可当看到季敖手中抖动的龟甲和越下越大的雨时,母亲无奈地背转身去。

季尚又冲向季敖,求他看在兄弟情分放过兰荪。可季敖只顾口念咒语,全然不理会季尚的求告。

季尚恼怒了,他揪住季敖的衣襟,要与他理论。

季敖假意从默祷中惊醒,一双恼怒的目光射向季尚!

季尚回敬季敖的,同样是饱含怒火的目光!

27

兄弟二人,第一次打破了原有的和谐,开始了一场无声的对峙。

季敖抖动了一下龟甲,他试图用这种方式告诫季尚快些离开。这是祭祀,谁也没有权力阻扰这庄严的仪式!

季尚从容地面对着季敖。在这方水土上,虽然自己的权力至高无上,但他从未在季敖面前施展过威风。他敬重哥哥,珍视亲情。而今,首领的权力虽然暂时交给了季敖,但他依然没想和季敖争抢什么,即使是兰荪。可兰荪并不爱季敖,爱不能强迫,季敖应该明白。

季尚对季敖说,想让我眼睁睁看着你因爱不得而加害兰荪,办不到!

季尚对季敖说,想让我眼睁睁失去心爱的姑娘,行不通!

季尚不再顾及季敖的态度,他猛然抽出利剑,将祭祀架上绑缚兰荪的绳索割断。

季尚将兰荪拥在怀中。

季敖此时才真切地感受到了季尚的坚决和力量。他一阵心虚。他生怕大家看穿自己的阴谋。他想,我不能退败!在母亲面前一定要把持住,一定要不失镇定,维护尊严。

他举起权杖,号令随从把季尚绑了!可季尚却挥动利剑,喝令随从不许上前。

季敖终于要针锋相对了。他不再隐忍,也抽出了利剑。

族人惊恐地围向母亲,围向季尚,围向季敖。

28

　　面对兄弟间的兵刃相向，面对族人的围哄，兰荪不再沉默。她冲进人群，跪倒在众人面前。她悲咽地对季尚说，城终于要建起来了，这是她一直以来的梦想，更是盘龙部族的梦想。她说，为了护城，她情愿一死！她不能眼看着季尚因她而与兄长反目成仇，她更不能眼看着季尚因她而失去母亲的信任和族人的拥戴……

　　她说，她愿意顺从天意，愿意以牺牲生命为代价，来求得新城的平安！

29

　　"嘟——嘟——嘟"，祭祀的号角嘹亮而悲怆地响起，悠悠地，刺在流血的心上。季尚感到一阵彻骨的痛。

　　"嘟——嘟——嘟"，号角再次吹响，兰荪与季尚作最后诀别。

　　兰荪的歌声凄婉地唱响……

　　　　蒹葭苍苍，依水边。

　　　　水波涟涟，绕篱前。

　　　　篱曲篱折，栖蝶影。

　　　　蝶飞蝶舞，美家园……

　　　　美兮美兮……

　　　　家兮家兮……

　　　　美家园……

　　这是一场生离死别，百年情缘劫。

　　泪眼相望，多少牵挂剪不断？

　　依依不舍，多少悲情难释怀？

　　"嘟——嘟——嘟"，祭祀的第三次号角响起，族人为兰荪穿上了画有江河日月图案的祭衣。

　　季敖开始击鼓，合着鼓的节奏，族人将兰荪抬向城墙……

　　季尚不顾一切地拨开人群，冲向城墙，与心爱的兰荪并肩而立。

季敖呆了。少顷,他终于气急败坏地下令筑墙。

石块没过了季尚、兰荪的腿……石块没过了季尚、兰荪的胸……

就在这令人揪心的时刻,雨忽然停了,一轮红日破云而出,光洒大地。母亲惊呆了,季敖惊呆了,族人惊呆了,季尚和兰荪惊呆了。少顷,人们一片欢呼!季尚和兰荪紧紧相拥……

是苍天开眼,收回了夺命的雨!

是苍天有情,让有情人不分离!

看着欢乐的族人,看着欢悦的母亲,看着爱意缠绵的季尚、兰荪,季敖如芒刺在喉,如滚油浇心……此刻灿烂的阳光分明正在嘲笑他占卜有误,假传天意。

季敖彻底跌进绝望的深渊。他穷凶极恶地拔出利剑,朝季尚刺去。

兰荪惊恐地瞪大了眼睛,因为她看到在季尚身后,一把寒光闪闪的利剑正刺向季尚。母亲也看到了这揪心的一幕,被惊得目瞪口呆。

兰荪冲了过去……利剑刺进了兰荪的手臂……

季尚冲过去搀扶兰荪的一刹那,季敖的剑又一次刺向季尚……

这一次挡住利剑的是母亲的胸膛。

鲜红的血,一滴滴洒落在城墙上,而后像默默燃烧的火苗,渐渐漫延开来,一片片染红了城墙……

刹那间,天地一片血红。

季敖呆了,他是担心季尚仇恨自己才先下手为强的,没想到兰荪和母亲却用自己的身体挡住了刺向季尚的剑。

母亲慢慢倒地。愤怒的季尚和愤怒的族人将剑锋指向季敖……

第六幕　众志成城

30

季尚和受伤的兰荪搀扶着奄奄一息的母亲站上了即将完工的城墙。

母亲看向远方，脸上浮现出欣慰的笑容。因为她平生的梦想就要实现了。然而，钻心的伤痛，又使她产生了一份深深的自责，她对季尚说自己没有管教好季敖，不该姑息季敖。

在生命的最后时刻，母亲终于硬撑着将季尚和兰荪的手牵在了一起，表达着对他们的美好祝福。

季尚和兰荪泪流满面地跪拜在母亲面前。母亲带着满足的笑容缓缓倒下。

31

一声怒吼骤然爆发在季尚心底。他猛然起身，开始了筑城的劳动。兰荪也和他一起，搬垒着石块。

工匠们一组组映现，劳动的号子声渐至雄浑。

渐渐地，高低错落的每一个空间平台上都站满了人。在季尚和兰荪的带领下，如火如荼的建城场面如一幅恢弘的画卷般铺展开来。

在大家的舞动中，城墙矗立起来了！宫殿矗立起来了！

一座流光溢彩的新城终于耸立在盘龙部族的大地上！

32

优美动听的歌声响起。歌声中，族人洒着花雨，走上盘龙城。城墙中飞舞出一条金光闪烁的龙。

如蝶的花雨纷纷扬扬，飘落在新落成的盘龙城上，飘落在季尚和兰荪的身上……

……

蒹葭苍苍，依水边。

水波涟涟，绕篱前。

篱曲篱折，栖蝶影。

蝶飞蝶舞，美家园……

美兮美兮……

家兮家兮……

美家园……

……

兰荪的歌声更加清悠婉转。

巍峨的新城更加明丽堂皇。

〔剧终。

精品提名剧目·舞剧

闪闪的红星

上海歌舞团

———舞剧《闪闪的红星》 〉〉〉〉〉

序　幕

　　序幕部分将基本保留上一稿的内容方式，其舞台的核心形象，是由五个"红星"装束的女演员和潘冬子的舞蹈形象内容构成。序曲所要达到的艺术效果，一是通过五个"红星"的女子舞蹈表现，确定一种浪漫的、象征性的舞剧风格和手法，并且在以后的剧情场景进行过程中，不断地再现这一"红星"的舞蹈形象手段，由此而烘托气氛，强化主题；其次是正面展示潘冬子的舞剧人物形象，在舞蹈手段和音乐主题上，具有开宗明义的意义。有鉴于此，建议在相关的舞台手段之外，在音乐上不仅展现原作的内容风格和舞剧所需的氛围色彩，而且应确立舞剧形象的"潘冬子"的主题，以便观众对舞剧本身的"潘冬子"形象有特别的感受和理解。同时，为以后的剧情中舞剧人物在不同感情活动和戏剧冲突中的主题形象发展，留下依据。

苏　区

　　明媚的阳光，动人的歌声。苏维埃红色根据地一片生机勃勃的景象。清亮小溪旁，一对乡村妇女身着朴素的衣衫，来到小河边，手拿木盆与棒槌，为红军战士洗衣服，由此而成一段"洗衣舞"。在她们身后的背景中，有参天的大树，小小的石桥，不时有一队队的红军战士和儿童团走过。

　　"洗衣舞"结束之后，由少年潘冬子带领的一对儿童团，踏着欢快而跳跃的节奏，穿插进来，在与"洗衣舞"的女子群众交替之后，展开一小段儿童舞蹈，表示冬子一群少年，热爱苏区、热爱红军，模仿英雄的内容形象，由此而形成一段"儿童团舞"，并为后来的剧情舞段留下基础。

　　以上两段舞蹈构成"苏区"场景。在音乐上，建议突出其大环境的明亮、抒情与美好的色彩。除女子"洗衣舞"相对独立之外，"儿童团舞"舞段可考虑为以后剧情中，特别是结尾时出现儿童团与黑暗势力斗争的舞段形象确立基础，让观众在听觉上找到形象根据。

撤 退

舞台灯光布置迁换。音乐出现阴暗而不祥的气氛。原本灿烂祥和的苏区的天空，出现了秋天一样肃杀气氛。大队的红军战士出现在舞台上，随着他们的出现，音乐变得逐渐的激昂起来。在节奏强劲而又富于韧性的音乐中，大队红军排列成阵，由此而展开一段"红军舞"。舞段和音乐富有红军的英雄气概和大撤退式的悲壮色彩。建议音乐在大气磅礴之中，增加凝重的历史感，使其更有史诗乐章的意味。

在"红军舞"段即将结束时，冬子的形象出现在撤退的红军队伍中，他似乎在寻找着，一路向前，也就是向家的方向奔来。此刻音乐在紧张的节奏状态下，延续至下一场景。

离 别

在前一场景的基础上，舞台加入新的元素，如桌椅窗棂等物，在观众面前直接转换。音乐从前景中延续至此，而冬子一路奔回家的形象也从前景中贯穿而来。他进入家门，形成父母与他的三点空间关系。在短暂的攀谈之后，冬子年幼，疲倦入睡，父母二人在冬子入睡之后，相对无言，别离之情更加牵肠挂肚，二人相拥起舞，由此而成一段感情浓郁、内心矛盾、感情激烈的双人舞。

这段双人舞，是本剧中特别突出的内容之一。由于本剧题材和演员人物所决定，全剧双人舞的成分并不饱满，由此带来的负面影响是人物的戏剧性内心矛盾表现手段的不足，进而影响全剧的戏剧性的程度。为了改变这种状况，特别强调这段双人舞的表现，甚至可以从舞剧的角度强调和发展出原作之中并不重要的内容，以创造出舞剧特有的戏剧性。因此，建议音乐在为双人舞设计中要有足够的内心感情和矛盾冲突。别离、伤感、深切的爱和激烈的表达；无奈与决绝。由此而使双人舞形象丰富和充实起来。在本剧人物和戏剧冲突中起"四梁八柱"之作用。

父母双人舞结束，二人在"大撤退"的号角与脚步中决然离别。父亲临行前将一枚布红星放在冬子的手中，母亲则目送着父亲背影消失在行进的红军队伍里。

冬子醒来，他疾步来到母亲身边，望着父亲的背影，望着大队离去的红军，内心的惆怅、困惑、忧伤和担心交织在一起。他捧着父亲留下的布红星，先是依偎着母亲，而后在逐渐推起的情绪中，他好像在不断地询问着，表达着内心的忧伤和困惑。最后在母亲的鼓励下，冬子把所有的感情和希望都寄托在手中那枚布红星上。他一次次地在母亲眼前高举起那枚布红星，由此而成一段独舞。

这段独舞是本剧所要突出强调的另一主要内容。在本剧的前一稿中，冬子的舞剧形象虽然自始至终都在舞蹈，但仍给人不满足，原因就是这些独舞不在特别人物主题音乐形象中进行，而是在大片色彩性、情绪性的音乐和群舞中进行。有鉴于此，建议此段独舞在音乐上单独构成相对的段落。通过人物内心的感情变化，设计戏剧性的矛盾层次，将上文提及的那些惆怅、困惑、伤感、询问等因素逐步表现出来。在序曲的"潘冬子"的主题基础上，第一次戏剧性地展示冬子的人物形象主题，由此而使舞剧人物在观众心目中留下深刻印象。

阴　霾

紧张的音乐气氛中，舞台上灯光布景六幅度迁换，由前面场景转变为恐怖而具有邪恶意味的氛围。大队的黑衣团丁上场，由此而成一段短暂而且有特别意味的"团丁舞"。这段舞蹈在舞台想象上的风格，应尽量不落以往类似形象的套路，而找到自己的形式特色，似应强调的是那种愚昧、残忍而又阴暗笨重的风格节奏，尽可能避免"小丑"式的脸谱化表现。

在群舞之中逐步发展出胡汉三的独舞，这是本剧中意欲加强的内容。在这场舞蹈中更明确了"胡汉三"的主题动机，是那种阴暗、腐朽甚至是衰老没落式的节奏性格。让戏剧人物的形象更准确、更清晰，让观众从容地看出人物内心的活动过程，而不流于表面化的虚张声势。

屠 杀

当"胡汉三独舞"进行至结束后，全部黑衣团丁在胡汉三带领下簇拥至舞台后半部的高台上。激烈抗暴的音乐仿佛是枪声一样。待黑衣团丁散去之后，高台上死尸遍地的死人堆裸露在人们眼前。凄惨的音乐旋律与震人心魄的鼓点声中，冬子一人从尸体中穿过。惊骇、恐惧、悲伤与仇恨，一阵阵一层层在他的内心中经过，由此而成一段充满愤怒而激烈的情感色彩的独舞。

这段独舞在戏剧结构中至关重要。它不仅是一切先前的美好被彻底毁灭，而且更是冬子的人物性格与命运的大转化，因而在戏剧性内心活动的变化层次上需要有充分的刻画和表现，由恐惧而至悲伤，进而至仇恨，完成他成熟的性格。这是舞剧摆脱自身叙述手段局限性所必要的概括，也弥补了舞剧与文学相比故事性情节不足的缺陷一面，建议音乐和舞蹈给予足够的重视。

火 种

当冬子的独舞达到最高潮的时候，场景迁换，音乐陡然转向紧张而机警的节奏状态，舞台上出现如暗夜中的山路一样的环境氛围，由此进入冬子妈与冬子在白色恐怖下坚持斗争，发动群众播撒下红色火种的情节。在冬子妈的牺牲过程中,也将会充分地再现"序曲"部分已经出现过的由五位女舞蹈演员而成的"红星"的舞蹈形象手段,做到上半场浪漫风格的首尾呼应。

孤寂中奋起

音乐气氛浓郁。冬子家一切如旧。返家后的冬子睹物思亲,桌椅如常,而父母俱已不在。

冬子柔肠寸断,悲愤欲绝。环境凄绝,令人伤怀,昔日在父母膝下的欢乐情景一一再现。仇恨在冬子的小小胸腔中激荡。

众乡亲闻讯,前来抚慰冬子,他们怀着怜爱的心情,尽情呵护、体恤。乡亲们鼓舞他战胜悲痛,重燃生活的希望。在大家的温暖关爱下,冬子倔强地擦干了眼泪,挺起胸膛。

由于白色恐怖日益严重,杀机四伏,胡汉三的威胁越来越迫近,地下组织决定把小冬子带到游击队根据地去。

以上是一组混合舞蹈,情感浓郁,真情毕现,在低沉中蕴含着力量将要爆发,或者说舞蹈的气氛是"蓄势待发"。

三过关卡

冬子成行,试闯封锁线。

满街的白色恐怖,革命处于低潮,不少革命志士被枪杀,邪恶势力、地主还乡团反攻倒算,甚嚣尘上,十分猖獗。

关卡林立,虎视眈眈。

面对虎豹横行、关卡挡道,冬子一开始的心态和舞段,是有种怯意的,他毕竟是个少不更事的孩子,显得惴惴不安。

这里有三个精心设计的舞段,充分凸显了小冬子性格成长的心理轨迹。

第一次过关卡——紧张中不慎把包丢了，他惶恐，不敢去捡。舞蹈的表现要有极强的分寸感。

第二次——紧张中，包又掉了，恐惧慑住了他，战战兢兢，不知所措。

第三次——包，还是掉了，但是他却神情自如，镇静地捡了起来，并且声色不动，状若无事。

三次的情节演绎，事件雷同，舞蹈韵味迥然相异，一次比一次递进，一次比一次成熟老练，从中可以窥见小冬子心理素质的提升。而舞蹈的节奏，也从紧张、恐惧，演变为松弛、自如，在张弛之间，稚嫩气随之释放，舞蹈韵律也变得舒缓有致。

竹排抒怀

冲过关卡，巧破封锁线后的冬子，如笼中鸟入林，如鱼儿巧入水，心境无不愉悦。此时，欢悦的独舞，江山的丽色，秀水的绵延，竹排的悠悠而行，飞鸟的凌空翱翔，山水共一色，美景同入画，组成一幅秀色怡人的壮美图景。

音乐起。童声合唱《小小竹排江中游》。

第二遍。成人合唱《小小竹排江中游》。

坐在竹排上的小冬子，激情澎湃，手捧红五星，尽情抒怀，憧憬革命胜利的幸福前景，对革命理想的无限向往。

舞蹈的动机、韵律中，包含着充沛的革命浪漫主义氛围，舞段的组合，充分突出浪漫和想象，让人有无限时空的艺术遐想。

竹林中所有的红军、游击队战士欢呼："冬子来了！""冬子来了。"他们把冬子举向空中，在他的身上尽情播撒友爱之情。在众人的簇拥下，当冬子下来时，他已经戴好了红军八角帽，镶上了闪闪的红星。

紧接的舞段，充分借鉴电影"蒙太奇""闪回"的现代手法，展现战士冬子在红区的各个画面——

冬子与红军战士嬉戏玩乐，一片欢语笑声。

冬子和红军战士一起操练。

冬子勤快地帮助战士烧饭。

……

舞蹈不断强化功能，画面更替迅速，动作快捷，富于流线型，舞蹈造型丰富变幻，舞蹈不断输送审美信息量，造成较强的视觉冲击力。而冬子，则是自我净化后的豪情陶醉，心灵的洗礼，灵魂的美妙升华。

米店出击

冬子在革命队伍中，日益成熟。

第一次受命，乔装打扮，深入敌占区。他换上民间土帽子和衣饰，打入米店，伺机展开工作。

米店。冬子一身伙计打扮，机智干练，沉着冷静。在老板的支使下，冬子擦地板，搞杂务，舞蹈富于生活趣味。

冬子发现米店老板的秘密，店后面是偷偷囤积的粮食，老板勾结胡汉三，为国民党运粮。此时，广大饥民却民不聊生，老板宣布无米可售。

冬子巧妙脱身，将实情告之饥民。大家群情激愤，怒责老板，冲入粮仓。老板和胡汉三的阴谋顿成泡影。

得胜后的冬子，神情满足，眺望满天的星斗，闪闪烁烁，陷入了美妙的遐想……

父母出现，儿时的情景映入眼帘，天伦之乐，举家团圆，他的顽皮，他的笑容可掬，父母对他的爱，亲情的呵护，此时——尽现……

聚歼顽敌

梦醒。冬子环顾四周，景象一切如旧，月色如银，星辰闪烁……

胡汉三、米店老板、老板娘在一起聚宴，弹冠相庆，臭味相投。冬子也在侧，仍是米店伙计的身份和打扮。

胡汉三突然对冬子心存怀疑，有某种似曾相识的感觉。这里的舞蹈处理力求新意，在造型上有所革新，表现冬子和胡汉三势不两立的对峙，对峙中要传达冬子的机智周旋，既智勇应对，又巧于掩饰。舞蹈多义、多变、多层次渲染，为冬子的大智大勇，尤其是非凡的心智表现做铺垫。

冬子获得胡汉三的重要情报，火速登程，向红军游击队急送消息。红军指挥员立即部署，组织兵力攻打县城。

在红军凌厉的攻势下，胡汉三溃不成军，一败涂地，无奈之下拼命逃窜。冬子机警地拖住胡汉三，设计牵制，为红军聚歼胡汉三赢得了宝贵的战机。由此形成胡汉三和冬子的双人对舞。这段舞蹈在形式上，将再次强调胡汉三没落与垂死的性格心态。

在磅礴大气的舞蹈氛围中，胡汉三面临灭顶之灾，处于彻底包围中，绝望地走到了失败的尽头。

滚滚的舞蹈洪流，一波又一波，在舞台上掀起冲天的红浪，酿成一片动人心魄的红海洋，象征革命的如火如荼，蔚为壮观。音乐与之共鸣，产生巨大的欢情，在舞台上久久不息。

山花烂漫

沉浸在胜利中的冬子，舞蹈造型更为成熟，使观众对他油然产生可亲、可爱之感。

无数小路上的鲜花，随风荡漾，簇拥着冬子，呵护着他矫健的青春之躯。

这时，他的父母出现了，浪漫催情的舞蹈，巨大的亲情灌溉和抚慰，瞬间将三人凝聚在一个空间。舞蹈的审美造型不断丰厚，既有革命的激情澎湃，又有亲情的互为交织，水乳交融，汇成一体。

冬子豪迈而凝重地戴上八角红军帽，无限虔诚地向观众行庄严的军礼！

漫山遍野的山花，愈发烂漫，愈发灿烂，愈发红艳，愈发绚丽！

〔剧终。

精品提名剧目·舞剧

情天恨海圆明园

北京歌舞剧院

———舞剧《情天恨海圆明园》 >>>>>

第一场 庚申年（1860）残冬

　　幕启，追光打亮舞台中央，周围漆黑一片，仿佛黎明前的黑夜。追光处，凌空吊着一挂巨大的铁算盘，铸铁的棱框与乌黑锃亮的大算盘珠子，在泛着冷光。一个蓝布衣衫、头顶小帽、干净利索的男子，身上带着架势来到一人来高吊在空中的铁算盘跟前，他忽然间拉开身法，舞起这巨大的算盘，耍起各种花活样式。随着他的动作，铁算盘发出奇异而又刺耳的"哗哗"声来。这声音打破了京城黎明前死一样的静寂。

　　舞台上灯光忽然大亮，可见一幅晚清年间京城南郊市井图画。近处"鹤年堂"药店黑漆金字的牌匾，高悬在古香古色的店铺前（那挂"大算盘"，原正是挂在药店的大门前）。远处，北京城城墙，在天边拉开一线锯齿形的轮廓，宣武门的城门楼子隐约可见。

　　铁算盘的声音依然"哗哗"地响着，大群晚清装束的平民百姓，仿佛是瞬间从地下冒出来似的，忽然之间涌满了狭窄的街巷，直至站满了街边两侧店铺的台阶。众人围拢在一起伸着脖颈，饶有兴味地看"鹤年堂"的伙计耍那挂大铁算盘，一边交头接耳地议论纷纷。（此为一段"市井舞蹈"，风格奇异、风趣）

　　一个十七八岁、身体结实、衣着朴素而又干净的年轻人，风尘仆仆来到这里，身上的褡裢中装着一套斧凿锛锉等工具。他就是本剧的主人公"小工匠"。他长途跋涉，从家乡来到京城。他是接受师傅的召唤，到圆明园的修建工地，协助师傅完成一项浩大的工程。（一段潇洒的独舞）

　　小工匠左顾右盼，一副初到京城的外乡人那种憨直可爱、淳朴热情的模样。渐渐地，他也被人群中间的那挂铁算盘所吸引，诧异地看着那耍算盘的伙计。

忽然，人群一阵骚动，街巷里脚步奔走声如雷，人群拥挤着四下里散开，拥挤中，一位十六七岁的小姑娘，摔了个跟头，手中刚从药店里抓的药撒落一地。一边的小工匠见状，迟疑了一下，还是上前帮助姑娘收拾地上的东西，正忙乱间，锣声响起，一队"红差"径直从街中心走过来，所到之处，人群向两侧分开。姑娘和小工匠来不及拾起地上的东西，也急忙避到一旁。"红差"队伍来到街市中心，两个红衣大汉随即从囚车上拎起一个相貌丑陋、形同烟鬼的瘦弱汉子，这人背后插的断头标上分明写着"通洋鬼子"几个字，众人前呼后拥一阵叫骂声。忽然，刽子手高举鬼头刀，一刀砍下去。周围的群众似乎受到惊吓，人声戛然而止，即刻，又大呼小叫，惊叫声一片向四周散去。（大群舞）

人群逐渐散去，一切慢慢恢复了平静。那小姑娘却愁眉苦脸，在人群的脚下寻找着是否还有能收拾起来的东西，显然她已经失望了。人群散开处，又见那个小工匠，正蹲在"鹤年堂"窗棂下的石台上，看着姑娘。二人目光相对，小工匠有点不好意思，却又憨厚地笑了笑，他上前几步，看看姑娘失望的眼神，又看看她手里攥着的半包药。回头望着"鹤年堂"高高的匾额。小工匠仔细地从褡裢中摸出一串铜钱，先是数着，而后索性把一吊钱都塞到姑娘手里。姑娘犹豫着，但心中的焦急却让她要迫不及待去药店抓药，她鞠了个躬就往店里跑。忽然，她像是想起什么来了，忙回过头来，打量着小工匠。小工匠被看得不好意思起来。姑娘上前从小工匠褡裢中掏出一把斧头，小工匠急忙夺回来，有点嗔怪地看看姑娘，而后又露出憨厚的笑容。姑娘却毫不在意，又从小工匠的褡裢中接二连三地掏出那些工具。这回小工匠真的恼了，他上前刚要夺下那些工具，却见姑娘红着脸，从脖颈上取出一块吊着的玉饰来，小工匠见状先是一愣，而后仔细看姑娘，露出欣喜的神色来，也从脖子上举出一块相同的饰物。二人原是有段正待实现的姻缘。由此而成一段初恋的双人舞。

炮声阵阵，从远方传过来，惊扰了这对情人。紧接着，在凄厉的号声与隆隆的战鼓声中，铁甲裹身的清军守城将士们，威风凛凛地从人们眼前疾行而过。他们目不斜视又步履匆匆，好像是要赶赴战场一般。

两侧百姓忧心忡忡地望着他们，又不时议论着。偶尔有衣着略为鲜光的绅士走上来为统兵的将领送上一杯酒。将领匆匆饮毕，略为致谢，又急忙向前。这时，姑娘从药店里重新抓了药，她跑上前拉起小工匠，示意他一同离去。

暮色苍茫。军队过后，只剩零散的几个百姓，揣着手向东方探望着。又几声炮响，众人散尽，街上空荡荡。灯光渐暗，忽然一个人探身从"鹤年堂"半扇门中向街上望了望，而后将大门紧闭。

第二场 初春

圆明园内一处正在修造之中的工地。

丽日蓝天下，无数赤裸肌肉的工匠们凿石、搬运，起降巨大的拱卷石雕等等，形成一幅雄伟浩大、气势恢宏的圆明园建筑工地的场景。（大段场景表演）

在巨大的道具配合下，大段的工匠舞蹈展开，其间，出现指挥带领着工匠劳作的老师傅，也就是姑娘的父亲的形象。

在姑娘的引导之下，小工匠来到圆明园的工地现场，亲眼目睹了眼前的壮丽情景，被强烈地震撼。姑娘将小工匠引见给父亲，老人神色庄严地向小工匠传示，眼前的工程就如一桩神圣事业一般，在他的讲述过程中，无数的工匠在舞台上伫立起一座即将落成的古典楼阁式建筑，在这座建筑的顶端有一处明显的空间，是一个空缺，老工匠指着那处空缺，将小工匠引至舞台一角仿佛作坊一样的环境，只见一块殷红的巨大布幅覆盖着一件巨大的物体，被众工匠吃力地推上来。在辉煌的音乐中，布幅被缓缓揭开，一座巨大的"龙凤呈祥"的楠木雕饰呈现在人们面前。众人仿佛见到神明一般匍匐在地，只有小工匠在师傅的指引下，睁大惊奇的眼睛仔细地看着这件犹如鬼斧神工一般雕琢精细的巨大的楠木构架。师傅表示，自己已年迈多病，要小工匠从今以后，下苦功夫，历练心智，继续师傅的未竟之事，完成这一绝世之作，并且把它镶嵌在那座偌大的古典建筑之上。小工匠伏身在地，行大礼，以示虔诚的心情，他表示一定不辜负师傅的希望。

第三场 入夏

京西海淀镇，一处青砖青瓦的小院落，是老工匠的家里。远处西山峰峦起伏，如一带深蓝色的雾霭，浮在天边；近处阡陌纵横，田畴新绿，有清亮的溪水，从田亩中流过。身边是柳暗花明，几处竹篱笆上爬满了藤蔓，更显得小院的恬静与温馨。

小工匠与姑娘在院中出现，姑娘坐在小院一侧，正在用扇子扇着一只小炉，在给父亲煎药。而小工匠则蹲在另一侧一个缩微的木雕模型前，凝神琢磨着。姑娘爱慕地看着小工匠的背影，她静静地走到他的背后，用手中的扇子扇着他的后背，小工匠抬起头来会心地笑着，二人相伴起舞。（爱情双人舞）

舞至高潮，小工匠情绪激扬，他拉起姑娘跑出小院，背景迁换处，作坊中，二人来到那处被殷红布幅覆盖着的巨大木雕旁。小工匠郑重地缓缓揭开布幅，只见他手持工具围绕着木雕展开一段漂亮潇洒的舞段。（独舞）

舞至高潮处，姑娘再次加入，二人心心相印，倾诉无尽爱情。（爱情双人舞）

炮声又起，天空中弥漫着一种不安的气氛。

第四场 初秋

东八里庄，烟尘弥漫，炮声震耳欲聋。惨烈的音乐中，舞台背后的天幕上残阳如血，有数十面早已被炮火烧光了边缘的"龙旗"，依旧顽强地飘荡着。

喊杀声中，铠甲裹身手持兵刃的"旗兵"，层层从天幕底部的高坡上涌上前来，仿佛层层冲锋的将士，由此而成大段的战争舞段，其中，搏斗厮杀、相互搀扶、垂死的士兵等场景，间或地出现。

当整个舞段至最高潮的时候，一声剧烈的炮声，仿佛是在舞台中心炸开来。大片烟雾过后，只见无数的清军士兵，从天幕底部高台上缓缓地滚落下来，只有舞台高处，一面"龙旗"在硝烟中飘荡。

第五场 深秋

深夜，还是在圆明园工地那处工匠的作坊，周围的空中悬挂着十数盏红色的灯盏，火苗跳荡把影子投射在舞台上那座巨大的木雕上。覆盖在木雕上的布幅已经完全揭开。巨大的木雕笼罩在一片云雾之中，充满了一股如同仙境一样的气氛。这座旷世的珍品，眼看就要完成了。

老工匠撑着病弱的身体，被姑娘搀扶着坐在一张方凳子上。他指点着小工匠，由此而成大段工匠与老人与姑娘相呼应的段落，其中小工匠的挥洒，老工匠的慈祥与病弱，姑娘的纯情，通过舞段均淋漓尽致地表露出来。

最后，小工匠终于完成了最后一下雕凿的动作，一切都已大功告成，老工匠在两个年轻人的陪伴下，含笑抚摸着每个细节。最后他颤巍巍地坐在了他花尽心血完成的这件艺术品前，微笑着溘然长逝。远处阵阵炮声传来，更增加了不安的气氛。两个年轻人，双膝跪在老人面前，发誓完成老人未竟事业。

第六场 初冬

犹如第二幕那处工地上的情景。高大的建筑顶部明显有一处是留给那座木雕的。数十个工匠在凝重的节奏下，虔诚地把这座巨型木雕运送到建筑前，由此而成大段工匠舞蹈。

小工匠和姑娘上场，姑娘身着素衣，如在孝中。小工匠神情凝重，他气宇轩昂指挥着众工匠将巨型木雕缓缓升起。在壮丽的音乐中，一座金碧辉煌的建筑完整地显现在人们眼前。

炮声大作，有数个衣衫破烂的清兵，满身伤痕地来到台上，人群混乱，仿佛大难临头。

天幕底部有无数洋枪与洋人的军旗起伏，随后，四周围的建筑被殷红的火焰所映红。人群聚在一起，东突西跑，又好像被围困不能脱身，小工匠和姑娘也被人群裹挟着。

忽然，小工匠发现那座巨大的木雕也被烟雾所笼罩。他惊骇地望着高处的浓烟，忽然拼死冲上去，要支撑住那座巨大的木雕，然而终于不能挽回，轰然之间，小工匠与那座巨大的木雕一起淹没在烈焰之中。

一切归于静寂，只有姑娘一个人幽幽地跪在硝烟瓦砾间。

在雄浑悲怆的音乐中，姑娘起身走向舞台深处，而无数的人包括着那个小工匠，仿佛是无数个灵魂，都缓缓地从地下站起来，步步向台前走来，他们睁大了眼睛注视前方，仿佛是在询问、在召唤、在向后人诉说。

〔剧终。

精品提名剧目·舞剧

瓷　魂

编剧　苏时进

时间

宋。

地点

瓷都景德镇。

人物

高　岭　青泰的高徒，青花的未婚夫。

青　花　彩绘女，青泰之女。

花　魂　青花之灵，瓷釉之魂。

青　泰　瓷都的制瓷高手。

说唱艺人　评价和叙述故事者。

瓷面舞者　说唱艺人的同伴。

督陶官

男、女群舞演员若干

————舞剧《瓷魂》 〉〉〉〉〉

序　幕

　　一位说唱艺人以极古老的曲调吟唱着一个传奇而动人的故事，一位瓷面舞者手持火石敲击着，跳着神秘而富象征意味的舞，仿佛在天地人之间传递着一种特殊的情感语言。火石撞击出火星，火星燃起了火焰，火焰点燃了窑火，窑火化作了繁星。（光起）

　　舞台两侧直立着变形的人体瓷瓶、粉彩、青花、彩花等，交杂着，似乎在见证着某种历史。脚步踩在碎瓷片上的声音如同命运的大脚，从远古走来，随之笑声、哭声、闹市之声、号子声、歌声、砸石声、水声、伐木声与用弦乐奏出深沉的主题形成交响，逐渐变得越来越空旷，仿佛在宇宙中回响，最终被强烈的男声无字合唱所取代，完成了一个从远古走来，走近我们，融进宇宙，又回到本剧的特定年代的音响造型。透过这一系列有着意味的音乐构成，整个舞台上呈现出一个巨大的窑体，上部，两个火眼如日月；下部，一张柴口如生命之门，窑顶上高扬的飞檐层层伸向观众。这是一个产生瓷的宇宙，这是做瓷人赖以生存的空间，这是一个讲不完传奇故事的生活源，这里凝聚着人类的智慧、人的悲欢、人的命运和人的升华。窑火透过火眼，变幻着日月年轮，填不满的柴口主宰着生命轮回，它大到装得下天地万物，小到挤不进一滴泪珠。都说男人是泥捏的，女人是水做的，而瓷是男人女人用金木水火土五行合化而成的，是天地人的精华。

　　跳跃的窑火随着说唱艺人与瓷面舞者的歌舞声猛然冲出窑体，火星四溅，瞬间，大窑中无数窑火突然闪烁，与夜空的繁星同辉，明明暗暗又像窑工们的眼睛把希望、忧伤、激情一起向我们倾述，舞台上展现出十万窑工、万家窑火的恢宏情景。瓷面舞者越舞越疯狂,大哭、狂笑、偷泣、开怀,根本无法与悠扬的说唱艺人的歌声和谐,疯狂之至扛起说唱者跃进柴口,顿时柴口前,窑工们的脊背起伏如潮。整个序幕一阵阵乐音、一层层情景、一个个人物、一组组群体交错化出。

一 碎瓷

情景一:造型光下,青泰静坐在纪念碑似的高台上把桩。他深沉的眼睛透过窑体火眼叠映出他的形象。脚下是窑工们投柴进窑起伏的脊背像放慢了的影像。窑工孔武有力的情绪舞铿锵有力。一股柔情似水的爱之旋律,穿过这强劲的热流,裹挟着姑娘的芳香。在跳动的窑火折射下,我们看到了本剧的主人公青花,她一身蓝底印花,一根粗黑的辫子,一双绣红的鞋子,清秀美丽的瓜子脸,一汪秋水的丹凤眼,典型的江南姑娘,她活泼伶俐、善良而多情,使人自然联想到景瓷那白如玉、薄如纸、声如磬、明如镜的情韵。此刻,将做新娘的青花,幸福之情已把她的心变得更为柔软。一块红盖头在镜前摆过无数次风情,一身新娘装不知该如何穿才更美丽。一双大手把她从镜前如梦般轻轻地托起,就像太阳托起的星星,青花的身心仿佛被融化。高岭,一个挺拔的形象,一个挺拔的名字,从此将与她的命运系在一起,镜子被他们翻来覆去照个不停,怎么照都是幸福的身影。被爱情激动了的高岭,跃动起男人天性的豪迈,猛添一捆松柴,让窑火与爱火共同升腾……

情景二:等待"出窑"的众窑工,在等候"出窑"的收获之时,也在等候高岭和青花的喜日。在喜庆的窑工群舞中,穿插着青泰那掩饰不住的得意;好事者拉上高岭和青花,张罗着要其"预演";高岭和青花的双人舞,有恩爱的倾诉,但更多的是对"出窑"的期盼。

情景三:群窑竞"出",群"瓷"灿烂。赛瓷"性格舞"接踵而至,百鸟瓷扇舞、瓷鞋飞旋舞、金瓷龙舟舞、三羊开泰舞、矮步花缸舞、五子登科舞、罗汉百态舞等与青花、高岭迎亲舞交相辉映。验瓷的督陶官有惊喜，有失望，有满足，有挑剔，人们不约而同地将期盼的眼光投向青泰，要看高手的"王牌"……

情景四：青泰宣布"出窑"。此时，底幕缓缓升起，一只巨大的"龙凤呈祥"瓷盘光彩熠熠；众瓷工交口称赞，督陶官喜不自胜，喜乐轰然响起。为成功而激动的高岭托举着青花忘情地旋转……

情景五："一拜天地"之后，众人惊诧于青泰情急错乱地抚摸着瓷盘，叹气、摇头，痛苦不堪。突然，他提锤急步登上高台，立于瓷盘旁。正当新人"二拜高堂"之际，只见青泰手起锤落，瓷盘迸裂，场上哗然，众窑工目瞪口呆，面面相觑。督陶官呆如"陶人"，原本双喜临门的吉庆场面，却戏剧性地急转直下。青泰碎瓷，自我请罪，高岭、青花结婚不成。全场凝固。说唱艺人与瓷面舞者从柴口舞出在静场的舞台上古怪唱舞。追光下，青花缓缓拉下红盖头。（收光）

二　问瓷

情景一：台顶飞檐探残月，台里火眼垂眼帘，台边黑白民居排深巷，台中碎瓷拼不圆。高岭拼碎瓷，不解师傅碎瓷何故。拼碎瓷，高岭问青花，青花无语，高岭问青泰，青泰难解。高岭问瓷，瓷问高岭。拟人化碎瓷的舞蹈如同梦魇缠绕着他。碎瓷时而幻化出五行，时而变形着瓷体，活像达利的绘画。

情景二：迷茫的高岭梦见碎瓷在月光下化出花魂与青花女子群体舞，如梦如幻。高岭情不自禁地追随着花魂化入梦境。

情景三：高岭、花魂在碎瓷中的梦幻双人舞如太极阴阳大化流行。

情景四：仿佛置身于交错的时光中的高岭，错把花魂当青花。半梦半醒中的青花眼前，花魂与高岭的梦中之爱，令她又嫉又羡。高岭在梦中追逐着花魂，花魂变成了青花，青花将梦就梦，佯装熟睡。

情景五：高岭拉青花向青泰描述梦中奇事，请青泰再造精瓷，青泰惊喜但无法烧制。青泰指点高岭去寻找釉彩，并让他独自完成精瓷的制作。高岭胆怯，不敢妄为，青泰为绝高岭依赖之心，不顾青花、高岭的阻止，火盆洗手并将高岭、青花赶出窑门。窑门内，青泰高举残缺的双手，倚门而立；窑门外，青花、高岭惜别跪拜。父女之情、师徒之情撕裂悲怆。高岭、青花挥泪寻瓷而去。背景碎瓷片片下落。瓷面舞者拾起碎瓷贴面，自嘲自喜。说唱艺人弦断难歌。

三　寻瓷

情景一：春过茶坡，高岭、青花寻瓷的足迹"移步换形"。错落有致的丘陵上，青翠欲滴的茶园，采茶女清脆利落的动态给高岭带来"点彩"的启迪……茶之芳香打开了他们紧闭的心锁，他们模仿着采茶女采摘着爱情的蜜香，在天地间他们的心与自然一同清香。

情景二：穿竹林，高岭、青花在茂密的竹林间。春风拂竹，竹林沙沙，竹林里仿佛一个个勤快的丈夫背着快嘴媳妇，说不完恩爱，道不完情缘。挺拔、坚韧的男子"竹棒舞"，启迪着高岭做坯的"韧性"；轻盈的竹叶舞给了他玲珑轻透，在"师法自然"的寻瓷中，高岭与青花的恋情也在轻绿中雀跃升华。

情景三：夏浴瀑布，如练的瀑布飘飘忽忽，清纯的"水女"潺潺而至，时而穿绕、时而碰撞、时缓时激、时飞时溅……青花忘情地投入瀑布的怀抱；高岭则捕捉到玉女的清纯和山泉的流韵。天水里使他们的爱更加柔软、纯净。

情景四：秋雨下了，水女们戴上雨笠，竹子们穿上了蓑衣，化作一条雨路。高岭、青花涉水而行。顺着雨路，高岭、青花寻到一个溶洞前。高岭不时地拾起瓷石，与青花一起寻踪到溶洞内；溶洞的奇景奇情让青花的思绪飘忽到盼念已久的洞房，她想尽情地融化在高岭的怀抱，接受他挚爱的激情。

情影五：突然，"碎瓷"那一刻的情景在高岭心中闪现，奇异的钟乳顿时变成了残缺的瓷盘。青花瓷女群舞与青泰最后的期盼交织袭来，高岭、青花忆起自己的使命……再寻瓷石踪迹。

情景六：青花与高岭在男子拟人化的山体中沉浮攀行。艰难中，青花寻到了釉石，高岭惊喜地扑抱青花。突然，崖壁有碎石滚落，青花为救高岭，推开高岭，自己却被砸成重伤，奄奄一息，高岭悲痛欲绝。奇异的是，青花染血的石上开出了鲜艳的釉花。釉花开满了山，映红了天，天上化出了彩虹，彩虹化作了龙凤，龙凤托起了釉花，釉花开满了天，高岭与青花受伤的心也跟着开放。

四　塑瓷

情景一：恢宏的采石场景，水碓飞旋，炼石有序。呈梯阶阵势的孔武有力的采石群舞动地摇山。

情景二：由采石化入坯房，瓷工们做坯、婆姨们踩泥的舞蹈充满情趣。他们相互拍泥、塑丑、调侃，彼此用拟人化的舞蹈相互塑造各种男欢女情。高岭搀扶着青泰，抑制住内心对青花生命的担忧，加入了做坯的行列。在青泰的指导下，高岭与众瓷工精心做坯。

情景三：辘轳车在旋转，高岭专注于做坯，恍惚中花魂的双手忽然与高岭的双手重叠在一起，高岭在花魂如魂似梦的导引下，鬼斧神工。青花支撑着伤体为高岭捧茶送水，高岭、花魂、青花，现实与魂游的三人舞动人奇异。高岭不知青花与花魂谁是真，谁是魂。

情景四：坯在花魂的拍摸下扩展，瓷工们的双手如鬼使神差层层加入，坯逐渐变成了大圆，青花喜出望外，携众彩绘女为大坯激情彩绘，极尽绵力。群体做坯的大圆在花魂、高岭和谐之舞下逐渐演化成龙凤呈祥图。青泰颔首称赞，青花喜妒参半。说唱艺人评价青花此刻的心情，瓷面舞者极有象征意味地边舞边换着喜、忧、怒、乐的瓷面具。

五 祭瓷

情景一：冬天的大雪纷纷扬扬，路上挑坯的窑工踏雪赶路忙。挑坯过场的舞蹈借用灯彩形式，使往返穿梭的人群装点着一个流光溢彩的黎明。

情景二：百年老窑前，松油柴垛如起伏的山峦。封窑点火仪式将要开始。青泰郑重地将火把传给高岭，高岭毅然担起重任……窑火点燃，群情亢奋，添柴助威，盼坯成瓷。窑工们再现孔武有力的情绪舞。

情景三：视角转向窑内，松柴炼瓷，花彩之舞奇妙地变幻，千奇百态；时而流彩，变形似一群百变的少女；时而羽化，流变似宇宙气象万千；时而和谐，时而分裂……突然窑内变化异常，窑外心急如焚。

情景四：高岭决定破釜沉舟，加大火力，青泰担心窑体破裂，师徒冲突。天上霹雳闪电，黑云弥漫，吞没太阳，窑里火力强猛，火舌乱窜，情况危在旦夕。众窑工自觉地跳起了佑陶舞，众婆姨在祈求风火仙师的护佑。

情景五：黄昏日下，花魂凄舞入窑，新房里待嫁的青花再次着装等待着出瓷的那一刻惊喜。

情景六：雷电将窑体劈裂，火舌从火眼喷涌，精瓷将毁于一旦。青花冲出新房，眼前情急，立时昏倒。窑工们的佑陶舞越舞越疯狂，他们敲打着、击碎着瓷盆瓷碗瓷缸等驱赶着黑日。昏迷中的青花只见花魂带着乞求的泪眼飘然而至。身体随着窑内火舌的乱舞而飘摇，她牵手青花走向大窑，青花猛然感悟，身心凄然，她知道她将为高岭献出一切，永隔春秋。

情景七：婚乐无声地吹奏，欢歌无声地唱响，大雪越下越厚，窑火越燃越旺。在青花的意识里，佑陶的祭舞变成了贺婚舞。青花让高岭再次为她亲自蒙上幸福的红盖头，依偎在他宽厚的怀里，感受最后的温存。花魂呼唤青花柔情而舞，步向大窑，一块红盖头牵舞着一阴一阳两个少女无限温柔。窑工们、高岭、青泰痴望迷情。天地之间，再没有如此仙舞，高岭忘情入舞，青泰感泣化入，窑工们也忘却破窑的危机，整个舞台被柔情感化。青花与花魂在凄然的双人舞中，化出与青泰、高岭诀别的痛苦。未等人们清醒，花魂与青花仙舞的身体已融入了大窑，高岭、青泰仿佛梦醒扑向大窑，被窑工们拉住。因痛苦和愤怒忘却了理性的青泰，痛打高岭，悔恨的高岭恨不得将自己碎尸万段，再次扑向大窑，欲随青花而去，被青泰抱住。忽然，奇迹发生了，天上的黑云散去了，开裂的大窑闭合了，乱窜的火舌安静了，窑内的情影化作了花彩，彩绘着女儿身无限的真情，瓷是女人，女人是瓷。在火红的太阳下，在溢彩的大窑前，青瓷默默地跪下了，窑工和女人们默默地跪下了，高岭捧起青花失落的红盖头，失魂地走向大窑……定格。

说唱艺人与瓷面舞者悲情而歌，并叙述下一场的情景，场上再现第一场万家窑火的恢宏情景，同时引入开窑祭神的场景。

尾声　献瓷

情景一：开窑祭神的典礼隆重而神圣。钟声响起，青泰挥舞着残缺的双手指挥着宏大的瓷乐瓷鼓阵，鼓乐之声响彻天宇，鼓乐之声使高岭的心灵震颤和灵魂顿悟，他从悲痛和软弱中觉醒，奋力击打着瓷鼓，瓷鼓声中他听出自己的心跳与天地的脉搏，正逐渐和谐共振，他听到了自己的意志正在坚强挺立，他听到了制瓷先人们的期待和祝福。从他的鼓声中我们听到了圣火的薪传，一个制瓷艺人自己灵魂煅打和重塑的过程，一件艺术作品中蕴含着的天地人和、物我互化的完美境界。瓷工们在高岭坚定、稳健、激情的鼓声激励下将鼓乐之舞推向高潮。高岭在鼓声中倾诉着对青花的感激，感激青花对他心灵的救赎，感激师傅为成就一代新人所做的牺牲。悲喜交加的高岭在鼓声中着起了新郎装，他要完成与青花最后的情缘，看着镜中的自己想起了与青花在镜前幸福的情景，无限感伤。

情景二：鼓乐中，新郎高岭步上高高的把桩台。高岭宣布开窑出瓷，精美的龙凤呈祥彩花盘引来欢歌狂舞的海洋，窑工高昂的情绪舞与赛瓷的性格舞再现，高岭泫然泪下，亲自为瓷盘蒙上红盖头。

情景三：婚礼由督陶官主持，青泰亲自从瓷盘上牵过红绣球，交给高岭，悲伤的高岭跪拜青泰，师徒相抱而泣。一拜、二拜、三拜送入洞房，喜乐欢歌，高岭深情地揭开瓷盘的红盖头，深情地呼唤着新娘青花，瓷盘突然放射出奇异的光彩，瓷盘内投影出的青花魅影深情而妩媚，瓷盘外高岭激情而泪涌，花魂与众仙女从天而降，飞撒着鲜花，天上人间花语、笑语、鼓语、乐语祝福精瓷，祝福新人，场上水碓、砸石、万炮齐轰，窑工欢呼如潮推拥着瓷盘，托拥着幸福步向台口，督陶官受瓷，全场定格。瓷面舞者手持薪火欢喜雀跃，说唱艺人热情赞歌。面纱落下，投影出公元1004年皇上御赐中华瓷都"景德镇"字幕。背景叠映出巨大的窑体，窑体中无数窑火如繁星在夜空闪烁。

说唱艺人与瓷面舞者撩开纱幕，全体谢幕。在舞美灯光奇妙的变幻下回放精彩的人物和群体组舞片断。

〔剧终。

精品提名剧目·舞剧

阿 炳

编剧 陈 闯

编剧的话

阿炳的故事,阿炳的《二泉映月》,

从我们无锡广泛流传,

跨越时空和国界,

成为我们的骄傲。

民族舞剧《阿炳》,表现了中国民间音乐家阿炳(华彦钧)的坎坷命运和人生感悟,从而揭示了真善美是人类至死不渝、永恒不灭的理想和追求。

人物

阿炳、琴妹、父母、群众

———舞剧《阿炳》 〉〉〉〉〉

序幕　生

在不该出生的地方出生，
伴随着苦难的命运。

夜。殿。
父焦虑不安。
母分娩阵痛，心身煎熬。
雷电。
一声啼哭——阿炳降生。
环环相扣的"九连环"，成为父、母、子的连心物。
按道规，出家道士不准娶妻。鼓声、梵音阵阵袭来，道观主、阿炳父惊觉，为了声誉和地位，无奈拒母。
母失望离开，昏死柱旁。
雷电夹着婴儿啼哭声……

第一幕　知

感知世道不平，相知技艺、人品，
琴瑟和鸣，知音知心。

二十多年后。江南茶坊。
一群乡贵恶少如风卷来。

琴妹卖艺受辱。

阿炳拉起二胡献艺救场，艺惊四座，在相识相知中与琴妹产生爱慕之情。

母一路求乞来到他们面前，他们解囊相助。

鼓声梵音起，父扔道袍给阿炳。

琴妹和母目送着阿炳被逼离去。

第二幕　爱

炽热的爱，至真至诚。

真正地活了一次，神灵亦为之动情。

数日后。殿。

香烟缭绕，道士们在修炼。

阿炳面对无形的束缚，神情恍惚。

父责打阿炳，欲恨不忍，欲爱不能。爱怜与无奈中勾起回忆。

琴妹与阿炳相会、相怜、相爱，步入幻境——殿若新房，幡成喜帐。

父阻。将他们分开，无情地撕裂着阿炳和琴妹的心。

阿炳运弓拉弦，琴声如泣，倾吐心中的痛苦和企盼。

母颤颤巍巍而来。

父、母、阿炳、琴妹交织着爱、恨、怨、愤的心灵。

第三幕　葬

葬下的已超脱；

送葬的在挣扎。

数日后。太湖边。

母疯疯癫癫，目睹乡情乡景，浮想联翩，时喜时悲。

琴妹与母相遇，相怜相惜。

母倒下，琴妹呼喊，阿炳循声而来。

母以镯为凭，认子，走完了人生之路。

阿炳、琴妹悲痛欲绝，永结同心，逆境求生。

第四幕　死

哀，莫大于心死，

弦音迸发出新生。

次日。殿。

阿炳知道了自己的身世，痛苦烧灼着他的心。

父认子，自责、忏悔以往，求阿炳谅解。逼阿炳皈依道门，继承观主。

琴妹向阿炳父亮起手镯祈求、挣扎。

父惊。悔恨而无奈，精神崩溃。

琴妹绝望，触柱而死。

阿炳痛不欲生，拉起二胡——胸臆间升腾人生的感悟，弓弦上跳荡不死的灵魂。

尾声　泉

心泉滚滚流不尽，

源是芸芸众生情……

一片寂静，一片空荡。

大雪纷飞。

阿炳拉着二胡,用委婉的琴声,倾诉着芸芸众生的辛酸、苦难、向往与憧憬。

大雪一片白。

大雪一片蓝。

大雪一片红。

大雪一片绿。

伴着《二泉映月》如泣如诉,似悲似喜,

又好像心泉奔流,江河入海……

〔剧终。

精品提名剧目·舞剧

风雨红棉

编剧 吴惟庆 胡小云

剧情简介

　　本剧的故事发生在1927年广州起义前后，主人公是中共早期革命者陈铁军、周文雍。

　　出身于广州西关富商家庭的陈铁军受大革命的影响，挣脱了封建婚姻的束缚，投身于革命的洪流中，她与周文雍在革命活动中相识相知，建立了深厚的感情。当革命转入低潮后，两人假扮夫妻，在广州建立了党的地下联络机关，筹备和参加了建立红色政权的广州起义。起义失败后，两人被捕，在狱中坚贞不屈，视死如归。在就义前的最后时刻，两人在刑场上宣布举行震撼人心的婚礼，展现了经历血与火考验的爱情，谱写了一首中国大革命时代的红色恋曲，让后人久久地传颂……

——舞剧《风雨红棉》 〉〉〉〉〉

序

"远远地看见你们的背影，在血雨腥风中结伴同行。穿过那漫漫的长夜走进刀丛，化作天边那不落的星星……"在歌声中，人们深情怀念着革命先烈陈铁军、周文雍。

上半场

1926年，大革命时代的广州，广州富商小姐陈铁军为了追求独立自由，在表妹思贤的帮助下，逃出父亲安排的"禁锢婚礼"，与正在做宣传的革命党人周文雍相遇。两人在百年老字号"陶陶居"茶楼相识，在革命活动中相知，彼此间产生了爱慕之情。反动派背叛了革命，大革命转入低潮，在白色恐怖笼罩下的广州，他们坚持着共同的理想，与敌人展开殊死的斗争，并把自己的感情埋在心底。

下半场

1927年，由于革命转入地下活动，组织上要他们假扮夫妻，建立党的联络机关，并筹备起义工作。在腥风血雨的环境中，他们加深互相了解。夜深人静时分，起义前夕的革命激情与个人炽热的情感交织着、燃烧着，两人的心绪久久不能平静。

广州起义的枪声响了，他们义无反顾投入到攻打敌军指挥部公安局的战斗中。起义失败后，双双被捕。在行将告别这个世界之时，他们怀念着战友，对生命和战斗的生活充满着眷恋，携手宣布了震撼人心的刑场婚礼。

尾 声

革命先烈的英魂重生，周文雍与陈铁军在鲜花丛中幸福地相拥。

主题歌：

　　　　远远地看见你们的背影，
　　　　在血雨腥风中结伴同行。
　　　　穿过那漫漫的长夜走进刀丛，
　　　　化作天边那不落的星星。
　　　　轻轻地呼唤你们的英名，
　　　　多少年过去我依然心痛。
　　　　花海柳浪，风清月明，
　　　　总难忘却你们的笑容。
　　　　热血点染英雄的花，
　　　　年年岁岁木棉红。
　　　　这样的爱，这样的情怀，
　　　　花前月下有谁能懂。
　　　　热泪纷飞清明的雨，
　　　　飘飘洒洒赤子的情。
　　　　什么是死，什么是生，
　　　　你们的故事我在听。

〔剧终。

精品提名剧目·舞剧

惠安女人

执笔　黄锦萍

———— 舞剧《惠安女人》 〉〉〉〉〉

女婴降生之刻，正是其父在海上遇难之时。母亲因无法接受这个残酷的现实，将女婴托付给姐妹便跳海殉情。十六年后，在养母的精心抚育下女婴阿兰长大成人。母亲、阿石、阿兰组成的三口之家在渔村平静地生活着。阿兰听从母命嫁给了渔民阿涛，众姐妹为阿兰哭嫁送行。一对新人度过了漫长的洞房花烛夜，因遵循当地习俗，阿兰在天亮之前离开了夫家。闽南传统的"开渔"节中，阿兰与丈夫阿涛相遇，隆重的开渔仪式之后，阿涛、阿石和弟兄们又去出海打鱼了。数月后传来噩耗，海难夺去了阿涛和弟兄们的性命。死里逃生的阿石将噩耗告诉阿兰，阿兰悲痛欲绝。她从悲伤中惊醒，决定带领姐妹们筑一道母亲般的港湾，让所有出海的渔船平安靠岸……

舞剧以其独特的艺术视觉，浓郁的闽南民俗风情，娓娓地向人们讲述了一个惠安女人的坎坷命运和情感经历，以及她用纤弱的生命为归航的男人们筑堤的故事，从而刻画了一个勤劳淳朴、忍辱负重的惠安女人阿兰的典型形象。

阿兰只是千万个惠安女中的一个，尽管岁月的长河奔腾不息，尽管世界发生了多么大的改变，惠安女人的博大胸襟和崇高品德，永远像大海一样宽广，与大海共存！

〔剧终。

精品提名剧目·舞蹈诗

鄂尔多斯婚礼

编剧 齐·毕力格

———舞蹈诗《鄂尔多斯婚礼》 〉〉〉〉〉

序曲　日·月·火

　　蒙古民族，是马背民族。金色的马鞍，是牧人生命的摇篮。一辈又一辈，一代又一代，长在马背上，爱在马背上，创造了草原的历史，创造了民族的辉煌。

　　今天，又有一对草原新人，沐浴着对新人美好的祝福，伴随着长歌美妙的旋律，向着月亮，向着太阳，步入婚姻神圣的殿堂，点燃生命新的圣火……

祈　缘

　　敖包，是牧人与天对话的地方。

　　美丽的牧羊姑娘们，怀着春心，带着花香出现在敖包前。她们在寻觅，她们在渴望。英俊的放马青年们也走上敖包，将心中甜美的春梦，向苍天诉说。

　　吉祥老人为情人们牵起了爱的红线。小伙子和姑娘在圣洁的敖包前，相见相识又相爱了。他们纯洁而甜蜜的爱情，感动了苍天，感动了敖包，从而得到了太阳神灿烂的祝福……

迎　婿

　　蒙古民族，是游牧民族。辽阔的草原，为牧人提供了广阔的生活空间。聪明智慧的蒙古人，在这里谱写了许多惊人的传奇，也演绎了许多迷人的故事……

月亮睡了，太阳醒了，奶茶都快凉了。娶亲的人们为啥还不到来呢？热情好客的伴娘们真是有点等得不耐烦了。迎亲的人们终于来到了新娘家的门上。此时，泼辣潇洒的伴娘们却又挡住他们不让进家。喔！这是咋回事?！这就是鄂尔多斯婚礼中独特的"挡门迎婿"的习俗。

经过一番幽默风趣、轻松愉快的对诗对句、对歌对舞，女方终于问清了新郎的姓名，也弄清了新郎的身份。

沙 浴

"落地的沙似金，饮大的水似泉。"

牧人将金色的沙子视为最干净、最纯洁的圣物。新娘出嫁之前必须进行洗礼。沙浴，是其中最为特别的洗礼。

新娘来到海市蜃楼般的沙海里，沐浴着神奇的沙漠瀑布，憧憬着美丽的沙漠绿洲，受到了心灵的洗礼，留下家乡永恒的眷恋，带走故土温馨的清香……

惜 别

十月怀胎一朝分娩，廿月怀抱一生亲缘。

母爱，是人间最深最深的爱；母爱是世上最真最真的爱。

女儿就要出嫁了。母亲的泪往心里流，女儿的情向眼里淌。此时此刻，情和情在这里交融了又交融；此时此刻，心和心在这里升华了又升华，真是恋恋不舍，依依惜别……

新娘踏着悠悠的《送新歌》，走上遥遥的出嫁路。慈祥的母亲轻轻地弹洒着圣洁的奶浆，为心爱的女儿送去了心中的祝愿……

婚 庆

蒙古人最大的乐事，就是婚宴喜庆。欢歌的人们能将高坡踏平，狂舞

——舞蹈诗《鄂尔多斯婚礼》 〉〉〉〉〉

的人们能将平地踩凹。

人们穿着最美的衣袍，品着最美的酒肴，唱着最美的歌谣，跳着最美的舞蹈，欢度这人生的庆典，共度这青春的节日。

新郎为新娘揭开了神秘的面纱。喜庆的婚礼，也给不谙世事的孩子们带来了不亦乐乎的喜悦。肥美的羊背子也摆上来了，壮美的祝颂词也唱起来了……

隆重盛大的婚宴，成了民族文化的荟萃，成了草原风情的展示。

摇　篮

墨蓝的夜空，洒满了星光；墨绿的草原，飘满了花香……

无边无际的大草原，给了牧人自由自在的大爱恋。天作帐地作毯，草原新人投入草原的怀抱，酿造爱情的甜蜜，描绘生活的美丽，挥洒青春的魅力，孕育生命的种子……

在吉祥的草原上，又多了一个幸福温馨的牧人家！

尾声　天·地·人

蓝蓝的天，

绿绿的地，

美美的人……

天地人和，草原祥和。人丁兴旺，五畜兴旺，草原充满了希望，充满了阳光。

激情燃烧的新人，跨上金鞍宝马，插上金色翅膀，飞向太阳，飞向明天……

草原，就是牧人的天堂！

〔剧终。

精品提名剧目·舞剧

红楼梦

北京军区政治部战友文工团

上海城市舞蹈有限公司

序　幕

　　观众进场台口是《红楼梦》的主题面幕，场灯暗，音乐是直面扑来的主题曲，深入人心，极富情感，也是一首歌的前奏曲。时间40秒。

　　当面光压掉，从面纱透着台里，中间站立着贾宝玉。这时民族感很强的通俗男声独唱响起，宝玉慢慢舞动着，如同时光隧道去寻找。当女声独唱响起，空中飞舞的是林妹妹，俩人交织舞蹈时，男女声对唱，俩人对舞，如同中国的亚当与夏娃，在梦中还是在天上？还是在人间？或许他们的身份都不明。半裸着的身躯，随风飘舞。歌声大约3分钟。

　　随着歌声要终结时，一声大锣仿佛把宝玉的梦惊醒，前台上方一个大纱帐从上而下把宝玉给罩着，宝玉如做了一场梦似的，不知和哪位玉女在相约。四位女佣分别从两侧上来进入帐帘给宝玉叫起和更衣，换成了观众所认同的贾宝玉的形象。时间为1分钟。过渡音乐。

第一幕　第一场

　　辉煌的音乐起来，纱帐升上，宝玉背对观众，面对荣国府的大门，两道大门，随着音乐和宝玉的步法，依次大开，舞台的后底部一大排以贾母为代表的人物和宝玉对面迎上，显示皇家气派，一大排人物要横跨上下台口。在慢板的律动中，依次介绍宝玉和迎面而上人物的关系。宝玉和贾母的双人舞，宝玉和王夫人、贾政的三人舞，宝玉和王熙凤的双人舞，宝玉和宝钗、薛姨妈的三人舞，宝玉和府里的男士的群舞，宝玉和府里的众钗们的戏打舞。这些舞段简短而清楚地介绍着他们之间的关系。音乐又大气起来，而以宝玉为中心的舞段，转为众人包括宝玉在内逐步拥向贾母，显示在这个家庭至高无上的是贾母。众人跪拜于地，跪拜成小圈，紧紧围绕在贾母周围，当众人抬头注视着贾母时，突然宝玉从贾母的膀下钻出，这也显示着宝玉是贾母的掌上明珠。时间长度6分钟。运用编舞技法，将场面舞和单双三人舞巧妙结合。

当全场人物围绕和注视着贾母宝玉时，音乐也随着情绪弱收。音乐突变成快节奏的，王熙凤从人群中跳出来，显示强有力的号召力，音乐突出人物性格，人们也在注视着她的独舞，在她的指使下，人们纷纷退场，各走东西，也有人随着王熙凤操劳府事。这段独舞，时间为1分钟。

王熙凤的舞蹈在延续，府中的女佣在王熙凤的指使下，分别从几个侧幕条，拿着手绢，好似抹布，在清扫侧幕条的装饰，舞蹈逐步化开，再加上府中的男丁抬箱子舞，打开箱，丰富的物种，把箱子拼起来，把王熙凤托举到箱子上舞蹈，舞台上一片繁忙的景象，突出了大管家的地位。这段舞蹈的音乐有小快板的感觉，风趣轻松，时间大约2分30秒。群舞的节奏氛围。

接下来是王熙凤指使女佣们，搀扶着主人们，过场舞。如贾母，有四个女佣，王夫人、薛姨妈等等。人物地位的高低，从女佣的人次可体现出来。音乐可以是前段群舞的变调延伸，越来越快，强收。时间45秒。

在一片繁忙中，甚至人物在舞台上你来我往到了繁乱的程度，音乐戛然而止，人群中凸显出林黛玉，好似不知从哪掉下来的，是从天上吗？整个舞台好似凝固，只有黛玉以美妙的身姿慢慢起舞，周边的人群逐步围绕着她，注视着她。人们有种感觉，她的到来，好像是府中不祥之兆。音乐要求，双重，既有黛玉的主题，也有周边的凝重气氛。时间为1分30秒。

这时贾母上场撩开人群。黛玉见外婆，扑向贾母的怀里，两人紧紧地抱在一起。当贾母仔细看了黛玉后有了伤感，觉得黛玉的母亲去世，就留下孤苦的外孙女，然后再向众人介绍，也就是带着黛玉向人群走一圈，人们带着接纳目光和欢迎的手势。音乐长度1分钟。带有戏剧性。

在人群的另一边，宝玉突然出现，两人见面都惊呆了，贾母刚要向宝玉介绍，宝玉一个手势，不用了。这两人好似心有灵犀，也像是前世有约，形成了双人舞，也可参照序幕的双人舞。群舞也形成了，和这双人舞没有关系的烘托，他们就是做他们自己的事，双人舞和他们是两度空间。而在双人舞的时候，在人群中，宝钗比较突出，在此点明宝钗和宝玉是否有情和定情，时而宝钗又掺杂在人群中，突出双人舞，时而又出现宝钗，点明矛盾。这段音乐是慢板，有情，但又充满矛盾和疑惑。当音乐在快要结尾时，调转情绪，回到真实的音乐风格。贾母走向他们三人，紧紧地抱住：你们都是我的心肝宝贝。这段音乐时间为3分钟左右。

紧接，宝玉、黛玉、宝钗三人舞，音乐是一种空灵的律动，好似落不了地，三人的缠绕，三人在一起恐有不祥。注重编排，达到完美，灯光定点，群人隐退。此舞1分30秒左右。王夫人和薛姨妈分头上场，从三人舞中拨开她们各自的宝贝，带他们下场，当她们紧紧抱住，逐步离开黛玉时，更显黛玉的孤独和无助：他们都有母亲，可她没有。也显示她今后在这个府里日子不好过！这时宝玉转身回头看黛玉，投来一个同情和怜爱的目光。时间1分钟左右。黛玉定点光消失。

第一幕　第二场

舞台光一亮，便是一派京城街道景象，充满着浓郁京味文化，有吃糖葫芦的、拿风筝的、提鸟笼的，如同庙会似的热闹。时间1分钟。

音乐突转快步舞的节奏，典型，风格独到。刘姥姥带着板儿从人群中走出来，舞蹈语汇独特。走到舞台中间不动地一直在走，被眼前这繁忙的京城所吸引。时间1分30秒。是舞剧的华彩部分。

音乐再转入如同魔幻世界，各种不同的钟表声，可做点缀。舞台上大观园的分布景置和模型在流动和转动，使得刘姥姥目不暇接，板儿到处奔跑和触摸，刘姥姥又到处追赶板儿。时间1分钟。大观园的分布景合并起来，好一个富丽堂皇的大观园，使刘姥姥也慢步下来，这种种气势都在刘姥姥的身体中反映出来。时间30秒。

这时贾母、王熙凤、王夫人等出现，贾母坐在太师椅上，叫众人推出来，刘姥姥见贾母，马上叫板儿去磕头，老太太下椅，见刘姥姥，二老的对舞，一个贫穷，一个富贵，别有特色，也给人们带来思索。王熙凤又赏给刘姥姥银子和东西，刘姥姥感激不尽，马上谢恩。这段转为戏剧性，音乐可形象，也可是一种气氛。时间长度为 2 分 30 秒。

这时舞台的下台口，如一股清风般的，是宝玉、黛玉、众钗们，少男少女，如风一般自由自在地浮面而过，在服饰上，显得那么地解放，这又和台上以贾母为代表，礼教众多，服饰也显得那么沉重，人们都是规规矩矩，不敢动、不敢言的老人和大人们形成鲜明的对比。而这些人们转身看着这些年轻人是那么青春，那么有活力，显得他们是那样的发奋，以致目送他们下场。音乐的感觉像春的萌动一样。时间 1 分钟。

上段 1 分钟的音乐，可作为引子，开光，一片春意盎然的景象，海棠诗社场景，是年轻人无忧无虑的地方，也是他们抒发情怀的地方。他们三五成群、四六成伙地拿着白扇，扇上有黑字，好像都在朗读诗，从他们的舞动中，透着诗韵和神韵。群舞来回组合，显得流动很大但有章法，中国的扇子舞动，尽显其中。这段舞蹈大约 2 分 30 秒。音乐也是大的写意性。

宝钗的独舞，是快板，她干净利落，显得大气而又富贵，从她的舞蹈中也可看出她的性格和诗韵的水平高低。这段变奏 35 秒左右。

宝玉的变奏，风格性很强，玩世不恭，但有可爱的一面，演员需把握住宝玉的性格。这段舞蹈 40 秒。

黛玉的独舞，缓慢而行，周边的人们，谁也进不了她的内心世界。她美玉无瑕的舞姿，美不胜收，逐步进入群舞和独舞，分成两度空间，是黛玉的内心世界解析。舞着舞着，黛玉在宝玉身上抽出一条长纱，把宝玉从人群中带出来，形成双人舞，而双人舞也不是在同一空间，是黛玉的想象，她把长纱铺在地上，宝玉躺在纱上，地面舞蹈，而黛玉把扇子合上，拿在手上如同毛笔在纱上绘诗，诗中的含意，尽显对宝玉无限的爱。这段舞蹈的长度为 2 分 30 秒左右。这段双人舞如梦境一样，最后宝玉把纱抽走。

宝玉游离了黛玉，一切气氛变为现实，宝玉和宝钗在一起交谈，变为追逐，如打情骂俏一般，黛玉跟随着他们的双人舞，心里不是滋味地跟随，跟着，跟着，接着有两个女佣各推一扇门，把双人舞和黛玉用两扇门隔开。无形中黛玉吃了个闭门羹。时间1分30秒。

此刻，黛玉的悲情油然而生，内心的痛楚由身体表达出来，无数的女演员扮演残花，如秋风扫落叶一般，从台的两侧流动出来，黛玉内心的抽动和哭泣，都由花来表达。而这段群舞，全在地面完成，唯独黛玉站立其中，很好地渲染了此时此刻黛玉的心情。接着，群舞花逐步往黛玉身边滚，一点一点一点地将黛玉埋葬起来，如同一堆坟包，花死了不如说黛玉的心死了，凄惨无比。时间长度4分钟。

坟堆后面，钻出来宝玉，在那里抽泣（宝玉隐藏上场），将花也就是群舞的人一个一个地拨开，露出来孤零零、无依无靠、抱着自己双膝的林妹妹。他想去安抚她，可林黛玉不配合地躲闪，几次后，通过宝玉的几个动作，无需解释什么，这场误会解除了。林黛玉想通了，他们抱在了一起。时间长度2分钟左右。

强烈的音乐起来，中速的律动，地面的花群舞在涌动，上面的粉色花，不停地下，男演员扮成枯树干，拿着枯树枝，恐怖地出现，宝玉和黛玉的双人舞依然是那么地美好，枯树干将他俩举在空中，他俩依然在舞，没想到空中的花瓣，慢慢变成了白色纸钱，在空中飘，往下落，此情此景，给人们的感受是，他们虽然和好，虽然美好，可等待他们的是不祥之兆。时间2分30秒左右。

第二幕　第一场

下半场开场是在大观园的一个大堂内，男男女女在玩闹，有的在捉迷藏，有的在调情，有的在偷情，在舞台上也可做一些过火的动作，显得一片淫乱，也是大观园内特有的一景。音乐可作情景化。时间长度为2分钟左右。

音乐突然沉重起来，急速变化，这事非同一般，人们马上散开，恢复正常，以王熙凤为首的人，带着家丁，非常严肃地做了几个手势，指使家丁们抄东西，这时，舞台乱翻，一片狼藉，动作非常急促，人们非常紧张，似乎都怕翻找出什么东西。接着两个家丁分别从两边上场，找出了一对信物，是定情信物，又在台上拉住一男一女，拖拉到王熙凤面前，她一个手势，家丁们毒打着他们。又一个手势停下，然后叫家丁们拖下去，说明了在这个社会，尤其是在这个大家族里，青年男女是不能私订终身的，又有严厉的家法。宝玉眼见他们被毒打，却又无能为力，这时王熙凤急狠狠地下台去了。时间2分30秒左右。音乐是快速的，但有它的戏剧性。

音乐转慢，人们非常恐怖，情绪非常低落地下场，剩下宝玉独自在舞台独舞，舞蹈中透着一种强烈的压抑感，音乐情绪做配合。时间1分钟。

音乐可延续前1分钟的感觉在发展。这段舞蹈意念性很强，不是现实中的感觉，但充满了矛盾和压抑，满舞台拉满了绳子，可用家丁拉，给人的感觉就像冲不破的网，更使宝玉惆怅。贾母上场，对宝玉的溺爱，如同绳锁一样，可把绳子缠在身上，宝玉是很烦闷地挣脱，形成双人舞。又一个人上场，是贾政，对宝玉的严厉也是一种爱，也将绳子缠在宝玉身上，又可形成三人纠缠的三人舞，宝玉在逃离他俩。黛玉逐步也舞上前来形成四人舞，黛玉圣母一样，到了这个家，是为了拯救宝玉，使他获得心灵的自由，将缠在宝玉身上的绳子解开。这时又上来宝钗，变成五人舞。宝钗是这个家族礼教的追随者和代表者，她将脱绑的绳子又套上。整个舞段人物情感复杂，全是思想意识的体现，精神上的冲突大于现实中的矛盾冲突。时间6分钟。

音乐逐步加快，矛盾越来越激化。五人舞转为双人舞，是贾政和宝玉的，即贾政宝玉绳子之间的纠缠，使得有训不服，形成了很快的、激烈的双人舞。然后，贾政拿起绳子，如同鞭子抽打着宝玉，女佣纷纷上场求饶，抽打还是不停，便纷纷下场，进入双人舞，五人舞的其他人物逐步隐退下场。时间2分钟左右。

这时音乐拉开，有动情的感觉。贾母、王夫人、王熙凤和薛姨妈、黛玉、宝钗上场，见宝玉躺在地上，打得全身是伤，人们全拥过来，看到这样子，可气坏了贾母。贾母过去训斥贾政，贾政也不知怎么办好，这下把贾母气晕过去，在宝玉这边的人一看，又去扶老太太，就剩下黛玉和宝钗照看着宝玉。这段情节1分30秒。

音乐又弱下来，慢下来，扶着贾母那帮人将视线转到了黛玉、宝钗和宝玉身上，两个女的拉着宝玉，宝玉的样子好像要死不活的。当他慢慢睁开眼睛，一边看了一下，便把宝钗拉他的手一推，转身到黛玉这边，抱住了黛玉。这时黛玉哭了，而宝钗回到了扶贾母的人群那边。时间1分20秒。

音乐紧接着躁动起来，所有人都目睹了宝玉和黛玉的情缘，人们通过音乐律动，大声的呼吸声，表示生气的样子，人们决定要制止这场情缘。跟着节奏舞动开来。显得那样的不安和躁动。人们传话，有的用手指向宝玉和黛玉，嘲笑。王熙凤仿佛在和贾母、王夫人、薛姨妈偷说着什么，而宝玉和黛玉的双人舞在此进行，周边的氛围跟他们没有关系。音乐更跟他们舞动的爱没有关系，两度空间形成强大的反差，再用所有人物魔力，把他俩的双人舞驱散开来，然后又把宝玉给吸卷下场，剩下黛玉一人。黛玉的独舞，把痛感表现得淋漓尽致。最后奄奄一息，倒在台口。这时紫娟上场，搀扶她。这段音乐从躁动到激动，一直往上走，越来越激越，音乐在一种形态上走到极致。时间长度5分钟。

第二幕 第二场

黛玉和紫娟在前台口的一个角落里，整个舞台红红火火，喜庆婚礼的喇叭和锣鼓声随之响起，人们身披红衣，手拿婚庆的礼品，行走在热闹的队伍里。音乐中速，人们踏着节拍来回在舞台上调度，将喜庆的氛围推到极致，可没想到在一个角落里的黛玉痛苦欲绝，拼命挣扎，表现在与紫娟的双人舞。而音乐却是婚庆的音乐，视觉上，一白一红，情感上是一悲一喜，两度空间形成强烈的反差。宝玉在这场面里，更是喜气洋洋，深信大红盖头里定是林黛玉，而黛玉在队伍中穿插如白色幽灵似的，黛玉一下又扑向宝玉和宝钗身后的大斗篷，黛玉躺在上面，让他们一直拖着行走，黛玉又从身上抽出白纱（就是海棠诗社和宝玉双人舞的白纱），这时音乐的氛围要突拉到黛玉的情感上，特别煽情，黛玉在这段动人的音乐上，将纱缠在脖子上想把自己勒死，黛玉又将白纱捂在嘴上，咳出了鲜血，将纱染红（用手段处理）。这段音乐表现 1 分 30 秒。然后音乐越来越快，甚至人们都乱了，以致把黛玉淹没在人群的脚下，音乐在急速中停止。人们又把视线集中到宝玉的身上，准备掀盖头，音乐作配合。这段舞蹈是全剧重中之重，极度渲染。包括 1 分 30 秒长度为 5 分 30 秒。

宝玉掀盖头时，手慢慢地，但鼓声很急，最好用京剧中的板鼓，当掀开时，人群中把黛玉高高地举在空中惨死的样子，盖头里出现的是宝钗。这时，宝玉的精神全部崩溃了，全场大乱，宝玉的独舞。根据此时的情绪上音乐。时间 2 分钟。

宝玉将脸朝后，如开场进门的感觉。第一道门打开，又是一大排人物向宝玉走来，面无表情，显得苍白。宝玉还是走到他们的面前，走到贾母那儿，贾母倒下，如同死亡，一个一个的都倒下，这难道都是宝玉惹的祸吗？祸根究竟又是谁呢？当全部人倒下后，宝玉发呆站在那儿。这时，刘姥姥从上台口一个过场，头往高处看，给人的感觉是荒凉，人去楼空，物是人非了。时间 2 分 30 秒。

第二道门再次大开，倒地的人全似秋风扫落叶似的往台下滚，音乐的感觉是可怕的蠕动。宝玉往大门里走，如出家，一群秃头和尚，他们披着袈裟，随音乐一起在蠕动，气势逼人向宝玉袭来，宝玉逐步卷入他们中间。时间 1 分 45 秒。

音乐突然强烈起来，加定音鼓声，和尚们打开披在身上的袈裟，全是赤身，包括秃头，视觉冲击很强，达到震撼，再将袈裟打在宝玉身上，压住他，越堆越多，如同坟墓一样。时间 2 分钟。

在音乐强收时，有 10 秒钟没有声音，全场一片寂静，不知要发生什么事，包括和尚们都在注视着坟墓要发生什么，最后，音乐非常感人地出来，坟有动静了，是一对人。宝玉和黛玉钻了出来，黛玉盖起了红盖头，宝玉掀开了盖头与黛玉紧紧拥抱，一起飞舞。时间2分钟。是主题曲音乐的再现。

〔剧终。

精品提名剧目·舞蹈诗

阿姐鼓

杭州歌舞团

像一幅长卷

描绘出青藏高原独特而迷人的风情

如几首短歌

咏唱出藏族同胞对生活的热爱与崇敬

似一串小诗

歌颂了西藏人民生生不息的顽强精神

一个藏族少女美丽的生命

是对未来的向往和爱情的憧憬

情与景、光与影、歌与舞、心与魂

交织出青春之不灭、生命之永恒

全剧以舞蹈诗的形式，浪漫主义的表现手法，寓意了藏族人民的民族性格与精神，刻画了藏族人民热爱生命、崇尚自然、对未来充满憧憬与追求。

人物

卓玛、阿哥、生命之神、阿姐（投影）、老奶奶、小孩、喇嘛、众男女

———舞蹈诗《阿姐鼓》 〉〉〉〉〉

序　幕

远处传来滚滚雷声，战马的嘶叫声，战斗的呐喊声……（灯渐亮）巨大的原始岩画前，众男子原始装束，以横穿过场大幅度跳跃及调度，展示西藏民族的祖先们正在为自己民族的生存而战斗。

第一幕　没有阴影的家园

当战斗的呐喊声远去了，时空仿佛飞跃了多少个漫长的世纪……

黑暗中划亮了一道火光。一位老人点燃了酥油灯，蹒跚着步履，颤颤巍巍地在壁画上抚摸着，欣赏着那辉煌的巨幅壁画，上面铭刻着阿姐与卓玛的故事。（灯渐亮）

随着音乐袅袅袭来，巨大的壁画陡然分开，射出一道圣洁的光芒，一位藏族姑娘——卓玛，婀娜多姿地翩翩起舞，仿佛是刚刚从母体里诞生出世……

哦！这世界是那样的神奇，这世界又是那样的美丽，以藏族素材为依据变化舞姿表现了卓玛的出世以及对世界的新奇……男女青年们说笑着从卓玛身边经过，他们脸上灿烂的微笑使卓玛兴奋、快乐！

一群喇嘛向前走去，那虔诚的神情使卓玛感觉到了这世界的肃穆与庄严。

姑娘小伙们的嬉戏打闹，喇嘛们喃喃的祈祷，这蓝天白云下的景色，顿时使卓玛觉得一种生命活力，她就是婴儿，刚刚来到这个诱人的世界，这是一个没有阴影的家园。

第二幕　阿姐鼓

天际边忽然传来阵阵鼓声，阿姐击鼓的舞姿显现在天幕之上……

卓玛听见阿姐的呼唤，激动万分，她期待、盼望已久的阿姐，终于在她眼前显现；但是，这仅仅是阿姐的鼓声与依稀可见的身影啊！

卓玛在心中高声呼唤：阿姐啊，你的美丽象征着我们的未来；阿姐啊，你是否能永远伴随我们走向明天……卓玛仿佛见到姐姐应声而来与自己共舞与亲热。

以单鼓为素材而发展的女子群舞表现卓玛的内心独白。

第三幕　羚羊过山岗

辽阔的草原上，传来牧羊人的吆喝声，男女青年人打情骂俏的嬉笑声……那火一般热烈的爱情，那辽阔的草原与雪一般的羊群……骤然引起卓玛对生活的渴望。她十分眷恋人世间人们相互依存的信任与情意，她被美丽的自然所诱惑，她宽衣入水，在圣洁的河水中嬉耍，欣赏着自己袅娜的身体。以藏舞为素材，加入现代舞意识的柔美舞姿，把卓玛的内心及她美丽的身体淋漓尽致地展现出来。

一群小伙子突然发现了水中这位美丽动人的姑娘，宛若天仙下凡，小伙子们惊呆了。

第四幕　卓玛

卓玛发现声响，穿上衣裳朝小伙子们走来。

小伙子们吓得退到老远。但又实在舍不得扔下这位诱人的女孩。

卓玛用优美的舞姿和热辣辣的眼神挑逗小伙子与她共舞。她被人世间的青春与爱情所感动。她要享受这种生命中的爱与温馨。

小伙子们与卓玛跳起了热情奔放的舞蹈。藏族踢踏与旋子舞的结合在此得到充分展现。

他们的笑声与青春的呼唤，回荡在这辽阔的草原上，升腾到湛蓝的天空中去。

第五幕　天唱

卓玛由于见到人类生命的鼓动，而渴望与人类的生命组合唱起一曲宇宙中的赞歌，这种人与神的结合，是多少年来人类梦想的最高境界。她与理想中人在一起亲昵地交合、依恋，她想把自己的爱永远地留在人世间。

这时，卓玛突然悟到为什么姐姐总是飘忽在人间，哦！生命的礼赞原来就是这样组成。原来这种对生命的渴望是一种精神，一种崇高而神圣的精神。

卓玛这时觉得阿姐的鼓声所呼唤的，正是这种对人类生命的体验及对人世间生活的热爱，这种神与人合一的境界，正是这个民族伟大、博爱的精神之一。

第六幕　地狱·天堂

生命与死亡是人世间永恒的主题。从天国来的卓玛，第一次见到了人类是怎样与死亡顽强搏斗，是怎样地热爱自己的生命。人们充满了对来世的希望，可是体现出对现世的珍惜。对死亡并不惧怕，而是以对生命的酷爱与之拼搏而求得生活的意义。

卓玛看到了人的生命仿佛是金色的精灵，是那样勇敢、敏捷而富有朝气。（舞蹈运用传统藏戏与现代舞的结合进行表现）

第七幕　祈福

卓玛看见人世间的生命虽然是短暂的，但却充满了希望；她在与生命之神的对话中祈福生命更加美好，是对生活的追求和热爱；人生在情与景、光与影、歌与舞、心与魂中交织出青春不灭；虽然生命终将远离尘世间而去，但死亡预示着又一个轮回的开始……

祈祷今天，是为了生活更美好；祈祷来世，是为了生命之永恒。

第八幕　转经

卓玛从来到人间的漠然，到对人类情感的惊奇，从惊奇发现了人世间的生命丰富多彩而感到兴奋。从兴奋又感到一丝终将别离的眷恋。

她刚到人世间来所见到的一切又在眼前浮现：姑娘与小伙子，喇嘛的祈祷，爱情魅力的温馨，与死亡的顽强搏斗……

她终于懂得了阿姐的心愿，她深深地祈祝这个民族的精神能够永存，她决心要为此付出自己的一切，她宁愿回到天穹中去护佑民族的兴旺与繁荣，要像阿姐那样成为民族精神的象征。

卓玛终于在一片诵经声中飞向天国，那雄浑的诵经声如同是对她最好的祝愿，如同这个民族心声的呼唤，将世世代代流传下去……

尾　声

若干年后的一天，一位小姑娘悄悄来到壁画前，她想从中寻求老人们故事中的阿姐与卓玛的传说。（灯光渐暗）

但那壁画早已成为残垣断壁，转身而向苍天凄厉地呼唤着"阿姐……"

天际间一阵惊雷响起……

〔剧终。

歌舞

精品剧目·歌舞

八桂大歌

广西柳州市歌舞团

一、主题思想

广西是多民族的自治区域,弘扬民族优秀文化,特别是改革开放时代崭新的精神风貌,是我们文艺工作者义不容辞的责任。我们要用人民的语言、民族的歌声,歌颂人民的生活、人民的情感、人民的强盛、党的伟大,充分展示在"三个代表"思想的指引下,广西各族人民,与时俱进,创造着美好的生活,憧憬着美好的理想。打响民歌牌,树立广西新形象。

二、艺术样式

广西民族音画,既不是单纯的民歌集粹,也不是传统的歌舞晚会,而是以深深扎根在民族土壤的、具有鲜明的时代气息和浓郁的民族风情的民歌为主,辅以民族舞蹈、民族器乐、民族服饰,以一幅幅奇特的、充满浓郁的民族风情的、丰富多彩、节奏跌宕的歌声与画面完美组合。它应该是以音带画、音画情景交融、多姿多彩的崭新的艺术样式。

三、艺术结构

总体上以劳动篇、爱情篇组成。

劳动篇,劳动创造生命,生命离不开劳动,要歌颂劳动者的勇敢、智慧、勤劳、奋斗。

爱情篇,各民族人民的生命历程,美丽的、丰富多彩的生命况味。用生动的、抒情的、幽默的语言,描写和展示各少数民族青年男女的相惜、相思、相爱的真挚情感及丰富多彩的民族风情。

两个篇章,既各自独立,又在内涵上有关联、递进的关系。既独立成章又浑然一体。即劳动创造生命、产生爱情。健康的、蓬勃向上的爱情又更激发了人的生命活力和生活热情,向着更高的理想层次迈进,歌颂劳动、歌颂爱情、歌颂理想。用劳动、爱情、理想来涵盖和展示生存的状态、社会的价值、民族的活力和生命的意义。

四、艺术要求

首先，歌词要出口惊人。要破常规，要有丰富、奇特的艺术想象力，要清晰、风趣、智慧、幽默、有形象，想就是想、爱就是爱、劳动就是劳动、甜就是甜、苦就是苦，决不平庸地讲道理，不必每首歌都有一个核，展示着生动就好。要找符号，有意味的符号，要有童谣式的、田园牧歌式的、丝毫无污染的美学追求。作曲、舞蹈、服饰、舞台美术都要统一于这样的美学追求。

五、艺术内容

1. 劳动篇

劳动大歌、各民族兄弟从远古走来、从劳动诞生，高唱着劳动号子，迈着坚实的步伐行进在八桂大地上。

咚咚咚咚……大瑶山上几十个剽悍的白裤瑶青年，擂打着瑶族铜鼓。气势磅礴的铜鼓声中，白裤瑶男女老少银锄飞落，齐唱《击鼓挖地歌》。歌声展示瑶族这一特有的劳动景观。

瑶山上，梯田旁，瑶族青年男女挥舞长刀砍田基。瑶族《砍田坎歌》，歌声充满劳动的喜悦和豪情。

赤日炎炎，大地冒烟。满山遍野的村民顶着烈日齐跪大地，向老天虔诚地祈雨。48个字一气呵成的歌词，将壮族村民祈雨的场面渲染得紧迫、悲壮、淋漓尽致。

"腰弯手不停哟，日头似火燃，汗水随秧淌哟，换来绿满田。"绿油油的秧田，勤劳的苗族妇女在插秧、耕田，恰似一首恬静、淡雅的田园诗。

盼呀盼哎，春分到夏至，就盼谷穗黄，喜看稻田翻金浪哎，又是收割忙。红红火火，妇女挥镰、男人扛禾。瑶族男女止不住的喜悦，在收割、晒禾、舂谷。

清清的溪水边，待嫁的侗族姑娘伴着捶布声和引人遐思的琵琶声，想着出嫁的日子，一匹匹蓝靛布流淌着姑娘的喜悦与憧憬。女声组唱侗族《捶布歌》。

丰收的稻田，翻滚稻浪，壮族青年男女用象征劳动的扁担，打起欢快的节奏，放飞喜悦的心情。齐唱壮族《扁担歌》。

金灿灿的阳光下，一群侗族妇女挥舞铁叉，上架晒禾把。她们边劳作边歌舞，吹响欢快的芦笙，唱不尽丰收的喜悦。侗族《晒禾歌》。

同一场景。伴着歌声，脚踏春槌，壮族农妇有节奏地春谷，白花花的大米堆满仓，喜盼日子越过越好。女声组唱壮族《春谷歌》。

天蓝蓝、海蓝蓝，京族的虾灯似繁星般点缀着海滩，美丽的京族姑娘，和着悠扬的独弦琴唱着动听的歌。

为庆丰收，壮家举行盛大的庆祝酒会，宽宽的晒谷场上，众人举碗豪饮，弹着天琴边唱边舞，酒满场、歌满场，醉倒几个在山坡。几十把马骨胡琴奏引出气势浩大、热烈欢快、豪气冲天的壮族《唱酒歌》。唱酒抒情，抒劳动的豪迈，劳动的人生、劳动的丰收、劳动的幸福，将劳动篇推向高潮。

2. 爱情篇

美丽的侗寨，风雨桥上数十名侗族青年男女身着艳丽的侗族服饰，在侗笛、牛腿琴、琵琶的伴奏下，充满激情地高唱侗族多声部大歌《天地有爱》。开天辟地、人生爱情。爱情是生命之源、民族之根。我们歌颂爱情，我们赞美爱情。

三月三，苗族传统歌节，宽阔的苗寨歌圩上男女芦笙队吹奏着欢乐的乐曲，盛装的苗族姑娘小伙齐聚歌会，以歌会友、以歌谈情。组唱、对唱苗族《赶歌会》的歌舞《摆呀摆》。

一组活泼、诙谐、充满民族风情的苗、壮、瑶、侗、京《定情歌》。

侗族《行歌坐妹歌》。内容：月夜下，一对对侗族男女青年对唱谈情。

月亮挂在苗山上，苗家妹子想情郎，人说苗妹多"古怪"，想郎也有"怪名堂"。月夜，一群苗家妹子吹着口弦轻声吟唱，女高音领唱、组唱苗族《十画想郎歌》。

"吹木叶的阿哥卖什么乖，丢给你个眼神发什么呆，太阳掉进山那边河嘞，心事从竹林里飘出来。"丛丛竹林，清脆的歌声飘出来。瑶族情歌《心事从竹林里飘出来》。

"风儿悠悠、星儿斜斜,好一个京岛九月夜,网床网住了两条鱼,网床丢下了四只鞋。"抒情、幽默的京族情歌《网住两条鱼》。

"骂死你,骂你骂你就骂你,昨天你撩我上歌圩,今天你又撩别人妻。"泼辣、诙谐的壮族骂情歌。

少数民族风俗,调情之后是定情。壮族风俗,送鞋定情。鞋一双,捧在手,哥你莫嫌就拿走。鞋分左和右,左边右边共分忧。壮族送鞋定情歌。

定情后,月夜下,爬姑娘的木楼相会,是瑶族的特有风俗,而偏偏有个性急的小伙子爬楼被当作强盗捉。充满生活情趣的瑶族《爬楼歌》。

爱情成熟了,要出嫁了,壮族姑娘出嫁要唱《哭嫁歌》。"好姐姐,告诉我,结婚本是开心事,为何要唱哭嫁歌?"一段姐妹的对唱,把壮族的哭嫁风俗活泼、生动地展现出来。

"瑶家妹仔要出嫁,姐妹盛装来送她,待到新娘进门来,一花引来万朵花。"瑶家妹仔的出嫁场面盛大、热烈。女声组唱《瑶家妹仔要出嫁》充分展现了这一场面。

瑶山,月夜,一座贴有喜字的木楼,红烛高烧,烛光中,一对新人幸福的剪影。一群调皮的瑶族小伙围在木楼下听房。最具瑶家婚嫁风俗的是听房。"屋内红烛亮,窗外人一帮,瑶家后生最乐事,听房哟听房",男声组唱《听房》,大胆、诙谐地展现了瑶家这一特有的风俗。

侗寨,木楼前剪影,女人痛苦挣扎,男人焦灼不安,随着一声响亮的婴啼一个新的生命在木楼诞生。混声组唱,侗族《生仔歌》。歌颂母亲、歌颂生命。

月夜,月光似水,大地生辉。盛装的壮族男女望着明月,尽情歌唱。优美、抒情的男女对唱《月亮里有个你》抒发着壮族人民的憧憬和理想。

七彩红云挂在天上,各族同胞,团结富强。大合唱《广西瑶》唱广西的山、广西的水,广西的各族人民在新的世纪,团结拼搏、与时俱进,让祖国的南疆更加美丽。辉煌,气势磅礴,场面恢宏,将演唱推向高潮。

―――歌舞《八桂大歌》 〉〉〉〉〉

演出前的话

　　用人民的语言塑造人民的形象，用人民的歌声礼赞人民的生活，是我们的艺术追求。劳动创造了生命，所以，"劳动当歌"！是广西各民族兄弟勤劳、智慧、勇敢、奋斗，创造了八桂大地，也创造了他们自己。在"劳动篇"里，您将看到翠绿的秧苗、金黄的稻谷、瑶家的水车、京岛的虾灯……

　　爱情编织着梦想，所以"天地有爱"！是广西各民族儿女的相知、相思、相亲、相爱，谱写了八桂大歌，也谱写了他们自己。在"爱情篇"里，您将看到瑶哥的项圈、苗妹的银饰；侗寨的竹楼、壮家的秋千……

　　"民族音画"是一种艺术样式，每一首歌就似一截生命的历程；每一段舞就如一幅生命的素描。

　　岁月如歌！八桂如画！

序

八桂大歌

　　　　作词：符又仁
　　　　作曲：杜　鸣

　　　　　　很久很久以前哎
　　　　　　有了洞人有了蛙神有了花仙
　　　　　　很久很久以前哎
　　　　　　有了人歌有了鸟鸣有了家园

　　　　　　咿哟喂

八桂大地哟

龙飞凤舞天上人间

劳动篇

劳动当歌

　　作词：黄淑子
　　作曲：方　鸣

　　自打盘古开天地
　　劳动全靠这双手

　　全靠这双手

　　我一双手赶山山吓走
　　你一双手拦江水断流
　　百人的手填海起高楼
　　万人的手齐心画地球

　　自打盘古开天地
　　劳动全靠这双手

　　春天里累死牛
　　汗珠儿它砸成油
　　一手的铁茧花
　　换来粮万斗

————歌舞《八桂大歌》 〉〉〉〉〉

自打人间有日头
劳动全靠这双手

绣花花儿秀哟
养猪猪长肉
扁担挑得幸福来
家泡在蜜里头

啊哩哩啰啊哩啰

如今这双手赶上好时候
下海能擒龙上天摘星斗
开坛老酒香歌甜人增寿
手中乾坤大劳动没个够

击鼓挖地（瑶族）

　　　　作曲：方　鸣

祈雨（各族）

　　　　作词：符又仁
　　　　作曲：方　鸣

赤日炎炎大地冒烟
稻田干裂禾苗熬煎
全乡老幼齐跪山前
惶惶祈雨哀告苍天

苍天苍天小民可怜

给我生路快降甘泉

老天保佑　快降甘泉

插秧（壮族）

作词：符又仁

作曲：方　鸣

弯腰手不停塞哩哩
日头似火燃啊哩哩
汗水随着那秧苗淌
换来绿满田啊哩哩

塞哩哩　啊哩哩

南方女人累塞哩哩
整日不得闲啊哩哩
田里忙完活啊哩哩
家中等炊烟啊哩哩

塞哩哩　啊哩哩

耕田（壮族）

作词：符又仁

作曲：方　鸣

扶棍田间站塞哩哩
用脚画圈圈啊哩哩

———歌舞《八桂大歌》〉〉〉〉〉

  恰似梳妆女啊哩哩
  给田梳头辫啊哩哩

  塞哩哩　啊哩哩

  一圈又一圈塞哩哩
  一年又一年啊哩哩
  问声耕田女啊哩哩
  是苦还是甜啊哩哩

  塞哩哩　啊哩哩

收割（壮族）

  作词：符又仁
  作曲：方　鸣

  从春盼到夏
  就盼稻谷黄
  喜看那稻田翻金浪
  又是收割忙

  好红火哎
  女人镰刀快男人把禾扛
  还有这老婆婆送茶饭
  娃仔也来帮

  乐开怀哎
  今年收成好再累心欢畅

只要粮食攥在手
心里不发慌

今年收成好啊哩哩
乐开怀哎啊哩哩

晒禾（壮族）

作词：梁绍武
作曲：方　鸣

太阳太阳火辣辣
一堆堆禾把铺满田坝
走过山前望一眼
看见那满山的太阳花

晒禾哟铺满那田坝
黄金铺在阳光下
只求老天不下雨
抱一个金秋她送回家

晒禾把晒禾把铺满田坝
风吹稻谷香香过山崖
太阳烫热千杯酒
灌醉那天边五彩霞

太阳太阳火辣辣
一堆堆的禾把铺满田坝
走过山前望一眼

看见那满山的太阳花

放歌风雨桥（侗族）

  作词：符又仁

  作曲：方　鸣

风雨桥风雨桥哎
侗家独有的风雨桥哎

风雨挡桥外
桥上歌声飘
桥下悠悠山溪水
侗家幸福路一条

啊哩哩咧啊哩咧

风雨挡桥外
桥上歌声飘
桥下悠悠山溪水
侗家幸福路一条

三月挑秧桥上过
人在桥上走影在水中摇

七月推车桥上过
金黄是稻谷哟
翠绿的是蜜桃

啊哩哩咧啊哩咧

十月金秋风送爽
风雨桥上消疲劳

看天天更蓝哟
望水水涛涛
喊一声哎山回应
辛劳之后乐逍遥

啊哩哩咧啊哩咧

辛劳之后乐逍遥

挑谷（瑶族）

　　作词：梁绍武
　　作曲：方　鸣

黄澄澄的稻谷我肩上挑
滑溜溜的扁担吱吱叫
一根扁担那个两头翘
男人的脊梁压不倒

路长长山高高
喝一口山泉撒泡尿好畅快
路长长山高高
吼一声山歌过山坳

———歌舞《八桂大歌》 〉〉〉〉〉

黄澄澄的稻谷我肩上挑

滑溜溜的扁担吱吱叫

一根扁担那个两头翘

男人的脊梁压不倒

上山顶下山去

抓一朵白云擦把汗好畅快

上山顶下山去

挑一座金山往家跑

侗族大歌布谷·泉水（侗族）

作词：符又仁

作曲：杜　鸣

侗寨静静

布谷吆喝

布谷布谷布谷

唤醒了侗家村寨

催动了三江绿波

山花开了秧苗壮了

侗家春早好红火

山谷幽幽

泉水唱歌

叮咚叮咚叮咚

唱我侗寨山水美
唱我同胞勤快多

春天把种播
秋天忙收割
采茶就上山
放排就下河

建成风雨桥
世上有几座

侗寨静静
山谷幽幽

布谷声声催人勤
泉水叮咚侗家歌

捶布（苗族）

  作词：梁绍武
  作曲：方　鸣

女人女人好辛苦哟
织布染布又捶布哟
捶啊捶啊捶落了星星
捶啊捶啊捶弯了小河

野男人哟你看什么

我忙捶布你来乱摸

野山雀哟你笑什么

我忙捶布你莫啰嗦

女人女人好辛苦哟

壮乡甘蔗林（壮族）

作词：符又仁

作曲：杜　鸣

杆儿高高叶尖尖

风儿吹过青波卷

阿爸对我讲呀

壮家的甘蔗林

剥下的是蔗叶

留下的是笑脸

一层层一片片

似绿海荡山间

阿妈对我讲呀

壮家的甘蔗林

甘蔗越长越高

日子越过越甜

呢的呀　呢的呀

早上日头出
劳作在蔗田呀

剥一片蔗叶擦一把汗
浇一瓢清水望望天
甘蔗地里洒汗水
年年都盼丰收年

早上日头出
劳作在蔗田呀

剥一片蔗叶擦一把汗
浇一瓢清水望望天
甘蔗地里洒汗水
年年都盼丰收年

傍晚炊烟起
守望在蔗田

扯一片木叶吹一支歌
喊一声阿妹发一下癫
甘蔗地里唱情歌
歌也甜来人也甜

一层层一片片
似绿海荡山间

阿妈对我讲呀

壮家的甘蔗林

甘蔗越长越高

日子越过越甜

京岛阿娇（京族）

作词：黄淑子

作曲：杜　鸣

独弦琴演奏：刘湘云

京岛阿娇

爱笑的阿娇

两个酒窝两杯美酒

撩得大海波翻浪摇

京岛阿娇能干的阿娇

一双巧手千张渔网

哄得大海乖乖献宝

乖乖献宝

阿娇织的渔网

网金网银

红帆追浪鱼蹦虾跳

阿娇织的渔网

网星网月

渔歌唱晚风送螺号

阿娇阿娇爱笑的阿娇
阿娇阿娇能干的阿娇
京岛阿娇

酿酒（瑶族）

　　　作词：胡红一
　　　作曲：方　鸣

　　　气熏那个汗流

　　　扯下太阳当柴烧
　　　大山倒扣做酒锅
　　　苦辣酸甜一锅煮
　　　男人没酒不能活

　　　气熏那个汗流

　　　酿酒如同酿日子
　　　猛火烧罢换温火
　　　跳到河里洗个澡
　　　鱼鳖虾蟹醉一河

醉酒

　　　作词：刘沛盛
　　　作曲：方　鸣

———歌舞《八桂大歌》 〉〉〉〉〉

海水当酒地当杯
大碗大碗地喝
地动山摇来摆擂
大胆大胆地吹

我一碗酒不湿嘴
飞流下肚酒不沾胃
我两碗酒它到全身
酒穿肠宽无所谓

我三碗四碗眼不花
一枪能把鸟打飞
我五碗六碗力倍增
一气能把大象背

我七碗八碗飞毛腿
八百里的山路
我一个夜回

我九碗十碗人不醉
飘飘忽忽晃晃悠悠
腾云驾雾
飞身赶去仙桃会

我喝酒好那个女人追
都说我正在走桃花运
我喝酒好那个阿妹随
都说我有那虎龙背

　　　　我喝酒好那个女人喂
　　　　大妹二妹三妹轮灌怀
　　　　我喝酒好那个双交杯
　　　　酒后牵我到屋背

　　　　我喝酒好呀
　　　　横喝竖喝我就是喝不醉
　　　　我喝酒好呀
　　　　天下女人排成队

　　　　海水当酒地当杯
　　　　大碗大碗地喝
　　　　地动山摇来摆擂
　　　　大胆大胆地吹

丰收（各族）

　　　　作词：符又仁
　　　　作曲：方　鸣

　　　　金灿灿的阳光
　　　　金灿灿的田
　　　　沉甸甸的稻谷把头点

　　　　金灿灿的阳光
　　　　金灿灿的田
　　　　黄澄澄的稻谷望不到边

颤巍巍的老婆婆笑眯了眼
硬朗朗的老公公抽起了烟
青壮壮的男人开开心地喊
乐呵呵的女人喜呀喜开颜

欢腾腾的唢呐吹呀吹不断
喜洋洋的歌声唱呀唱不完
香醇醇的老酒喝呀喝不完
火红红的景象是丰收年

爱情篇

天地有爱（壮族）

　　作词：曾宪瑞

　　作曲：杜　鸣

天有爱　地有情
天地合一造乾坤
地若不寒天也暖
天若不晴地也阴

哥哥当高天
妹妹作大地
天地有爱人间也温馨

日有爱　月有情
日月轮回到永恒

月亮随着太阳亮

太阳伴着月亮明

哥哥当太阳

妹妹作月亮

天地有爱日月也多情

天地有爱日月也多情

摆呀摆（苗族）

作词：麦展穗

作曲：杜　鸣

摆呀摆　摆呀摆

手上的银镯摆呀摆

头上的银饰摆呀摆

胸前的项圈摆呀摆

苗条的身子摆呀摆

摆呀摆　摆呀摆

摆得寨里的男人丢了魂哟

只等月亮爬上来

摆得寨里的男人看不够哟

吹起木叶踏歌来

摆呀摆　摆呀摆

田里的秧苗摆呀摆
山后的芭蕉摆呀摆
挑着的担子摆呀摆
苗家的女人摆呀摆

摆呀摆　摆呀摆

摆得寨里的男人丢了魂哟
只等月亮爬上来
摆得寨里的男人看不够哟
吹起木叶踏歌来

摆呀摆　摆呀摆

十画想郎（苗族）

　　　作词：符又仁
　　　作曲：杜　鸣
　　　　一画二月好春光
　　　　春风醉人想起郎
　　　　三画八月桂花香
　　　　桂花开放想起郎

　　　　五画画在水田旁
　　　　手插秧苗想起郎
　　　　七画画在小溪边
　　　　戏水梳头想起郎

九画画在书本上

翻开书本想起郎

十画画个大月亮

望见月亮想起郎

张张白纸画不尽

好比千里眼盯着郎

时时处处见郎面

看你还往哪里藏

心事从竹林里飘出来（苗族）

作词：胡红一

作曲：杜　鸣

吹木叶的阿哥卖什么乖

丢给你个眼神发什么呆

阿妹的花彩裙

已经翻过坡

你还站在原地傻傻地猜

太阳掉进山那边河里嘞

心事从竹林里飘出来

阿哥的嗓子都唱哑了

山歌牵出月亮来

吹木叶的阿哥卖什么乖

丢给你个眼神发什么呆

―――歌舞《八桂大歌》 >>>>>

  阿妹的花彩裙

  已经翻过坡

  你还站在原地傻傻地猜

  太阳掉进山那边河里嗬

  心事从竹林里飘出来

  唱歌人的脚步听不见了

  听歌人的小手

  还在木楼窗后摆呀摆

网住两条鱼（京族）

  作词：黄淑子

  作曲：杜　鸣

  叮当叮　盟啊盟

  风儿悠悠　星儿斜斜

  好一个京岛九月夜

  网床网住了两条鱼

  网床里丢下来四只鞋

  要问哪里来的四只鞋

  都怪独弦琴圆了那轮月

  叮当叮　盟啊盟

骂情歌（壮族）

  作词：黄淑子

  作曲：杜　鸣

骂死你

骂你骂你就骂你

昨天是你撩我上歌圩

今天你又撩别人妻

骂死你

骂你骂你就骂你

昨天是你河边勾我手

今天你又钓那滩鱼

气死人

气人气人真气人

马蜂出窝乱叮人

劝你独脚莫穿两只鞋

劝你灯笼莫照两颗心

气死人

气人气人气死人

野猫发癫乱咬人

劝你一花莫招两只蝶

劝你芭蕉莫长两条筋

我恨你

花瓷坛子家门摆

不腌真心腌酸菜

我恨你

巧嘴哄人哄得乖

寡蛋孵鸡不抱崽

———歌舞《八桂大歌》 〉〉〉〉〉

恨你恨你我恨死你
恨得我牙根直冒火
满口银牙全咬歪

恨你恨你恨死你
恨得我脚底生烟
满头黑发竖起来

呸呸呸
鼠肚鸡肠男人女气
好比那疯狗吠大街

走走走
冤家对头生不同床
死了也要到阎王面前
把是非讲明白

骂你骂你就骂你
（恨你恨你就恨你）
骂你只因爱死你
（恨你只因爱死你）

打情骂俏莫当真
有缘越骂爱越深
不信你看并蒂花
风吹雨打满山红

坐妹（侗族）

作词：曾宪瑞

作曲：杜　鸣

天黑黑
弹着琵琶来坐妹
哥到阿妹火塘边
抱着阿妹坐上腿

坐上腿
眼对眼来眉对眉
脸贴脸来心贴心
肩碰肩来背碰背

妹好美
眼睛深深像井水
哥愿掉进井水里
就是淹死不后悔

哥甜嘴
嘴巴泡在蜜糖内
阿妹心中有坛酒
哥想喝酒妹拿杯

哥爱妹
哥不喝酒心也醉
醉在阿妹酒窝里
一生一世不贪杯

———— 歌舞《八桂大歌》 〉〉〉〉〉

想亲突然转过背
想摸又把手收回
羞得呼吸像风吹
急得心像乱鼓捶

哥坐妹
坐得阿妹心相随
低头贴在哥胸前
听听哥的心和肺

哥心醉
伸手缠着妹的背
叫声阿妹抬点头
哥想和妹亲个嘴

亲个嘴
亲得阿妹魂不归
阿哥胆大又心细
越亲越有男人味

妹爱哥　哥爱妹
坐妹坐到月西坠
约定来日黄昏后
阿哥还要来坐妹

坐妹坐妹来坐妹

爬楼（瑶族）

　　作词：符又仁
　　作曲：杜　鸣

　　　爬楼啰
　　　爬楼谈爱好快活
　　　偏偏有个后生仔
　　　谈爱不成险成拙

　　　妹癫多
　　　昨夜爬楼你装睡着
　　　你爸猛喊捉强盗
　　　害我跑得脚皮脱

　　　死癫哥
　　　骂你癫仔没有错
　　　爬楼不先吹木叶
　　　十个爬楼十个捉

　　　想妹多
　　　一到楼下我等不得
　　　只想尽快成好事
　　　忘吹木叶忘唱歌

　　　忘唱歌
　　　叫你打鼓你打锣
　　　你忘暗号不要紧
　　　害我一夜睡不着

好笑多
爬楼不成险成拙
奉劝心急后生仔
爬楼谈爱急不得

瑶家妹仔要出嫁（瑶族）

作词：潘　琦

作曲：杜　鸣

瑶家妹仔要出嫁
姐妹盛装来送她
穿一样的新衣裙
披着五彩的线纱

都在瑶山里长大
分不出是你我她
待到新娘进门来
一花引来万朵花

瑶家妹仔要出嫁
满堂吉庆满堂花
远方亲朋来挂彩
一进门楼二进家

红花一朵庆吉祥
双喜红字堂中挂
芙蓉牡丹同盆种
夫妻恩爱家发达

婚典（各族）

   作词：符又仁
   作曲：杜　鸣

    九十九株木棉一齐开
    九十九只凤凰飞过来
    九十九把唢呐欢腾腾地闹
    九十九串银落放光彩

    九十九株木棉一齐开
    九十九只凤凰飞过来
    九十九把唢呐欢腾腾地闹
    九十九串银落放光彩

    苗家大婚九月九
    久久长长不分开

    连情歌唱起来
    红花轿抬过来

    大碗酒喝起来
    红绸带手牵来

    红盖头掀起来
    红脸蛋露出来

    鼓乐声中拜天地

———— 歌舞《八桂大歌》 >>>>>

天有情来人有爱

一拜天地天作合
二拜父母恩似海

夫妻对拜姻缘定
一生交给夫安排

九十九株木棉一齐开
九十九只凤凰飞过来
九十九把唢呐欢腾腾地闹
九十九串银落放光彩

苗家大婚九月九
久久长长不分开

听房（瑶族）

　　作词：符又仁
　　作曲：杜　鸣

屋内红烛亮
窗外人一帮
瑶家后生最乐事
听房哟听房

屋内红烛亮
窗外人一帮
瑶家后生最乐事

听房哟听房

屏住气　莫声响
耳朵伸得比头长
生怕漏掉一丁点
心中好戏要泡汤

静悄悄　红烛晃
屋内轻轻开了腔

来咧　嗯
来了嘛　嗯

窗外乐坏后生哥
个个笑得扶着墙
唯有一人很失望
不明大伙笑哪桩

听了半夜嗯　嗯　嗯
搞的什么鬼名堂

傻癫仔哟癫仔傻
快快回家问爹娘

广西谣（各族）
　　作词：魏梦君
　　作曲：杜　鸣

————歌舞《八桂大歌》 〉〉〉〉〉

一声哎啰喂

能搬一座山

声声哎啰喂

搬山千千万

搬哟搬

留它几座哟

装点八桂好家园

一声哎啰喂

能开一眼泉

声声哎啰喂

泉涌成大川

开哟开

滔滔江流哟

向北融入中华源

一声哎啰喂

能开一眼泉

声声哎啰喂

泉涌成大川

开哟开

滔滔江流哟

向北融入中华源

啊　依啰喂

滔滔江流哟

向北融入中华源

备用节目

背水

  作词：黄淑子

  作曲：方　鸣

    日头大大高山小小

    背篓大大女人小小

    山寨滴水贵如油

    背水的女人磨烂脚

    雨点大大野花小小

    背篓大大影子小小

    山寨滴水贵如油

    背水的女人压断腰

    一步一层天

    一步摇三摇

    下山背山走

    上山拉山跑

    头巾缠满云和雾

    青石板小路走成槽

    背水哟背水

日出扬帆

　　　作词：符又仁
　　　作曲：方　鸣

　　　天青青　海蓝蓝
　　　海天之间飘着白帆
　　　打鱼的阿哥船头站
　　　风吹浪打腰不弯

　　　耶
　　　风吹浪打腰不弯

　　　海风吹来云淡淡
　　　海阔天空任你走
　　　海风吹来云淡淡
　　　身影融进天际间

　　　天青青　海蓝蓝
　　　海鸥逐浪伴着渔船
　　　船上撒开千张网
　　　鱼不满仓不回还

　　　耶
　　　鱼不满仓不回还

　　　海风吹来云淡淡

万顷波涛如平川

海风吹来云淡淡

弄潮儿女天地宽

耶

弄潮儿女天地宽

夜曲

作词：符又仁

作曲：方　鸣

月挂中天的时候

我站在海风吹拂的窗口

看夜色茫茫的海面

一盏红灯闪烁在海的尽头

夜航的阿哥哟

有一颗心与你风雨同舟

海风吹我为你系紧衣扣

海浪打来为你捧上御寒的酒

夜航的阿哥哟

网太沉我愿为你搭个帮手

待到太阳跳出水面

与你同享劳动的丰收

月挂中天的时候

我站在海风吹拂的窗口

看夜色茫茫的海面
一盏红灯闪烁在海的尽头

夜航的阿哥哟
有一颗心与你风雨同舟
海风吹我为你系紧衣扣
海浪打来为你捧上御寒的酒

夜航的阿哥哟
网太沉我愿为你搭个帮手
待到太阳跳出水面
与你同享劳动的丰收

月亮里头有个你

　　　作词：符又仁
　　　作曲：杜　鸣

月亮里头有个你
你比吴刚更神奇
吴刚独饮桂花酒
你有阿妹长相依

月亮里头有个你
你比嫦娥更美丽
嫦娥寂寞舒广袖
你有阿哥披嫁衣

你我同在月亮里

吴刚嫦娥把头低

广寒宫里对情歌

天上人间情不移

生仔歌

作词：黄淑子

作曲：杜　鸣

母鸡下蛋咯打咯

女人生仔哎哟哟

哎哟哟　哎哟哟

哭天喊地

屙出一个生仔歌

母鸡下蛋咯打咯

女人生仔哎哟哟

哎哟哟　哎哟哟

哭天喊地

屙出一个生仔歌

啊妈哟　啊妈哟

七十二根肠子绞成了血砣砣

啊妈哟　啊妈哟

七十二种苦刑戳打我肚窝窝

忍倒点　快生了

生仔难　油炸火煎疼死我

———歌舞《八桂大歌》 〉〉〉〉〉

生仔难　五马分尸
忍倒点　快生了
不想活

黄天后土鬼老二哟
你们一代代一辈辈折磨女人为什么

黄天后土鬼老二哟
来世我做公牛做公马就是不做女人婆

上骂天下骂地
骂完公公骂婆婆
骂得我那爱吃荤腥的臭男人
变成了一只呆头鹅！

哼
我要替受罪的女人们出一口恶气
把那些会下种的男人
全都拿去阉了
拿去阉了

恭喜恭喜
你生了一个有鸡鸡的娃仔

女人生仔哎哟哟
祖祖辈辈乐呵呵
乐呵呵　乐呵呵
千年万代女人都唱生仔歌

女人生仔哎哟哟

祖祖辈辈乐呵呵

乐呵呵　乐呵呵

千年万代女人都唱生仔歌

送鞋定情歌

　　作词：农冠品

　　作曲：杜　鸣

鞋一双

捧在手

哥你莫嫌就拿走

鞋分左和右

左边右边共分忧

左边右边共分忧

一双鞋

两厢情

哥不嫌弃就拿走

穿鞋游方又回来

相伴终生到白头

穿鞋游方又回来

相伴终生到白头

〔剧终。

精品剧目·歌舞

云南映象

云南映象文化产业发展有限公司

———歌舞《云南映象》 〉〉〉〉〉

序　混沌初开

我是野火，
我是风，
我把魂魄铸进鼓里了，
把种子留在腹中。
雷响了，
草木发芽，
醒来呀醒来，
鼓灵醒吧。

"天地混沌的时候没有太阳，没有月亮，四周漆黑一片，敲一下，东边亮了，再敲一下，西边亮了……"（绿春县牛孔乡"神鼓"歌谣）

第一场　太阳

太阳和月亮，
从东到西追不停，
开天的时候就走成一路了；
男人和女人，
从生到死离不得，
辟地的时候就连在一起了。

云南鼓的传说和种类堪称中国之最。鼓在云南，不仅仅是一种乐器，它或象征母体，或形似女阴，是民族的一种崇拜、一种图腾。云南的鼓从材料上分，有皮鼓、石鼓、铜鼓、木鼓；从归属的民族上分，又有太阳鼓、芒鼓、热巴鼓、大背鼓等等。

云南佤族的木鼓分"公鼓"、"母鼓"，配成一对；要砍树制鼓，先要举行祭祀仪式。佤族人说，木鼓的花纹是无法画完的，歌也是无法唱完的，舞也是无法跳完的……

太阳鼓（西双版纳州基诺族）

鼓舞反映出云南远古先民的生殖崇拜。鼓槌、鼓面很有男女生殖的形似特征，打鼓更具明显的交合象征意味。

太阳鼓，是基诺族最神圣的器物，传说洪荒年代基诺族的祖先阿麦腰白造了一只太阳鼓，麦黑与麦妞藏在鼓内躲过了灾难，繁衍了基诺族的后代。太阳鼓只有节日才能敲，太阳鼓舞是基诺族最具有代表性的舞蹈。太阳鼓的正面似一轮太阳、鼓身插有17根木管，象征太阳的光芒，基诺人在除夕敲鼓，据说能带来吉祥。

芒鼓（建水县哈尼族）

哈尼族的舞蹈大多与芒有关。鼓声是人们向"摩米"（即天神）对话的道具，鼓里放有五谷及象征人丁兴旺的青草。芒舞是哈尼族在传统的"昂玛吐"节上表演的祭祀性喜庆舞蹈。唯建水龙岔河一带独有。芒鼓舞有清山净寨、驱邪避鬼、祈求丰收之意。

铜芒（沧源县佤族）

佤族对芒锣如对木鼓、铜鼓一样尊崇和喜爱。但木鼓、铜鼓既是乐器又是通天的"神器"，而芒锣则伴随着人们的日常生活。

象脚鼓（德宏州景颇族）

因形似大象的腿故名象脚鼓，演奏时用糯米饭粘在鼓面中心调式音的效果。象脚鼓流行于德宏、西双版纳、临沧及云南周边的东南亚各国。群众说："象脚鼓一响，脚杆就痒。"《象脚鼓舞》是傣族在喜庆佳节或是迎接远方来的客人时表达美好祝福的一种民间舞蹈。

神鼓（绿春县牛孔乡彝族）

"神鼓"流传于云南绿春一带，当地人叫"热波比"。现在，绿春县牛孔乡只有一个妇女能打这种鼓。"神鼓"有24套打法，概括了祭祀、生殖繁衍、祈求丰收、婚丧嫁娶等内容。打鼓前要"祭鼓"。打"神鼓"庆贺生育的唱词是："刚生下来的娃娃，听不见，看不见，话也不会说；敲一下，耳朵就听见了；再敲一下，眼睛就看见了……"

铜镲舞

流行于西双版纳州哈尼族爱尼支系的一种舞蹈。先民们用两片铜镲相撞发出洪亮声音来与神灵沟通。

月光（独舞表演：杨丽萍）

"你是一条婀娜的蛇，蜿蜒在银色的月河。闪亮的身躯舞动着舌，夜晚的星空唱着歌……"

杨丽萍一直以为女人就如同月光一样有形和无形，她用抽象和变形的肢体语言表现了她的情感和月光的圣洁，在舞蹈中我们会看到舞蹈家是怎样张开她那想象的翅膀。

第二场　土地

　　天大，只有一个，
　　地大，只有一块，

不要说草木无言，
万物生在大地都有原因。
祖先告诉我，
大地是创世者骨肉变化。
我把身体紧贴泥土，
立刻明白了祖先的传说。

花腰歌舞（石屏县花腰舞）

彝族人有句俗话："有嘴不会唱，白活在世上；有脚不能跳，俏也无人要。""海菜腔"发源于云南石屏异龙湖一带，彝家姑娘在湖中捕鱼时，一边划船，一边唱歌，歌声就像水中随波浪起伏的海菜，因而叫"海菜腔"。"海菜腔"极其优美、复杂、动听，是滇南"四大腔"（"海菜腔"、"山悠腔"、"四腔"、"五山腔"）中最难学、最难唱的民歌。舞者们唱三拍，跳二拍，手击一拍，在原生、经典舞蹈中堪称一绝。生活在石屏县哨冲、龙朋、龙武一带的花腰彝，小姑娘从十一二岁就开始学做针线、绣花、缝衣服，一套衣服要做四五年，最后就穿着这套一针一线亲手缝制的衣服出嫁，不会绣花缝衣的姑娘嫁不出去。演员们穿的衣服就是她们亲手缝制的。

伞舞（黑彝）

伞舞中的服饰为彝族的一个支系，调子取自于南涧彝族。黑彝走到哪儿，他们都带着一把伞。彝族人有一种豁达、知足长乐的心态，这也是现代人向往的一种宁静、和谐的生活状态。

歌词："跟我去，去哪里？哪里来，就哪里去。哪里好吃哪里去，哪里好在在哪里。爬山，过河，种地，收割，男人，女人，结婚，生娃娃。"

"跟我去，去哪里？哪里来，就哪里去。爬山，过河，种地，收割，男人，女人，结婚，生娃娃。"

"太阳落下月亮升，云儿跟着星儿走。高山顶上彩云飞，小河里面鱼儿游。你的黑发我的手，歌声和着风声唱。不看天，不看地，魂儿飞在树尖上。刮起风，雷声响，雨点打在我脸上。不是你也不是我，只见东方雾茫茫。"

烟盒舞

烟盒舞是云南石屏、建水、峨山、通海一带彝族尼苏支系（俗称"三道红彝"）青年男女谈情说爱的一种活动。以传统的装烟丝盒为道具，左右手各持一面，以手指弹响作节拍。舞蹈形式有双人舞、三人舞、集体舞，舞蹈随着清脆悦耳的烟盒节拍，铿锵的四弦声、笛子声翩翩而起。善舞者，套路清晰，形象生动，妙趣无穷。夜晚，彝族男女青年围在篝火边，弹着四弦，唱着"海菜腔"等曲子。之后，男女青年在"正弦"的伴奏下，开始斗"蹄壳"（鞋子），互相用脚去碰对方的脚，进行试探。聚会的高潮是跳一种摹仿各种动物交尾、男女青年身体亲密接触的舞蹈，有"扭麻花"、"蜻蜓点水"、"鸽子渡食"、"蚂蚁走路"、"银瓶倒水"、"鹭鸶拿鱼"、"虾蚂虫扭腰"等。接着小伙子开始"抢姑娘"，到密林中幽会……"踩谷种"、"踩茨菇"等，则为反映农耕的舞蹈。彝族人极为喜爱烟盒舞，人们说："听见四弦响，腿杆就发痒。"

歌词："噻，噻，噻哩洛噻哩洛噻洛哩噻……晒着晒着石屏干腌菜呀，晒着晒着石屏芥兰菜，采着鲜花是唱呀唱歌来……"

女儿国（新平县花腰傣）

太阳歇歇么歇得呢，月亮歇歇么歇得呢，女人歇歇么歇不得。女人歇下来么——火塘会熄掉呢。

冷风吹着老人的头么，女人拿脊背去门缝上抵着；刺棵戳着娃娃的脚么，女人拿心肝去山路上垫着。有个女人在着么，老老小小就在拢一堆了；有个女人在着么，山倒下来男人就扛起了。

苦荞不苦么吃得呢，槟榔不苦么嚼得呢，女人不苦么咋个得？女人不去吃苦么——日子过不甜呢。

天上不有（个）女人在着么，天就不会亮了；地下不有（个）女人在着么，地就不长草了；男人不有（个）女人陪着么，男人就要生病了；山里不有（个）女人在着么，山里就不会有人了。

打歌

　　打歌（跳土风舞）是云南很多民族的青年男女交友择偶的最常见的方式。"蚂蝗叮着鹭鸶脚，生生死死扯不脱"，姑娘们又喜欢又害羞。豪爽的彝族人说："为人不跳乐，白在世上活。""有嘴不会唱，有脚不会跳，俏也无人要。"他们还有许多生动的说法："太阳出山来打歌，踏平草地跳平坡；汗水不湿羊皮褂，阿哥阿妹莫歇脚。""打歌打到太阳落，只见黄灰不见脚，打起了黄灰做得药……"

　　有歌为证："采花来来采呀采花来，一家一个采呀采花来，阿娃花下说给你呀，好是好玩呢，就是害呀害羞羞……""想是想来挂是挂，不想不挂咋在着……""想你不能搭你去，爱你不能搭你在，就像小鸡么吃了针穿线，牵肠挂肚挂心肝，啊苏噻呢么哟嘿……"

第三场　家园

　　一方水土养一方生灵，
　　一方生灵敬一方水土。
　　不是自己的神祖，
　　不会保佑自己；
　　不是自己的家园，
　　不会抬举自己。

　　云南的先民信奉"万物有灵"——山有山神，水有水神，树有树神，石有石神；几乎每个寨子都有寨神树、密枝林，每个民族每年都有祭祀自然、山神、水神、寨神、树神的活动。这种对自然的敬畏，使得自然生态得以保护。人类只有一个地球，如今，生态的严重破坏已向我们敲起了警钟……

第四场　火祭

这里的青草会跳舞，

如果你愿意在地上匍匐，

这里的石头会说话，

如果你愿意用灵魂倾听；

这里的山离天近，

所以，神话还活在放牛人的山歌里；

这里的水和云一起流，

所以，神灵常和老乡一起喝醉酒。

葫芦笙舞

　　云南的拉祜、傈僳、佤、纳西、苗、瑶等少数民族，都有葫芦神话。拉祜族传说：远古时发洪水，有兄妹二人躲入葫芦逃过浩劫；洪水退后，两人繁衍了后代。云南沧源佤族传说葫芦是创造人的母体，葫芦笙是祖先的声音。1958年出土的两千多年前的云南开化铜鼓文物上，就有4人跳葫芦笙舞的侧面图像。一首民歌唱道："岩子路上弹三弦，茅草尖上吹芦笙；翻过九十九座山，还要跳歌到天明。"

甩发舞

　　佤族妇女大部分披长发，甩发是从佤族妇女发式特点及生活动作中，经过提炼发展成为具有佤族特色的民间技巧动作。甩发可以表现内心的强烈感情，可以表现力量，头发的摆动也可以象征熊熊大火。

文身

文身是最直接的人体装饰艺术。云南文身最早要追溯到中石器时代。文身最初的目的是不让死者阴魂认出自己。有的原始民族把本氏族的图腾崇拜物文在人身上，喻义神物附体会给人以力量。原始人后来才感到文身是一种美。

面具舞

面具舞是中国古代举行驱鬼逐疫的祭仪。云南麻栗坡县大王岩崖画有面具舞图象。先民们戴着面具吓唬魔鬼，驱逐病疫，祈求人畜平安。面具舞发展为傩戏，至今一直遗存在云、贵、川等省的部分地区。

东巴舞（丽江县纳西族）

在东巴祭祀仪式中，有一类是为了超度亡灵。原始东巴教认为，人的躯壳死了，人的灵魂没有死；这样就必须由东巴跳舞祭祀，超渡亡灵，沿着"神路图"升入天堂。

牛头舞

牛是世界上很多民族在古代崇拜的动物。云南古代民族也特别崇拜牛，在云南沧源崖画有10个点有不少原始人手持牛头的图像，沧源崖画第一地点2区右下方岩壁上有一组舞蹈图象。这组舞蹈中，持牛头者是祭祀仪式的主持者，又是祭祀舞蹈的领舞人，只有此人在身体上画出线条，而其他4人都是用颜料涂满身体。牛头象征着力量和财富。

涅槃

云南不少民族的先民都崇拜火，他们相信火能使人再生，"凤凰涅槃"是一个动人而悲壮的理想。

———歌舞《云南映象》 〉〉〉〉〉

第五场　朝圣

走过雪山，走过荒漠，

你从哪里来？

带着祝福，带着思念，

带着所有的回忆，

你到哪里去？

朝拜神山是信仰藏传佛教的少数民族对自然崇拜的体现，朝圣者跋涉在路上，转经筒始终陪伴着他们，他们一次次用身体丈量着道路，一次次地亲吻着大地。尽管风吹日晒，尽管雨雪交加，他们心中却燃烧着熊熊大火，最后，他们走向神山，走向理想的天国。

藏族舞

大量地选用了藏文化的许多舞蹈元素去表现人性之美。服饰以藏族牧区的袍服为主，肥大、宽敞，以黑、红、黄三个基调为主，白天脱去一袖或二袖，束于腰间，以适应"作息一袭衣"的气候特点。农村妇女多穿一件色彩艳丽的内衫，外罩宽大氆氇坎肩，歌舞时舞动双袖，飘洒多姿。藏族人常佩戴护身符盒，戴镶珊瑚、宝石的戒指，这样可以吉祥如意。

转经筒

筒上刻有经文和有象征意义的图案（一般刻六字箴言）。筒内置有经文一卷，大型转经筒置于祭坛两侧，微型转经筒为藏民诵经时所用，边诵边转动以达到诵经时身、口、意完美一致之境界。

童谣："群峰之中有一座金色的山，金色的山里有一个金色的湖，金色的湖上有一棵金色的树，金色的树上有一只金色的鸟，金色的鸟唱着一支吉祥的歌……"

玛尼石

据专家研究，与西藏古老的白石崇拜、生肖崇拜的习俗有关，宗教的发展又赋予它们多种意义。玛尼石上刻有六字箴言，有的还刻有佛经、咒语及佛像，是藏民族供奉的圣物。玛尼石面有的涂以红、蓝、黄、白等天然颜料，多年不会褪色，这种群众性石刻艺术，体现出非凡的造型能力。

尾声　雀之灵

你在哪里舞蹈？
月中寂寞的身影，
云头飘落的羽毛。
你在哪里舞蹈？
彩虹上旋转的舞裙，
心里猜不透的梦兆。

雀之灵

你在哪里舞蹈？
你在哪里舞蹈？

傣族把象征爱情的孔雀叫太阳鸟，孔雀就是他们崇拜的图腾。

杨丽萍创作了一系列表现孔雀形态的舞蹈语言，《雀之灵》寄托了她对圣洁、宁静世界的向往。在《云南映象》尾声中，杨丽萍第一次把她的独舞和群舞有机地编排在一起，并结合了新颖的舞蹈编排队型及声、光、效，使整段舞蹈充满着恬静的灵性及和谐的生命意识。

〔剧终。

精品提名剧目·歌舞

喀什噶尔

执笔　程万里

策划思路

喀什自古至今都是新疆南部的重镇，在政治、经济、文化上有着举足轻重的作用；喀什成为新疆唯一的国家级的历史文化名城。在进入新时期以来，喀什对于南疆地区的社会稳定、民族团结、经济发展作出重大贡献。尤其是喀什地区丰厚浓郁的民族文化、地域文化，对于理解和贯彻江泽民同志关于新疆稳定的论述、对于宣传新疆宣传喀什、对于落实中央西部大开发的战略，有着极高的现实价值。鉴于喀什的特殊地位，理应产生一台具有很高思想性与艺术性相结合的、地域文化色彩极为强烈的歌舞艺术作品。

因此，这台晚会应确立这样的策划原则：全面调动和运用喀什地区最有特色、最有表现力的艺术素材，以新疆最高艺术水准塑造喀什的文化形象；这台晚会应当面向全疆、面向全国，以全国最高文艺奖项作为评价标准；晚会的内容必须突出喀什的文化内涵，通过展示喀什地区浓厚的历史文化及强烈的时代气息表现先进文化发展的方向；晚会的切入点应当放在表现喀什人民多元文化的遗传与开放的传统、喀什人团结奋进的精神风貌；晚会的风格应当是突出一个"美"字——奇特之美、壮丽之美、阳刚之美、阴柔之美等等；晚会应当力避直露的宣教色彩，以保证它艺术的完整性和高水准。晚会的展现方式为五大块：一、喀什古丝路重镇的历史地位；二、喀什辉煌灿烂的古代文化；三、以大漠的文化意韵表现喀什人的性格；四、以高原的文化意韵表现喀什人在党领导下的幸福生活；五、以绿洲的文化意韵表现创造了现代辉煌并面向未来的喀什人。

————歌舞《喀什噶尔》 〉〉〉〉〉

序　幕

　　现代交响乐造成昂扬、奋进、震撼人心的氛围，突然转静，一首断断续续的民歌伴着悠悠的驼铃声导入神秘幽远的境界。

　　平台上，一支驼队悠然走过，似近在眼前，又似隔世之遥。

　　一位现代装束的哲人用诗的语言道出自古至今的喀什噶尔，结尾落在：喀什噶尔是东西方文化交汇的十字路口，是人文荟萃的大广场。

第一场　西域重镇

　　（概述：这一场重点表现喀什作为古丝路重镇的历史风貌，展示新疆自古以来就是中华各民族共同开发、以华夏文化为主线的多元文化共存共荣的历史真实。）

　　广场上。

　　天幕上为喀什噶尔土山上坡状的古代民居。

　　从观众席和舞台两侧发出巴扎的喧闹声，各色人等从各处向广场上汇集，他们中有本地平民和官吏，有来自远方的僧侣、商人、使臣和游方的艺人。

　　来自异域的游方艺人跳起了印度舞，以招引人们的注目；波斯使臣令他们带来的艺人们跳起了波斯舞，以展示他们的文化；杂耍艺人们搅乱了波斯人的表演，玩起了杂耍，引起了人们的喝彩声，有些平民也按捺不住地跑进场子卖弄一下自己的绝技，而有的却当众出丑，引起人们开心的大笑。几个人将一位来自中原的文人推入场中，文人借着酒醉跳起了剑舞。

广场上充满了风格各异、特色鲜明但又融会天成的文化景观，显现着新疆自古以来就是中华各民族共同开发、以华夏文化为主线的多元文化共存共荣的主题。喀什历史上就是开放的，是各种文化交融的地方。

一阵响亮的乐声从场外传来，一队舞者拥入场中，喀什噶尔本土的疏勒乐舞表演开始了。乐舞进入高潮时，戴着面具的舞者跳起了古风萨满舞。

幕在热烈的舞蹈中落下。

第二场　木卡姆故乡

（概述：喀什是历史文化名城。这一场通过木卡姆重点展示喀什辉煌的古代文化。歌舞升平场面的制造，寓示"社会稳定是文化大发展、人们生活幸福的前提"这样一个道理。喀什各族人民曾创造过灿烂的古代文化，今天，在党的领导下也必定会创造辉煌的现代文化。）

序幕曲变奏为幕间曲，哲人向观众介绍木卡姆。

王宫里。

建筑与装饰显示着叶尔羌汗国时期的辉煌。

一群宫廷师正在为贵族们演奏木卡姆。

木号声响过，国王与王后到来。国王令侍者向来宾们赠送花帽和绸巾。

国王落座，宫女们请出了王后。王后表演桌子舞。

插科打诨的弄臣们玩起了杂耍技巧，他们用滑稽的表演引出一队宫廷舞女。

宫廷舞女们跳起了面纱舞，渐变成为宫廷软舞。（形体舞）

宫廷宴乐进入高潮，宫女们跳起顶碗舞。

幕在一派歌舞升平景象中徐徐落下。

第三场　大漠情怀

（概述：这一场重点表现喀什人民顽强、热情、奋进的性格和理想主义的精神内核。）

哲人在幕间曲中阐发大漠的文化内涵。

大漠中。

空旷的、流动的大漠，没有可怕的严酷和死亡的恐怖，却充满着庄严、洁净、高贵和神秘的、雄性的美。大漠中，有一棵巨大的胡杨树，显示着一种强大的力量。

在一位老人苍老但雄劲的歌声中，白须白袍的老人架着猎隼在大漠中悠然自得。

一群雄健的年轻人玩着精致的英吉沙小刀，以小刀舞表达着特有的生活情趣，表现着喀什人豁达、幽默、开放的性格。

在刀郎木卡姆强烈的宣泄声中，众多的人跳起了刀郎舞，显示着人们在与自然斗争中的坚韧顽强和乐天精神，表现理想主义的精神内核。

天棚上吊下一根粗绳，人们跳起了皮尔舞，要通过自我表述和暗示来强化自己战胜自然的信心与勇气。

寓示顽强生命力和创造力的火在四处燃烧起来，领舞者用杂技的技艺表演攀绳和滚灯；火越烧越旺，整个天幕上都一片火红。

幕在浓浓的火色中落下。

第四场　帕米尔神韵

（概述：这一场通过以高原为文化背景的甜美爱情，表现喀什人在党的领导下的幸福生活，本场要突出美的意境。）

幕间曲中，哲人讲述着帕米尔的文化内涵。

帕米尔高原上。

天幕上一片纯净的蓝天。

巨大的白纱从天幕上一直垂落到乐池，舞者在白纱下支起纱幕，构成了连绵的冰峰雪岭。

静场中传来冰雪消融、溪水潺潺的声音。最高的冰峰在消退，随着白纱渐渐落下，冰峰变作一位美丽的少女；雪域高原变作绿的世界、花的原野。

草原上，四对柯尔克孜青年跳起了舞蹈，表达着爱情的甜美。

一群维吾尔山民用深沉的歌舞，表达对爱情的追求和爱情的痛苦，造就缺憾美这种美的最高境界。

一群塔吉克人在草原上举行婚礼，大家簇拥着新郎新娘进入洞房。

在撩人心魄的交响乐中，各民族的青年恋人组成一组组如诗如梦的爱情画面。

幕在造型效果中落下。

第五场　绿洲风采

（概述：这一场表现的是欣欣向荣、创造了新辉煌的现代喀什和面向未来的喀什，本场要造成尽可能强烈的感官冲击力。）

幕间曲中出现了飞机和火车的轰鸣。哲人向观众们介绍一个全新的、面向未来的喀什噶尔。

现代喀什噶尔广场上。

从上落下的一道深色大幕遮住了舞台的大部分，幕后强烈的光中出现人们的腿部。

黑色的、红色的、银色的、金色的鞋靴在欢快地舞动着，间或出现了踢踏舞的舞步，这些流动的舞步构成了一片强烈的现代色彩和时代感。

深色大幕拉起，一群美丽的少女踏着舞步向人们展示着层出不穷的现代服饰。

一群小伙子用富有力度感的舞蹈向人们显示着自信、快乐和热情。

一位维吾尔少女跳起了现代维吾尔舞蹈，展示着民族文化的青春魅力。

————歌舞《喀什噶尔》 〉〉〉〉〉

身着各民族服饰的舞者拥上，争相展示自己高超的舞蹈技巧，显示出民族团结、欣欣向荣的时代风貌。

大家一起跳起了热情奔放的现代萨满舞，为西部大开发欢呼，欢迎四面八方的人到喀什噶尔来共同开发、共同发展。

喀什噶尔迎来了历史上最好的时期，这气氛就如同一个盛大节日的来临。人们跳起了欢乐的夏迪亚娜，为新世纪欢呼与祝福。

一部分舞者跑下舞台，与观众们一起舞蹈；台上台下歌舞连成一片。

在激昂的振奋人心的音乐与歌舞中谢幕。

〔剧终。

精品提名剧目·花灯歌舞剧

小河淌水

昆明市花灯剧团

这是一个真挚感人的爱情故事，发生在过去一个偏僻的山寨里。

人物

叶　露　寨主的女儿。

天　风　年轻的马哥头。

达　山　山里的汉子。

寨　主　叶露的父亲。

喇叭花　山里的姑娘。

男女青年、赶马哥、舞者若干

第一场　小河淌水清悠悠

〔《小河淌水》空灵、优美的旋律一下把人们带到彩云之南的一个边远山寨。

〔蓝蓝的天、白白的云、青青的山，一道道霞光抚摸着斑斓的树林。一条小河静静地流淌着，自然恬静，简直是一幅优美、清新的山野风俗画。

〔一群山里姑娘来到小河边漂洗衣裙，她们无拘无束、自由自在，忽而在水中，忽而到岸上洗衣洗澡洗发，完全融入大自然之中，小河水流向远方，勾起姑娘们不尽的遐想。

伴　　唱　　太阳照到的地方最暖和，
　　　　　　鲜花盛开的地方蜜最多，
众　　女　　小河淌水的地方人最美，
　　　　　　歌声飞扬的地方最快乐。
伴　　唱　　踩着水，踏着波，
　　　　　　姑娘洗衣走下河，
众　　女　　心儿随着流水去，
　　　　　　外面的天地有多阔？

〔一阵轻脆的马蹄声传来，姑娘们倾听、张望。

喇叭花　　哎呀，怎么会有个女人在骑马？
女　　甲　　噢，是阿露！
喇叭花　　阿露啊，你学什么不好，怎么偏要学骑马呢，女人骑马可是犯大忌啊！

众　女　　犯什么大忌！

喇叭花　　女人如果骑马就生不出娃娃！

女　乙　　走，我们去劝劝她。

喇叭花　　不行，不行，你们又不是晓不得阿露的脾气，她想做的事，九头牛也拉不回来。

女　丙　　你们看，达山哥在后面呢，有达山哥在不用怕！

女　甲　　哎呀，不好了，马从这边冲过来了！

喇叭花　　快，快躲开！（众女下）

叶　露　　飞驰的烈马

　　　　　快快向前

　　　　　穿过丛林

　　　　　越过高山

　　　　　就像离弦的利箭

　　　　　刺向太阳高挂的蓝天

〔达山迎上，挡住马头。

叶　露　　达山哥，骑马太好玩了。

达　山　　阿露，你骑马太危险了，你还是下来吧！

叶　露　　达山哥，看把你吓成这个样子，你不是说过，不管我做什么，你都顺着我吗？

达　山　　是啊，可是你学骑马，要是让你阿爸知道……

叶　露　　知道又怎样，哼，阿爸不让我骑马，我偏要骑！达山哥，你闪开！

〔叶露猛抽一鞭，马儿长啸，又踢又蹦，叶露感到危险……

〔达山上来拉马，不但没拉住，反而被马踢下山坡。

天　风　　烈马上的姑娘

　　　　　多么耀眼

　　　　　穿过丛林

　　　　　越过高山

就像雪山顶上绽放的雪莲

闪烁在白云高悬的蓝天。

叶　露　　达山哥，这烈马怎么不听使唤？

达　山　　阿露你抓紧缰绳啊……

叶　露　　达山哥。

达　山　　阿露。

天　风　　小心……

〔叶露苏醒，发现自己躺在一个陌生男子怀中，惊慌躲闪。

天　风　　姑娘，姑娘。

叶　露　　我刚才……

天　风　　你刚才，从马背上摔下来。

叶　露　　是你？

天　风　　是我抱住了你。

叶　露　　啊，你抱住了我。

天　风　　不，是你自己滚到我的怀里。

叶　露　　你是什么人？为什么要救我？

天　风　　我是四处奔波、走南闯北的赶马人。

叶　露　　赶马哥哥。

〔天风看着叶露衣冠不整，不由得笑了起来。叶露见天风笑她，意识到自己衣冠不整，行动异常，有些不好意思，自然流露出少女特有的纯真和腼腆。

〔叶露本能地忙着梳理自己的头发，忙到河边去照看自己的脸，天风看出了叶露的心思。

天　风　　（拿出一面镜子）姑娘，给你！

叶　露　　（诧异地）这是什么？

天　风　　这是镜子。

叶　露　　镜子？

天　风　　山外边的女人都用它来照着自己梳妆打扮。

叶　露　（不解地）能照出自己？（照镜，激动不已）我的眼睛，我的鼻子，还有我的头发，好清楚啊！

　　　　一块小小亮片片，

　　　　多么神奇又新鲜，

　　　　瞧瞧照照照照瞧瞧，

　　　　我的模样在眼前。

〔叶露手捧镜子，心潮滚滚，爱不释手。

天　风　姑娘要是喜欢，就送给你了！

叶　露　真的？

天　风　（真诚地）拿去吧！

叶　露　（高兴得跳起来）太好啦！大哥，我刚才……

天　风　没有什么。

叶　露　谢谢你！

〔叶露向天风行礼道谢，天风扶起叶露。达山上，见一男子扶住叶露，顿时火冒三丈，走上去一把将天风推开。

达　山　（冲着天风）哼，你是什么人？你可知道她是我们寨主的千金小姐！你……

〔天风不语。

叶　露　达山哥，你不要无理，他可是我的救命恩人！

达　山　救命恩人？！

〔喇叭花和几个姑娘上。

众　女　小姐，你没的事吧？

叶　露　没有事，我跟你们说，刚才我从马背上摔了下来，差一点就出事了，是这位大哥救了我。

天　风　姑娘们，你们好。

喇叭花　原来这位大哥是我们小姐的救命恩人啊，大哥，到我们寨子去坐坐。

天　风　不啦。

达　山　老表，喊你走，你就走嘛！（拉天风）

众　女　是啊。

　　　　〔幕后传来芒锣声……

天　风　我该上路了！我的弟兄们在等我呢。（欲走）

叶　露　大哥，你叫什么名字？

天　风　我叫天风。

叶　露　天风，天边吹来的风……我叫叶露。

天　风　叶露，叶子上的露水！

叶　露　（走近天风，含情脉脉地）天风阿哥谢谢你救了我，也谢谢你送我的小镜子……不知什么时候，你还会再来。

天　风　明年春暖花开时，我还会再来！（下）

叶　露　（重复着）明年春暖花开……

伴　唱　　太阳落山快下坡，

　　　　　马帮敲响过山锣，

　　　　　铁打的链子铜铸的锁，

　　　　　锁得住太阳锁不住哥。

　　　　〔叶露等目送天风远去。

　　　　〔切光。

第二场　一阵清风吹上坡

　　　　〔一年之后，春暖花开的季节。

　　　　〔山路口，山里姑娘们翘首等待马帮的到来。

　　　　〔舞段一：《翘盼》

伴　唱　　春暖花儿开了

　　　　　赶马的哥哥要来了

　　　　〔达山扛木头上。

达　山　姑娘们。

众姑娘　达山哥,你又砍木头去啊!

喇叭花　达山哥,你这个木头给是拿来跟马帮换东西的?

达　山　我才不换呢,我要用它盖一间全寨最大最好的房子……

喇叭花　达山哥,你这个房子给是为我盖的?

达　山　你想得美,我是为阿露盖的!

喇叭花　达山哥,你不要太痴情了,担心煮熟的鸡飞了!

达　山　喇叭花,你尽说些晦气话,担心嘴上生毒疮!

众姑娘　达山哥!太痴情了!

〔山路上传来芒锣声,隐隐夹杂着马铃叮当……

幕后唱　人比人气死人,三月里罗啦,马比骡子驮不成驮不成么,阿妹我的小心肝。

喇叭花　姐妹们,是马帮来了,赶快摆好山货!躲起来。

〔姑娘们心情格外激动,急忙把各自打上"记号"的茶叶、竹笋、山货一一摆好,然后迅速躲进树林。

〔舞段二:《马驮子》

〔音乐声中,天风带领赶马哥扛马驮子上。

众马哥　正月放马正月正,

　　　　赶起马来登路程,

　　　　大马赶在山头上,

　　　　小马赶来随后跟。

　　　　二月放马百花开,

　　　　赶马翻山又过岩,

　　　　茶马古道千里路,

　　　　小小山寨难忘怀。

〔赶马哥们来到路口,山路上摆放着一长溜装满山货的花背箩。

马哥甲　哎,人呢?

马哥乙　找找嘛。走。

——花灯歌舞剧《小河淌水》

马哥甲　快来看，怎么只见东西不见人？

马哥乙　换东西也该打个照面啊！

众马哥　是啊。

天　风　这你们就晓不得啦，这叫背靠背，以物易物，按照品质数量凭良心交换，这是当地人的习惯！

马哥甲　这个人都不见，哪个晓得他们想换什么东西呢？

马哥乙　你们看，货物上都有记号！放朵花，换盐巴；放梨木，换蜡烛；放瓦片，换换……换什么？

天　风　这，我也晓不得了。噢，我晓得了，兄弟们，快把你们的小镜子拿出来！

众马哥　小镜子！好！

〔舞段三：《换货舞》

众　男　　　依……啦……

　　　　　　山对山来岩对岩

　　　　　　水漫石桥过不来

　　　　　　有情有意小阿妹

　　　　　　唱个调子丢过来

众姑娘　　　依……啦……

　　　　　　山对山来岩对岩

　　　　　　小河隔着过不来

　　　　　　哥挑石头妹抬土

　　　　　　花桥搭起走过来

　　　　　　众男女　换货喽

　　　　　　马驮子　卸下来

　　　　　　花背篓　摆成排

　　　　　　山里的特产样样好

　　　　　　山外的世界更精彩

马　哥　你们这是换哪样？一箩茶叶可以换十块小镜子。

姑娘们　我们喜欢。

马　哥　憨姑娘。

〔天风在人群中寻找阿露。

喇叭花　哎，大哥你找哪个？

天　风　我找……

喇叭花　我晓得了，你找我们叶露小姐？

天　风　对。

众　女　小姐，小姐！

〔叶露出现，她和天风久别重逢，分外欣喜，一时不知说什么好。

叶　露　阿哥。

天　风　阿妹。

叶　露　你来了。

天　风　我来了。

叶　露　　　石榴花开叶子青，

阿哥赶马走山林，

莫学路边倒挂刺，

只挂皮面不挂心。

天　风　　　石榴花开叶子青，

哥把小妹挂在心，

琴弦弹断多少根，

只等阿妹表衷情。

〔姑娘们围上看天风。

喇叭花　啧啧啧，这个赶马哥哥长得好聪俊啊！连我都有点动心了。

〔众笑，起哄。

马哥乙　哎，这里的姑娘长得好清秀啊！

喇叭花　那当然，你没听说过，到了弥渡，不想媳妇。

〔众人又起哄。

天　风　早就听说，"十个弥渡人，九个会唱灯"，今天我们就请你们唱个

　　　　　　调子给我们听好不好！

众 马 哥　好！

喇 叭 花　你们先唱。

众　　女　你们先唱！

众 马 哥　你们先唱！

喇 叭 花　哎呀，我说你们就莫央鸡了，还是让赶马哥哥先唱！

叶　　露　是啊！赶马哥哥走南闯北见多识广，快给我们讲讲外面的风光，也好让我们开开眼界！

众　　女　是啊。

天　　风　好，弟兄们，我们就侃起来！

众 马 哥　（数板）说起外面的好风光，
　　　　　　　　　　三天三夜也说不完，
　　　　　　　　　　昆明有个坊对坊，
　　　　　　　　　　丽江有座赛金鸾，
　　　　　　　　　　大理天生四样景，
　　　　　　　　　　腾冲有那地火塘，
　　　　　　　　　　我家玉溪高鼓楼，
　　　　　　　　　　半截伸在天空头，
　　　　　　　　　　抬起头来看一看，
　　　　　　　　　　帽子掉在沟沟首。

众　　女　阿露，他们说的是什么意思？

叶　　露　我也晓不得！走我们去问问他们？

众　　女　好！

众 姑 娘　什么叫做坊对坊？
　　　　　　　什么叫做赛金鸾？
　　　　　　　哪样叫做四样景？
　　　　　　　哪样叫做地火塘？

天　　风　（数板）金马碧鸡坊对坊，

　　　　　丽江的木府赛金銮，

　　　　　风花雪月大理的四样景，

　　　　　腾冲的火山热海是地火塘。

叶　露　天风阿哥你尽讲些好玩的地方，也不讲讲有哪些好吃的东西，给我们听听。

天　风　好吃的东西多得很啊，你们听着！

　　　　（数板）芒市遮放出软米，

　　　　　文山特产叫三七。

　　　　　宣威火腿味道鲜又美，

　　　　　江川出的是大头鱼，

　　　　　蒙自有那过桥米线，

　　　　　昭通的天麻更稀奇，

　　　　　迪庆高原出虫草，

　　　　　呈贡水果宝珠梨。

天　风　好吃的东西数不尽，

　　　　　让你们听了口水滴！

　　　　〔姑娘们一个个听得入迷，她们好奇，她们向往外边多彩的世界，感慨万分。

女　甲　哎呀，外面有那么多好吃的东西，好玩的地方，可我们一样也没吃过，一处也没去过！

女　丙　是啊，我们长那么大连山都没出去过！

马哥丙　想出山，转地方，嫁给赶马哥哥做婆娘！

喇叭花　唉！要不是老祖宗的规矩匡着，我早就想嫁了。

　　　　〔众打趣，喇叭花捂脸，众下。

叶　露　（发自内心地）我就是敢嫁！

　　　　　春到山乡，

　　　　　百鸟飞翔，

　　　　　风从天外来

暖我心房，

几分惊奇，

几分遐想，

天风哥他是条好汉，

他就是我梦中的情郎！

〔叶露把爱情信物，一条亲手绣制的花腰带送给天风。

天　风　　山里的姑娘，

边寨的凤凰，

为什么落在我的心房，

我爱她聪明美丽，

我爱她心地善良，

歌场上，吐真情，

有缘千里配成双。

〔达山和彝族汉子们陆续上，彝族音乐起，彝族汉子们和姑娘们跳起了彝族舞，赶马哥们为博得姑娘们的欢心，他们与彝族汉子们争相与姑娘们跳舞，相互斗智抢占与姑娘们跳舞的位置，互不相让。达山见叶露与天风跳得火热，十分恼火。

天　风　　伊啦——！山对山来岩对岩！蜜蜂采花顺山来！

〔达山上前挑衅，与天风碰肩、摔跤，达山费尽力气也没把天风摔倒，此时又见叶露袒护天风，他要叶露闪开，叶露不从，达山上前去拉叶露，天风又护叶露，达山一阵火起举鞭抽打天风。

叶　露　　达山哥，天风哥，都是闹着玩，有哪样话就好好说。

达　山　　我打死你！

〔寨主上，家丁跟上。

寨　主　　（大喝一声）住手！七尺长的渔网有个头，巴掌大的地方有个主，在我的地盘上哪个敢胡来？不要命啦！

叶　露　　（奔向父亲）阿爸！

寨　主　　阿露你，达山，你为什么打人？

达　山　（语塞）我——

寨　主　我问你，你是用哪只手打人的？

达　山　我，这只。（举起拿鞭的手）

寨　主　来人。

家　丁　在。

寨　主　把他右手的手指剁了！

〔家丁按住达山。

众　人　啊！

叶　露　阿爸——

天　风　（急忙上前阻止）大人，手指头脏了，用清水可以洗净，要是把它剁了，就难以复原了。

寨　主　什么，他打了你，冒犯了你的尊严，你还为他开脱罪责？

天　风　（爽朗大笑）哈哈哈，大人，我们是闹着玩的。

寨　主　什么，啊！

达　山　啊！

天　风　（扶起达山）我和达山亲如兄弟，刚才他打了我，现在我打他两下不就扯平了吗？

寨　主　　马哥头他为达山把情讲，

达　山　　这汉人一肚子的花花肠，

天　风　　解开疙瘩才能友好往来，

寨　主　　依他说这风波是玩笑一场。

叶　露　　阿哥忍得气宽宏大量，

　　　　　避免了山寨古规把人伤，

　　　　　仗义的阿哥值得爱，

　　　　　花腰带真的没有送错郎。

达　山　老爷，你咋个处罚我都可以，可不要上了外人的当啊！

寨　主　为什么？

达　山　你不要听这小子，他花言巧语，其实他一肚子的坏水。

叶　露　达山哥，你。

达　山　他他他，他要拐走阿露啊！

寨　主　（上前一把抓住达山的手，厉声说）啊，你再说一遍！

达　山　他要拐走阿露啊！

叶　露　阿爸——

寨　主　达山，竹要笔直，人要诚实，说假话，可是要割舌头的！

达　山　（猛然跪地，双手伸向天空）老爷，我可以向天神起誓！

叶　露　阿爸——

天　风　大人，我。

寨　主　（冷笑）嘿嘿——（对天风）好你个赶马的，去年你救了我女儿，我很感激你，把你当做客人，你们进山换些山货我不说什么，你们马帮要从寨子里经过，我也同意了，可你贪得无厌，得寸进尺，公然打起我女儿的主意来了！

叶　露　阿爸，是我自己心甘情愿要跟他相好的！

寨　主　什么？是你——

达　山　老爷，这不能怪阿露，要怪就怪天风，是他们马帮把野鬼带进了山寨。

众家丁　对！

达　山　他们哪里是以物易物，分明是搅乱人心。

天　风　你！

达　山　（扯下叶露腰间的镜子）老爷你瞧。

寨　主　（接镜子照看，惊异不已）啊！这里边怎么会有一个人？

达　山　这是他们马帮带进山寨的魔鬼片片，它会分人的心，勾人的魂。

寨　主　（惊恐万分）魔鬼，魔鬼！（扔镜）

天　风　（捡起镜子）大人，这是镜子，是用来照模样的。

寨　主　明明是魔鬼，你还想来骗我。

天　风　大人。

寨　主　来人！

家　丁　在！

寨　主　传令下去！从今以后，关闭寨门，百姓不准出山，马帮不准进寨，若有违反，寨规难容！

家　丁　是！

叶　露　阿爸。

天　风　大人。

寨　主　走。

达　山　（呵斥天风）走！

〔切光。

第三场　月亮出来亮汪汪

〔傍晚十分，小河边，马帮歇脚的地方。叶露独自一人显得孤独、惆怅……虽然她一气之下离家出走，但她还是难以割舍父女之情，内心十分矛盾。

〔众马哥上，见叶露愁容满面，有意打趣逗乐，叶露受到感染，逐渐加入其中，转忧为乐。

叶　露　阿哥。

马哥甲　人比人，气死人，

马哥乙　马比骡子驮不成，

马哥丙　大哥找个好妹子，

马哥丁　我们还是老光棍。

叶　露　阿哥！

天　风　（白）阿妹，

叶　露　赶马大哥见识多，
　　　　会说话来会唱歌，
　　　　叽叽喳喳不会停，
　　　　莫非你们嫌弃我。

——花灯歌舞剧《小河淌水》

天　风　阿妹啊，
　　　　阿妹嫁哥好倒好，
　　　　赶马奔波你受不了。
叶　露　寨规本是人来定，
　　　　该取消时就取消。
天　风　阿妹嫁哥好倒好，
　　　　赶马奔波你受不了。
叶　露　赶马奔波我不怕，
　　　　只愿我们恩恩爱爱同到老。

〔天风、叶露沉浸在幸福甜蜜之中，众马哥见二人相依在一起，悄悄退下，二人回过神来，发现众马哥不见了。

叶　露　怎么啦？
天　风　没什么。
叶　露　我看看！
天　风　不用，不用。
叶　露　哎呀！伤得这么重？
天　风　被狼咬的。
叶　露　狼呢？
天　风　我咬断了它的脖子。
叶　露　你咬断了狼的脖子？！
天　风　赶马人，什么事都会遇到。
叶　露　没想到赶马人的生活这么艰辛。
天　风　你说什么？
叶　露　阿哥，我想和你一起去赶马，就让我在你身边缝缝补补，烧火做饭。阿哥，你就带我一起走吧。
天　风　阿妹啊！
　　　　阿妹你说话欠思忖，
　　　　哪家赶马带女人。

叶　露　　别人不带阿哥你偏带，
　　　　　你执鞭来我牵绳。
天　风　　荒山野箐无店住，
　　　　　老狼嗥嗥吼叫吓死人。
叶　露　　天黑打野箐火亮，
　　　　　虎狼也要怕三分。
天　风　　若是害了风湿病，
　　　　　阿妹你，勾腰驼背难见人。
叶　露　　容貌变了心不变，
　　　　　你我阿哥阿妹不离分。
天　风　　说实在的，我真想留下来，可是马帮有马帮的规矩，送货期限不能拖延！
叶　露　　阿哥，那你就走吧。
天　风　　好阿妹，（抱住叶露）你送给我的花腰带我会永远带在身上，等月亮圆的时候，在小河淌水的地方，阿哥就会回来，一定会回来的！
叶　露　　（纯真地）阿哥，你真的爱我吗？
天　风　　今生今世我只爱你阿妹一个人！
叶　露　　你不会骗我吧！
天　风　　（举刀欲砍手臂）我用鲜血起誓！
叶　露　　（阻止）阿哥，我信，我信！情人的话像木刻，谁也不能更改。
天　风　　阿妹。
叶　露　　（发现天风呆呆地看着自己）阿哥，你怎么这样看着我？
天　风　　我就想好好看看你！
叶　露　　可惜，你只敢看我，却不敢和我一起跳下河里去洗澡！
天　风　　怎么不敢，等到有那么一天……
叶　露　　不，我说的是现在。
天　风　　现在？
叶　露　　不敢了吧！

———花灯歌舞剧《小河淌水》

天　风　谁说我不敢！

叶　露　敢就跳呀，跳呀！

天　风　（感到一阵全身烘热，无比亢奋）要跳，我俩一起跳。

天　风　阿妹。

叶　露　阿哥。

〔二人一起跳入河中，他们追逐、嬉戏，游近时天风一下抱住叶露。叶露先还挣扎，接着十分温顺地投入天风怀抱，此刻二人春心荡漾，与其说是被迫交欢，不如说是倾心地就范……一段高技巧精美的、充满浪漫色彩的双人舞。

〔天风抱着叶露来岸上，二人在小河边躺下，渐渐进入梦乡。

〔切光。

第四场　哥像月亮天上走

〔紧接前场。

〔芒锣声声。……

〔伴唱：

　　人比人气死人

　　马比骡子驮不成

　　三月里罗啦

　　驮不成么

　　阿妹我的小心肝

〔天风步履沉重，率马帮上。

〔女声伴唱：……

　　马帮敲响过山锣

　　赶马的哥哥要走了

　　来时脚下踩白云

　　走时脚上捆秤砣

〔天风为难地看了他们一下，还在四处找叶露，雷声隐隐作响……

天　风　阿妹。

马哥甲　天风，快走吧，大雨一来，山路滑坡，连绵数月，我们就走不成了。

众马哥　是啊。

天　风　我的好弟兄们，我求求你们，还是让我带她走吧。

马　哥　大哥，赶马不能带女人！

天　风　我。

马哥甲　大哥，带了女人就带了阴气，毁了行程，坏了财路！

天　风　那我就不走了。

马哥甲　大哥！你要是不走了，弟兄们可就要散伙了。

众马哥　大哥不能啊，要是散伙了，那货主一定不会放过我们的，到时候我们就是有家也难回呀！大哥啊……

马哥乙　是啊，我家里有年迈的老母亲。

马哥丙　我媳妇还在家里等着我回去还债呢！

马哥丁　大哥，我的娃娃还没见过爹的啊！

小马哥　大哥我娘把我托付给你，你就是我的亲爹娘啊！你疼我，你爱我，天冷大哥脱衣给我穿，饭少大哥让我先吃饱，那回为救我出狼群，大哥你险些送了命，我这条命是大哥捡回来的，大哥，我不能离开你啊！

〔叶露手捧披风、鞋上。

叶　露　阿哥。

天　风　阿妹……

叶　露　阿哥，你走吧！

天　风　怎么？

叶　露　我知道，马帮不能没有阿哥，阿哥离不开马帮。

天　风　不！

叶　露　阿哥，听话……我送你上路。

〔天风点头，众马哥下。

叶　露　　阿哥上路妹准备，
　　　　　一件披风送哥行。

天　风　　披风披在哥身上，
　　　　　如见阿妹在缝针。

叶　露　　阿哥上路妹准备，
　　　　　做双布鞋送哥行。

天　风　　新做布鞋毛边底，
　　　　　穿在脚上暖在心。

叶　露　　歇脚打野要小心，
　　　　　谨防强贼虎狼侵。
　　　　　多吃大蒜防瘴气，
　　　　　莫喝哑泉水害自身。

天　风　　阿妹，你说的话我会记在心上的。

叶　露　　送哥送到一里坡，
　　　　　一里坡上橄榄多。

天　风　　哥摘橄榄喂小妹，

叶　露　　橄榄回味妹想哥。

伴　唱　　送哥送到十里坡，
　　　　　此坡又叫望郎坡。

天　风　　望郎坡头要分手，

叶　露　　不由我心里打哆嗦！

天　风　　阿妹，不要哭，阿哥不走了。

叶　露　　阿哥，你走吧，不管你走到哪里，阿妹都会等你一辈子，记住，
　　　　　当你走累的时候，阿妹这里就是你歇脚的地方。

天　风　　阿妹……

叶　露　　阿哥呀，你走吧，
　　　　　阿露再不会把泪水流。

　　　　　　我的思念会化作一片白云，

　　　　　　依偎在阿哥的左右。

天　风　　阿妹呀，我不走，

　　　　　　你莫再说，我不走。

叶　露　　阿哥呀，你走吧，

　　　　　　阿露再不会把泪水流。

　　　　　　我的牵挂会化作一缕歌声，

　　　　　　缭绕在阿哥的心头。

天　风　　阿妹呀，我不走，

　　　　　　你莫再说，我不走。

叶　露　　阿哥你不是说过，

　　　　　　当月亮出来的时候，

　　　　　　在小河淌水的地方，

　　　　　　你就会回来的吗。

　　　　　　在小河淌水的地方，

　　　　　　当月亮出来的时候，

伴　唱　　我的思念会化作一缕歌声，

　　　　　　缭绕在阿哥的心头，

　　　　　　莫尼拉河……

　　　〔切光。

第五场　哥啊，哥……

　　〔数月后，一个月圆之夜，姑娘们在小河边洗发，达山扛木头上。

众　女　　达山哥，你又砍木头去呀？

喇叭花　　达山哥，你这个木头是拿来跟马帮换东西的。

达　山　　我才不换，我要用它来盖一间全寨最大、最好的房子。

喇叭花　　达山哥，你这个房子是为我盖的？

达　　山　（摇头）我是为阿露盖的……

喇叭花　达山哥你不要太痴情了，担心煮熟……（众女制止）

达　　山　哼！（下）

众　　女　达山哥，太痴情了！

喇叭花　要是有一个像达山哥这样的男人爱我一辈子，我就心满意足了。（众女哄笑）阿露来了。

女　　甲　她每天都是这样一个人孤孤单单地在等天风哥，好可怜啊！

女　　乙　我们去劝劝她吧。

喇叭花　不行，不行。你们又不是晓不得阿露的脾气，她想做的事，九头牛也拉不回来。

众　　女　那怎么办？

喇叭花　就让她安安静静的在这里等天风哥吧。

〔众女同情下。

叶　　露　秋风凄凄独徘徊，

四野茫茫诉向谁？

天天都把月圆盼，

为何月圆哥不归？

想当初，阿哥救阿妹，

一面镜照亮我心扉。

歌场上，相知更相爱，

小河边，春宵花吐蕊。

天风赶马远离去，

妹想阿哥泪双垂。

只说是，月亮圆时来相会，

谁料想，大雁一去不飞回。

阿妹爱哥无憾悔，

等到发白心不灰。

忽闻马铃铮铮响……

却原是，落叶沙沙夜风吹。

〔达山上。

达　山　阿露！

叶　露　达山哥，你来这里干什么？

达　山　你整夜整夜守在这里，我是怕野兽来伤害你，所以我一直呆在你的身边保护你！

叶　露　达山哥，谢谢你，你还是回去吧。

达　山　阿露，我知道你的心被人摘走了，可我就是喜欢你，我愿意一辈子守着你。

叶　露　达山哥，你。

〔寨主上。

寨　主　阿露，我的女儿，我派出去寻找的人回来说，天风他得瘴气死了。阿露，天都这么晚了，我们回家吧。

叶　露　阿爸……天风哥说过，他会回来的，等月亮圆的时候，他一定会回来的。

寨　主　阿露，你……

〔寨主一个踉跄。

达　山　阿露。

寨　主　达山……你看阿露病成这个样子，真叫人心疼啊！我只有这么一个女儿，她要是有个什么三长两短，我可就……

达　山　老爷……你可千万保重啊！

寨　主　达山，我问你，你是不是一直在喜欢阿露！

达　山　我，是，是！

寨　主　好，你跟我来。

〔二人下。

叶　露　（忠贞不渝地）月亮圆了，为什么阿哥还不回来？噢，一定是在路上耽搁了……天风阿哥，我想给你唱歌，唱你最爱听的那首歌，不管你在哪里，都会听到阿妹的歌声。

哎……

月亮出来照半坡，

望见月亮想起我的阿哥，

一阵清风吹上坡，

哥……

你可听见阿妹叫阿哥。

〔阿露渐渐入睡，一顶小红轿出现在梦境中。

〔舞段二：《逐轿》

〔一只唢呐凄厉地吹奏着《小河淌水》的旋律，圆月中赫然出现一顶鲜红的花轿远远浮来……那是汉人迎娶新娘的花轿。

〔阿露欣喜不已，慌忙追逐着小红轿。

〔飘动的红轿似乎并不想被她扶到，不停地在她身旁萦绕。

〔终于阿露抓住了小红轿。正当她满心欢喜、理好鬓发，准备掀帘进轿时，一群狰狞恐怖的面具人围住了她。

〔舞段三：《抢婚》

〔强烈的音乐和激越的鼓声划破天际，头戴面具的男人们嘶叫着追逐阿露，惊恐的阿露霎时明白了即将发生的一切：按照当地的习俗，有人要抢亲成婚！

伴　唱　嫁吧，嫁吧，嫁吧……

〔于是阿露在这些野性的男人中间拼力挣扎、疯狂反抗。

〔无意间掀开了领头人的面具。

叶　露　达山哥，是你！

达　山　阿露，阿妹呀。阿露，我的好妹子，我知道，我们山里人一旦把心交给一个人，就永远放不回去了，达山懂你，达山敬你，虽然这辈子你做不了我达山的媳妇，可我就只喜欢你一个人，我一定要为你盖一间全寨最大最好的房子。阿露，我的好妹子，就让我永远的守候你、保护你、看着你。好吗？

叶　露　天哪！

〔阿露像一尊女神雕像一样。

〔歌声中,大山一般的达山将圣洁的爱神高高举过头顶!

〔切光。

第六场　你可听见阿妹叫阿哥

〔又不知过了多少年。

〔小河边。

〔舞段一:《洗礼》

〔伐木声响起……秋叶飘落,冬雪纷飞……

〔月亮出来了。

〔山峦、小河、月色美得让人心痛。

〔小河旁,一群汲水的姑娘袅袅而来……

〔那熟悉而深邃的旋律轻轻响起……音乐中出现阿露悠悠的话外音。

阿　露　夜深了,月亮还睁着眼睛,月亮啊月亮,你什么都看得见,为什么总是哑口无言?请你告诉我,现在是哪年哪月?我等阿哥等了多少时光,十年还是二十年?

我每天都在这里等我的阿哥,路口的草被阿妹的鞋子踩遍了,河边的竹子被阿妹数完了,为什么还是看不见阿哥的影子……

小河啊小河,你流得很远很远,请告诉我的阿哥,快快回到我的身边,告诉他,我一直都在等他,我的心没有变,没有变……

哎……

月亮出来亮汪汪,

想起我的阿哥在深山,

哥像月亮天上走,

山下小河淌水清幽幽。

哎……

———花灯歌舞剧《小河淌水》

　　　月亮出来照半坡,
　　　望见月亮想起我的阿哥,
　　　一阵清风吹上坡,
　　　哥啊哥……
　　　你可听见阿妹叫阿哥。
　　　哎……

〔如泣如诉的《小河淌水》唱响。

〔歌声中,美丽无瑕的阿露缓缓而来,走向高坡上一轮硕大的明月。她的身后拖着一条漫长无际的银白色的长发,就像源源不断的小河。这是女人等待的长发,这是《小河淌水》最浪漫的诠释,它将人类思恋的情结化为了永恒!

〔达山扛着一根粗大的圆木蹒跚走来,他老了,可他的眼神中依然透出不朽的光辉,凝视着他心中永远的女神。

〔舞段二:《长发》

〔阿露继续走向圆圆的明月,身后的长发缓缓地流淌着……

〔汲水的姑娘们用她们冰洁的玉手托起阿露美丽的长发,像托起一颗心,托起一份情,托起人类最圣洁、最恒久的爱。

〔一组女声加入了这亘古的旋律……

〔最终是交响般的恢弘。

〔阿露和舞台上所有的人们回眸望向台前方,用歌声呼唤她们心中永恒的爱情!

〔柔情似水的旋律如月光洒满原野,充盈天地……

〔月光永恒。

〔生命永恒。

〔人类圣洁的爱情如月光般永恒!

〔剧终。

精品提名剧目·歌舞

一个士兵的日记

执笔　赵大鸣

完成于2004年的大型音乐舞蹈《一个士兵的日记》，是为当年举行的解放军第八届全军文艺汇演而创作。此作力求以现代舞台的空间结构意识，以写实与虚拟两种想象交替进行的方式，创造出一个引人入胜的现代军人世界；展现中国人民解放军进入21世纪后，在社会环境发生重大历史变迁的条件下，面对新军事变革带来的机遇和挑战，始终保持"打得赢、不变质"的军人本色；进而表现出我军指战员努力实现质量建军、跨越式发展的坚定信念，以及献身国防事业的崇高精神和豪迈的军人气概。

《一个士兵的日记》以音乐和舞蹈作为基本的形象材料。这种形象材料自然带有的舞台假定性和富于夸张意味的想象力，特别有益于构制出一幕幕鲜活的部队生活场景，并由此表现出今天的基层部队、火热的军营生活和生龙活虎的战士形象。这也是大型音乐舞蹈《一个士兵的日记》所要追求的独特艺术风格，即一种生动活泼、朴素真实的军营风格。让基层连队那种充满年轻活力的精神风采，成为大型音乐舞蹈《一个士兵的日记》的深厚生活基础；让过去几十年来军事文艺创作一贯的优秀风格传统，在今天舞台上继续发扬光大。

大型音乐舞蹈《一个士兵的日记》是以士兵日记的形式作串联，由若干大型部队军事演习的场景结构而成。同时采用了话剧、歌剧、音乐剧的多重表现手段。其中的音乐（包括歌曲）、舞蹈乃至文学部分的内容，是在同一舞台场景中浑然成为一体的，因而比一般意义上的歌舞晚会更具完整性；同时，不同场景的每段歌曲或舞蹈又相对独立。

序 雨夜出发

（野战场景表演与男子舞蹈）

观众席灯光渐暗。

低沉而富有史诗意味的音乐缓缓响起，字幕——演职人员表。

夜，无边无际的黑暗；沉沉的雷声滚过遥远的天际。霹雳闪过，瓢泼大雨倾泻而下。暴雨中夹杂着战士的口令、队列的脚步、战车的轰鸣。

音乐声渐弱，嘈杂声渐强，一场大演习即将开始。

在舞台台口，隐约可见一辆装甲运兵车背向观众，一群士兵正匆忙地向运兵车里搬运着演习辎重。

在徐徐升起的乐池上挤满了身背野战装备的士兵们。他们在紧张而有序地最后整理着自己身上的武器和行装。

雨越下越大。风雨中，在一束微弱的手电灯光照耀下，一个身穿雨衣的士兵正全神贯注地写着日记……

画外音：

七月八日，夜，大雨。

从当兵到现在，我还从来没见过这么大的雨。这场大演习就在今天夜里开始了，所有的准备都要在雨中进行。这真是一场大战的前夜，我们没有太多的语言要交流，可是所有人的眼神、脚步，就连心跳，好像都在按照同一个节奏紧张而有序地进行着……

随着出发的号令，极其强烈、震耳欲聋的音乐节奏响起。全体战士排列成钢铁的城墙。而后，迈着整齐的步伐、踏着雨水，向着战车奔去。

灯光突亮。舞台上，立体的数十辆战车浩浩荡荡载着头戴钢盔怀抱钢枪的士兵，向着远方奔驰而去。由此展开场面浩大的舞蹈与合唱。此一景象突如其来、撼动人心。

电闪雷鸣，大雨滂沱……

一 芦花白时

（女声独唱、小合唱与双人场景表演）

依然是大雨，依然是那只手电射出微弱的光线，年轻的士兵心情并不轻松地翻开了自己的日记——

画外音：

七月九日，雨。一夜行进，今早宿营。

刚放下背包，班长又把我教训了一顿。我不懂，为什么一到关键时刻，我总是什么都做不好？可是我从心里想要当一个最出色的军人哪！为什么我想做得最好，却总是适得其反呢？是我真的不行，还是班长和老兵对我们太苛刻？……每次一到这时候，我不知道为什么就想起她，想她送我当兵走的时候跟我说过的话；想起我们走过的那条小路和路边的芦花……那芦花一片一片地闪着太阳光，全都照到我心里头去了……

随着悠扬明亮的歌声，舞台上一片金黄。

田野中飘来一群姑娘阵阵的秋歌；歌声带来了田间小路上的一对恋人。那是年轻的姑娘要送她心上的小伙"当兵去"。他们前后相跟着，羞涩地默默走过了金灿灿的大地。

姑娘用歌声倾诉着。弯延的小路，好像姑娘百转千回的挂念；路边的芦花，那是小伙心中燃烧着的激情。心向心在叮咛，情与情在交融。走过小河，绕过山冈；几番往复、难离难舍。

二　班务会上

（男声表演唱）

寂静的黎明；雾霭晨光中，营房的军号隐约传来。

画外音：

十月二十五日，晴。我是个新兵，奇怪，一到军营我就觉得特别亲切。好熟悉啊，就像我天生属于这儿一样。

绿色的军营，我向你报到！

舞台上营房成片、白杨成行。一班的十名战士坐着马扎围成个圆圈，听着班长讲着怎样当好一个新兵。

这是新兵到连参加的第一个"班务会"。

老兵把光荣的传统讲给新来的战士；新兵把心中的向往告诉身边的战友。最朴素的感情在这里交融；最神圣的使命在这里传承。

绿色的军营，我向你报到！你是一片青春如火的新天地；你是个手足情深的大家庭。

三　上铺下铺

（男子舞蹈）

明快而活泼的音乐随之响起。几张"上下铺"横贯整个舞台。上下两层士兵立体交叉的表演，构成了一段愉快而幽默的舞蹈。

阳光下，军营里，那是年轻士兵的一片幸福时光。

四　军营四季

（男声独唱）

高高的白杨树梢上，静静地挂着一轮满月。

一名战士，一把吉他；轻轻地弹唱出士兵心中的秋冬春夏。

五　再见吧，班长
（男声合唱）

画外音：

十二月二十日，晴。一年一次，又到老兵退伍的日子了。我听说过一到这时候，每个退伍老兵的心里那种说不出的滋味儿。操场上欢送的锣鼓敲得震天响，可是我看见了班长眼睛里从来都没有过的眼神。我好像忽然明白了，他们即将脱去军装的那一刻是多么的沉重、多么的艰难，又是多么的神圣。我更没想到，班长居然要把他当兵几年来写下的一本厚厚的训练日记，亲手交给我。我知道，那是"一个士兵的日记"，那更是一个老兵留下来的一份沉甸甸的嘱托……

舞台上锣鼓喧天、灯光通亮；这是鼓乐与合唱的交响。

舞台中央，一位摘去了领章帽徽的班长，把自己当兵生涯写下的一本厚厚的日记，郑重地交给了一位士兵。

此情此景，感人肺腑，无比壮丽。

六　走出荒原
（野战场景表演与双人舞）

舞台暗转，巨大的机械轰鸣声震耳欲聋；大地仿佛在颤抖。又是一次大型军事演习的途中，一支机械化部队奔袭而来。

机械的轰鸣声渐渐低去，舞台灯光缓缓亮起。

天幕上残阳西下，流云高远；荒原上万籁俱寂，一片宁静。

一群疲惫的士兵，正在途中短暂地休息。

忽然，一个全身挂满了邮件包裹的通信员闯进了战士们当中。向近处和远处的士兵们分发着信件。

――――歌舞《一个士兵的日记》 〉〉〉〉〉

阳光照耀着装甲车的顶部，还是那个年轻战士，在演习挺进的间隙又一次打开了自己的日记本。

画外音：

八月五日，晴。我们已经连续挺进了两天两夜。刚要歇一口气，连长又接到继续前进的命令。而且，我还知道，他差不多同时接到了妻子的来信。

此刻，舞台上一束斜阳照射着连长的身躯，他疲惫地倚靠在钢铁的车身上。他手里有两张纸，一张是指挥部发来的让他继续前进的命令；另一张是妻子的来信。

一个女子的画外音起：

"……我生他的时候，你就不在身边。现在你如果再不回家来，恐怕孩子也会不认你这个爸爸了。难道就因为你是个军人，就一定要放弃对家庭对儿子的爱吗？"

日记画外音紧接着响起：

从连长的表情我看得出来，信里的内容让他并不轻松。他一直望着眼前那片荒原。是啊，那是怎样的一片荒原哪！云雾缭绕、一望无际。听这里的老乡说，当年有一队长征的红军，就是从这片荒原走过去的，而且，他们当中有人再也没有走出这片荒原。于是一直到今天，每到风起雨落的时候，还能听见荒原深处有呼喊追赶队伍的声音。据说他们中间还有女军人，还曾经为了继续长征忍痛留下过孩子，是当地的乡亲把这些孩子养大的。所以，这里今天依然有红军留下的血脉……

连长缓缓站起身来，凝望着荒原尽头的天际；此时，那云雾缭绕的天空上一个巨大的"红军"的影像，仿佛拔地而起。

悠远而静谧的钢琴曲，犹如从岁月的深处飘然而至。一望无边的荒原一直延伸到天地的尽头，变成了圣洁的天国一般的境界。在那个如同雕塑一般站立着的红军身旁，静静地安坐着一个女红军，她怀中抱着一个刚刚出生的婴儿。

钢琴的曲调，仿佛身边溪水曲折委婉地流淌着，反让人觉得辽阔的荒原更加宁静，天地间只有那一对红军和他们的孩子。父亲缓缓地转过身来，他低下头慈爱地呵护着襁褓里的婴儿；女红军则幸福地扬起头看着丈夫的面孔。他们就像一对巢中的鸟儿一样，哺育着刚出生的幼鸟。

低沉的音乐中渐渐地渗入了苍凉的意味，湛蓝的天空也浸染了几分铅灰色的云雾，荒原变得更加旷远而神秘。在经过一番无语的心灵搏斗之后，这对红军站起身来，静静地把孩子放在了草地间一处干燥的高坡处。孩子的身上紧紧地包着父亲脱下的皮袄，头上是一顶红军的八角帽。

钢琴曲依然流畅，宁静中带着几分淡淡的伤感。这对红军相互搀扶着，走向了遥远的天际。在他们身后那婴儿躺在的高坡上，是灿烂的阳光在普照；阳光里军帽上耀眼的红星在闪烁。

荒原的幻景渐渐地消失。一切回到现实。连长缓缓地站起身来，坚毅的目光露出坚定的信念。他大步登上机车，挥动手中的指挥旗，瞬时间战车轰鸣声震耳欲聋，荒原上，钢铁的队伍继续前进。

七　让我告诉你

（男声独唱）

连长斜靠在一棵树上，一张信纸轻轻地盖住他的脸。不远处，一个战士也靠在一棵树上，一边写着日记，一边悄悄地观察着连长。

温暖而情意绵绵的音乐声中——

画外音：

荒原的故事是连长讲给我们的。他这时候讲这个故事，我知道他心里在想什么。我还看见他在给自己的妻子写信。真没想到，连长给他家属的回信整整写了三天。他到底写的什么呢？有那么多的话……

随着音乐，连长缓缓站起身来。他拿着手里的信纸，眺望着远方的家乡唱出了心中的歌——《让我告诉你》。

————歌舞《一个士兵的日记》 〉〉〉〉〉

随着连长的脚步,七沟八梁的黄土高坡,和一片片金黄的麦浪进入观众的眼帘;仿佛是连长回到家乡那熟悉的沟壑山川,向亲人倾诉着军人的情怀。

八　我的家乡大平原
（女声独唱）

秋高气爽、风和日丽。通透的舞台上是辽阔的大地、斑斓的田野。悠扬的歌声在回荡。

画外音:

我的家乡大平原,到了这个季节,那可是最好看的时候。谁说当兵的不想家,我就是想家。我想家乡的山水,我想我的那个她……

舞台上爽朗的笑声、甜美的歌声和明快的舞蹈共同构成了一幅绚丽的图画。

九　黎明前到达
（男声表演唱）

寂静的山坳,夜色笼罩。

山野里悠闲的虫鸣与战地指挥所中频繁低沉的呼叫声、电报密集的滴答声交织在一起;宁静里充满了紧张气氛。

画外音:

连续挺进了几个昼夜,今夜我们在山坳里宿营。四周围一片寂静,只有远处指挥部的灯光闪烁。我知道,这是大战前的寂静;安静里充满了无声的紧张。

舞台灯光渐亮,山坡上匍匐着一大片持枪警戒的战士。

舞台的一角,战地指挥部电子屏幕前,指挥员们围绕演习沙盘,每个人的脸上,都露出军人在那样的时刻特有的冷峻与血脉贲张的激情。青年军官们在热烈地争论着、分析着,为"黎明前到达"将作出最后决定。

十　天堑
（女子舞蹈）

在神秘、浓重、缓慢、低沉的音乐中，数十根绳子拉着数十个女兵，在陡峭的岩壁上攀缘……

画外音：

所有的部队，都在夜色中悄悄地进入阵地。我听说山那边有一群女兵，也要在黎明前翻过眼前那座大山，到达指定位置。那座山可是个天险哪，她们能过得去吗？我为她们捏了把汗……

舞台上，夜色像沉沉的水一样染透山野和丛林。女兵的身影像丛林里躬起的枝蔓，柔韧而充满神奇的力量。这是一段变幻莫测、富于现代意味而又有极度惊险色彩的女兵舞蹈。

十一　在和平的年代里
（女声独唱）

十二　前夜
（大合唱）

舞台灯光压暗，仿佛夜色已到最浓重的时刻，那是黎明即将到来的前夜。

乐池慢慢地升起，一个士兵，似乎正靠在行军床前。

画外音：

九月十日，夜。明天就要发起总攻了，我无论如何睡不着。周围怎么这么安静啊，死一样的安静；静得我都有些紧张……

舞台上，黑压压地匍匐着无数的士兵，低沉的合唱声像滚雷一样从遥远的地平线传来，带着神圣的意味回荡在空旷的夜色里。

——歌舞《一个士兵的日记》 >>>>>

歌声渐渐地强烈起来，仿佛一场风暴正在黑夜中酝酿聚集。全体士兵层层起身，挺起伟岸的身躯。

合唱声愈加强烈，瞬时间，天崩地裂、山呼海啸。舞台上下灯光通亮，全体士兵以激越豪迈、不可阻挡的气势唱出胜利者的英雄气概。遥远的地平线如年轻士兵的热血在燃烧，光芒万丈。

尔后，合唱声逐渐压低，犹如浪潮渐渐退去。灯光重又渐暗，直至歌声最后消失，舞台一片宁静。

十三　入党
（女声独唱）

舞台上二十个士兵，带着战火的风尘硝烟，在神圣庄严的音乐节奏中，整齐地脱去了泥泞的战靴和野战服，换上笔挺的军装和锃亮的皮鞋。他们每个人的胸前都闪烁着熠熠生辉的军功章。

画外音：

八月一日，晴。今天是八一建军节，天空万里无云。今天是我生命中最壮丽的日子。我和三班长、七班副被批准火线加入中国共产党。我的生命从此将不再一样……

舞台上全体战士郑重地戴上了军帽，举起右手庄严地向党敬礼。

温暖而深情的女声独唱，如一股暖流从心田里流淌出来，激动着每一个年轻士兵的心，唱出了他们对党的无限忠诚。

火红的云霞浸染天际，一面鲜红的党旗在碧空里飞扬。

十四　士兵与枪
（男子舞蹈）

画外音：

今天晚饭以后，我忽然想写首诗，就提起笔来。不管像不像诗，反正一挥而就：

你是我儿时挂在胸前的骄傲啊——枪；

你是生日时母亲的礼品父亲的奖赏啊——枪。

今天紧握你，

我们是一对沉默而亲密的兄弟；

无论怎样拆散、组合，

我们也是一对不可分割的整体。

有了我，

你就有了燃烧的生命；

有了你，

我就拥有胜利！

这是一段酣畅淋漓、极富军人风采的舞蹈。表现了我军不畏艰险、一往无前的英雄气概。

十五　战士和母亲

(女声独唱与场景表演)

行军的队伍走过秋天的田野；金黄的夕阳，照耀着年轻士兵那红彤彤的脸庞。微风吹过大地，战士的心沉醉在祖国母亲的怀抱中。

画外音：

我们一路默默地行军，行进在祖国辽阔的大地上。远处天边那一片火烧云照着我们。伴随着沙沙的脚步声，麦浪金黄、鸟儿歌唱，真像走在画里一样。

忽然，我听见队伍里传来小刘的声音，那是他写的"格言"——

"啊，正因为生活是如此的美丽，我才拿起了枪。"

三班长接着说："枪听我的话，我听党的话。"

没想到刚入伍的小杨也随口加了两句："流血流汗不流泪，掉皮掉肉不掉队。"我不由得回头望了他一眼，想起我当新兵蛋子的时候。大学毕业的一排长深有感触地说道："科技练兵是为了能打赢，武装思想是为了不变质。"我也想说，是母亲赋予了我第一个名字——人；是祖国赋予我最神圣的名字——军人！

天边的火烧云越走越远；我们的队伍越走越长——

深情的歌声，在秋天的大地上回响。

十六　向前方
（合唱与舞蹈）

熟悉的战车轰鸣声再度强烈地响起，震彻舞台。

呼啸的火炮声、喊杀声、履带驰过大地的机械声，和着排山倒海的音乐拉开了最后总攻击的帷幕。

硝烟弥漫、杀声震天。空荡荡的舞台上，可见成排的装甲运兵车正从地平线徐徐升起。瞬时间，天空，是无数战机呼啸；陆地，有无数坦克在士兵簇拥下向台口隆隆推进。战车上，合唱演员的歌声气壮山河；地面上，舞蹈演员的气势排山倒海。整个舞台画面立体交叉、山摇地动，汇成了一股勇往直前、不可阻挡的钢铁洪流！

尾声　永远的士兵
（场景表演）

画外音：

十一月八日，晴。

今天，我要转业了。我真的知道了，要脱下这身军装是如此的沉重，摘下帽徽和肩章，就像刀扎一样难受。多少年过去了，要离开它的时候我才发现，这的所有一切都让我那么难以割舍。他们又要演习去了，山高水长，我知道他们要去的地方；千难万险，我知道他们会遇到什么。我熟悉他们，我熟悉这条从军路上的每一个脚印……

舞台上乐池徐徐升起，如同序幕一样的景象再次出现在人们眼前，依旧是挤满了身背野战装备、即将出发的士兵们；他们还在紧张地整理着身上的武器和行装。

随着口令，演习的战士们迈着整齐的步伐向着远方奔去。与此同时，一个转业的军人背着行囊从舞台的最深处向观众走来，在台口定格，他回过头去久久凝望身后那群他熟悉的逐渐远去的士兵们。

充满无比深情的音乐响起。

一群群山村的姑娘，怀抱着金色的麦捆从观众席走上舞台。人越来越多，整个场景仿佛他已回到了家乡。此时，他的妻子拉着他的孩子走上舞台，示意他的孩子走向父亲的身边。孩子陌生而又胆怯地拉着父亲的衣襟，仰视着他。但那个军人像一座雕塑，依然久久地凝望着远方。

无比深情的音乐在继续，音乐声中全体妇女都顺着那个军人的目光，一起凝望着远方。

深情的音乐在整个天地间久久回荡……

〔剧终。

精品提名剧目·歌舞

秘境之旅

中国歌舞团

——歌舞《秘境之旅》 〉〉〉〉〉

序 远方的客人

<5′00″>

　　舞台上，一面巨大的立体雕塑幕，上有天宇、彩云、密林、少数民族图腾以及中国歌舞团五十年经典作品等形象，一条鲜艳的红绸在大宇间飘浮舞动，十分醒目！

　　空中传来缥缈而神奇的音乐，观众席上方一片夜空星辰闪烁，清新而芬香的空气扑面而来，雕塑幕上特效幻灯闪亮：将人们带到神秘而奇幻的大自然意境之中！

　　奇特的音效，舞台前沿，一列通体透明的列车在发光的铁轨上飞驰而过！

　　台侧特殊升降台缓缓降下，走出一位形象造型独特的旅行者，他身着色彩夸张的服饰，身背现代而怪异的旅行背囊，他走到雕塑幕前，好奇地注视着眼前的一切！当他的手触摸到那条飘逸的红绸时，红绸放射出奇异的光彩！音乐转为宽阔而辉煌，雕塑幕在音乐中升起，旅行者向深邃的舞台走去，开始了他的"秘境之旅"……

　　黎明的天宇，晨曦照亮了广袤的大地。虚幻而流畅的音乐在晨雾中飘荡。天宇间缓缓降下无数条随风飘逸的红绸，舞台深处，隐约可见红绸纵横，仿佛是一片茂密的原始森林，在特效灯光的映照下呈现出梦幻而神奇的意境!

　　舞台上，如梦般的干冰烟雾拥托着一片片绿叶，绿叶载着数名乐手吹奏着民族特色乐器似艺术精灵般在雾面上飘游着。旅行者向着这片神奇的秘境走去。乐手们随着绿叶飘游消失在烟雾之中。一条条红绸向天空飞去，在旅行者眼前，出现一个放射出奇异光芒的半球体，球体上一名形象造型奇特的红绸舞者，她舞动双绸欢迎远方的客人。旅行者登上这神奇的球体与红绸舞者共舞，舞至兴处，在闪光烟雾中，红绸舞者携旅行者向空中飞去……

一　鼓舞东方

（男声独唱与男女群舞）＜6′00″＞

　　鼓声震天！呐喊催亮了一轮巨大的红日，健壮的男人在阳光中奋力击鼓。在金色烟雾翻卷中，大地上升起一排排壮汉，他们激情地敲打着绿色生命之鼓，腾挪跳跃，狂歌狂舞地迎接着旭日东升，在太阳放射的七彩光芒中，一群俏丽的女人们舞着中国大秧歌，优美奔放，兴高采烈地挥洒着生命的壮丽！高亢质朴的歌声与鼓声交融，男人和女人在舞的激情中汇集。高潮中，大地复苏，泉水喷涌，绿叶绽放，生命勃发！忽然，舞台灯光压暗，在紫外线特效灯照射下，飞舞的鼓槌与鼓面莹光闪烁，营造出奇幻效果。巨大的红日载着击鼓手盘旋升向空中，随着最后一声击鼓与呐喊，红日喷出耀眼的焰火！

　　一切在瞬间消失，大地上，只有还沉浸在激动之中的旅行者……

　　神奇的背景音乐，衬托着口弦琴奇特的演奏，吸引着旅行者的目光。晨雾中，乐器演奏者时隐时现。舞台深处，金丝鸟向天边飞去。旅行者向密林深处走去……

二　彩云对歌

（男女二重唱）＜4′00″＞

　　水声叮咚，水雾缭绕。优美而委婉的歌声从彩云川飘来。舞台上，两只色彩斑斓的蝴蝶载着两名壮族歌手缓缓升向空中，他（她）们在彩云端深情地对歌，无数只彩蝶在空中形成飞旋的花环，传递着恋人的心声。他（她）们在爱的鹊桥相约、相会，情意正浓时，花环中神奇地出现无数荧光鱼，它们在歌声中快乐游动着。一曲深情的对歌，赞美那永恒的爱情！

　　鸟儿的鸣叫似悦耳的歌声，在天空中飞旋，吸引着观者的目光，也吸引来了温暖的阳光！远处有火光……

三　火焰柔情

（女子群舞　双人舞）＜8′00″＞

　　阳光透过茂密的树林，在大地洒满绚丽的光斑。古朴而热情的歌声，和着整齐的脚步声从密林中传来。一队彝族姑娘身着厚重的盛装，手拉手边歌边舞地来到了林中空地上。在这洒满阳光的地方，姑娘们可以纵情地诉说心声！摆裙飞旋，舞动着古老的爱情传说，扯毡围绕，温暖着姑娘们陶醉的心。篝火燃起来了，那跳跃的火苗，仿佛是那热恋的情人，爱的旋涡，爱的狂澜！一段极其柔情与流畅的挚爱火焰双人舞。姑娘们紧紧围绕在温暖的篝火旁，她们憧憬着、向往着……

　　火光消失，旅行者还陶醉在柔情之中！忽然，两名吹芦笙者边舞边吹地在密林深处飘忽而去，旅行者觅笙音而去……

四　山水之恋

（女声重唱组合与器乐演奏）＜5′00″＞

　　咚咚鼓声，悠扬芦笙。苗寨中传来姑娘们优美动听的"飞歌"。独特的苗歌韵味、优美的苗女舞姿、绚丽的银制服饰，引来了芦笙小伙子们，他们在姑娘们动听的歌声中吹起芦笙跳起舞。一段载歌载舞的苗寨心声，令人陶醉！

　　此段为歌手、乐手、舞者互为交融的歌舞表演。

　　木鼓声声、铜鼓阵阵。台口两侧摇臂车台上，两组鼓手对垒。红绸舞者在雨点般的鼓声中飞舞着，舞台被红绸染红！

五　丛林钢刀

（男子群舞）＜6′00″＞

　　鼓声愈加响亮、愈加有力、震人心魄！密林深处，健壮的男人攀树藤飞掠而过，忽然间，空中寒光闪闪，数把钢刀从天而降，直插入地！一群景颇小伙分别从台侧树杆上爬下，从树丛中腾跳而出。他们围拢上去，拔起那锃亮的钢刀，踏着鼓点跳起景颇刀舞。隆起的肌肉、腾健的步伐、粗犷的吼叫，使人们感受到他们的勇敢和力量！钢刀与钢刀的拼杀，迸射出激情的火光！这是一段充满阳刚之气的男性舞蹈，在拼搏与抗争中，展现出生命的顽强与刚毅。

　　激情远去……旅行者为之震撼！特效光中，旅行者似乎看见了什么。月光之神出现在他面前，他伸出双手，忽然，一只鸟儿神奇地从她手中展翅飞起！深情的音乐再度响起，一队舞者柔情地舞动银色长绸，仿佛诉说着久远的恋情……

六　月光情思

（器乐独奏与女声独唱、空中双人舞）＜6′00″＞

柔情舞者托起一轮明月，明月中端坐一披银纱的姑娘，一曲优美动听的恋曲从她拨动的丝弦中流淌而出。随着乐曲的波动，月亮四周神奇地流淌出涓涓清泉，舞台两侧升降车上也闪现出阵阵水花！

特效灯光中，姑娘动情地演奏；银绸舞者在月亮周围缓缓舞动着、造型着。水波中出现一名歌手，她和着丝弦深情咏歌着铭心的爱恋。（云南民歌《小川淌水》）天际中，一对恋人柔情起舞，在歌声与琴声的拥托中，飘然飞翔在爱的天宇之间——岁月流逝，挚爱永存！

飞旋的恋情消失在彩云那端。（彩绘纱幕降下，分割表演区）

七　音乐之旅

（特色乐队演奏）＜5′00″＞

纱幕前表演区，在幻彩的背景和神奇的灯光氛围中，身着奇异民族服饰的演奏者生动而幽默的演奏经过精选的西部、西南部民歌乐曲。动听的乐音引来了密林中的生灵们，这些人类的朋友们在奇妙的乐海中自由自在地漫游着，一幅自然和谐的画面。这是一个表演性极强的器乐演奏。

一位傣家少女，怀抱着一只美丽的孔雀，婀娜多姿地出现在彩绘纱幕前，她仿佛在聆听那叮咚的水声，又仿佛在召唤水波中的同伴们，她忘情地唱着……

八　碧波孔雀

（女子群舞）＜6′00″＞

姑娘们铜铃般的笑声从远处传来，也引来了巴乌委婉而动听的演奏。

彩绘纱幕升起,涌动的干冰烟雾中,傣族少女柔美曲线的倩影在雾中隐隐时现,她们似水中的精灵,她们似高傲的孔雀,在极富现代动感的节奏中,她们忘情起舞,直舞得水波荡漾、百鸟争艳!高潮中,一只美丽的金孔雀从远方飞来,她柔动双臂,轻展羽翅,以她绝美的舞姿带给人们吉祥的祝福和东方神韵的艺术享受!

夜空中,星星和着温柔而静谧的音乐眨着眼睛。夜之精灵们在窃窃私语着……一只小鹿在林中漫步。

九 梦幻细语

(男女四人舞) <6′00″>

一只可爱的小鹿,轻盈调皮地跳进了瑶族小姑娘梦中!小姑娘向梅花鹿伸出友好的手,在萨塔尔、热瓦甫、阿兰鼓的草地上,她与小鹿们时而愉快地追逐玩耍,时而亲密地呢喃细语。这是一段人与动物、人与自然友好和谐相处的、极其流畅抒情的四人舞。

热瓦甫在弹响,舞台深处,飘动着头戴面纱的美丽的维族姑娘,时隐时现。红绸舞者领着旅行者在天边飞跑……

十 神秘面纱

(女声独唱、女子群舞) <9′00″>

天边飘来一块色彩斑斓的飞毯,毯上端坐着几位维吾尔族乐手与一名头戴面纱的姑娘。在萨塔尔、热瓦甫、阿兰鼓的伴奏下,姑娘唱起柔情的歌儿,歌声表达了她对爱情与幸福的期盼。飞毯在歌声中又向天边飘去……

热瓦甫的演奏引出优美而流畅的乐音,空中降下无数晶莹透亮的葡萄。在这天堂般神奇的绿荫架下,走出一队队美丽的维吾尔族姑娘,她们柔情起舞,赞颂甜蜜的爱情,赞颂美好生活,赞颂自己的家园。

舞至高潮时,在姑娘们深情的期盼与凝视中,满园的葡萄瞬间神奇地闪亮，发出异彩！

山那边，一阵阵清脆的风铃声传来，还仿佛带来了牧场牛羊的欢叫声，我们还听到了牧人的情歌……身着奇异服饰的牧人，脚踩高跷在大地上自由地徜徉，将旅行者带入胜境。

十一　香格里拉

（男声独唱）＜4′00″＞

那遥远而美丽的香格里拉，是大自然最圣洁、最和谐的乐章！人们进入她的怀抱，就像回到了梦中的故乡，她使我们乐而忘返！

这是一首动人的歌曲，旋律优美而宽广，令人回肠荡气，不能忘怀！

风声呼啸而来，红绸舞者在风中劲舞着，挟裹着时空气旋而去……

十二　雪域雄鹰

（男声独唱、男女群舞）＜8′00″＞

雪域高原的天籁之声……舞台深处，白云上端，一座座雪峰突现。此时，空中降下吉祥的雪花，在特效灯光映照下，呈现一片旖旎的银色世界！

一位藏族歌手引吭高歌！一群剽悍的男子似雄鹰般由冰峰飞旋而来，在强劲的节奏中，一段精彩的藏族踢踏舞。高潮时，一位美丽的藏族姑娘，手持"热巴鼓"闯入舞阵，鼓声、踢踏声呼应竞斗，引来了众姑娘与小伙们的激奋踢踏鼓舞。随着男女对舞竞争愈加热烈，众姑娘与小伙们的情绪也愈加高涨！此时，全场欢呼、狂舞那雪域高原的雄鹰踢踏，直舞得人们激情飞扬，心潮澎湃！高潮迭起！

此段表演结束时，是全场演出的情绪最高点，要有反复的谢幕编排，使观众在激动中自然进入尾声段。

尾声　请你留下来

（全体演员）＜6′00″＞

　　欢快的歌声、动人的节奏、沸腾的情感、真诚的邀请：远方的客人，请你留下来！

　　一队队舞者、一排排乐手、一行行歌手，浓浓热情、阵阵欢笑，令旅行者沉浸在快乐的回忆中。

　　在沸腾欢快的大场面歌舞热潮中，中国歌舞团的经典作品《红绸舞》的精彩片段神奇地出现在观众眼前，引来一片掌声！也引来无数条红绸从天宇缓缓降下，全体演员拉下红绸欢腾起舞。人群中，旅行者激动地拥抱着身边的舞者，并接过红绸忘情地狂舞，表达他们对中国、对中国西部、西南部神秘而多彩的土地的热爱！同时，一束束红绸由舞台飞向观众，将舞台与观众连在一起，场上场下，红浪翻卷，激情飞旋！

　　一片红绸飞舞，似那广阔的大地，似那好客的人民，似那灿烂辉煌的五十华诞！更似那蓬勃绚丽的中国歌舞！

　　远方的客人，我们用真情、用歌舞邀请你留下来！与我们一起歌起来！舞起来！

　　庆典的礼花绽放，映照着台上、台下无数张欢快的笑脸！

　　演出在绚丽多彩的反复谢幕中达到高潮！使得全场观众久久沉浸在之中而不愿离去！

　　〔剧终。

精品提名剧目·乐舞

大唐华章

四川省歌舞剧院

诗乐舞《大唐华章》是盛唐文化的集大成者,该剧目以提炼的唐文化基本元素为载体,熔唐诗、唐乐、唐舞、唐装为一炉,将大唐的盛世辉煌演绎得淋漓尽致,无比骄傲地预示中华民族正在到来的伟大复兴。

整个演出以剧院演出的方式,打造雄浑壮丽的时代主题,营造高雅华贵的艺术品味。

《大唐华章》由序、尾声和三大板块组成,时间在90分钟以内。

三、竹枝词

【竹枝词】是唐代流行于川东一带的巴渝民歌之一种。一个时代有一个时代的民风，一个时代有一个时代的情趣。唐人的健康，唐风的清新，都化入了一曲欢快的【竹枝词】。

四、长安市井图

盛世京华，长安市井，风物明丽，人物倜傥。公孙大娘的剑舞、张旭的书法和李白的诗歌并称为唐代三绝，而唐三彩则是千古流韵的唐代工艺。乐舞风流，仪态万方，艺术的情趣和张力铺陈出风华百代的长安市井图。

第二章 唐人雅韵

唐代的音乐舞蹈空前发达，唐人雅韵则集其大成。此章总体格局是以歌舞贯穿，并带有浓烈的唐代宫廷色彩。

舞台转暗，音乐声起，又是李白富于感染力的吟诵声由远及近：一百四十年，国容何赫然。隐隐五凤楼，峨峨横山川。王侯像星月，宾客如云烟……啊！文章献纳麒麟殿，歌舞淹留玳瑁筵。

一、燕乐鼓舞

燕乐在中国文化中悠远流长，唐代的燕乐是宫廷娱乐享受的乐舞艺术。该舞段依照出土的舞俑编排，同时更融入新意和富于创造。盛唐风韵，动人心旌。

二、绿腰舞

《绿腰》是唐代典型的软舞。真可谓舞姿飘逸，柔美舒缓，长袖风动，婀娜多姿，"绿腰"风采，流韵千古。

三、饮中八仙歌

《饮中八仙歌》原为杜甫所作。诗酒风流，以唐为甚，形成了独具一格的唐代酒文化。该舞段表现了唐人豪放、旷达、浪漫的情怀。豪放，欢乐，幽默，唐人的精神自由度由此可见。

———乐舞《大唐华章》 〉〉〉〉

序

  垂天而下的幕帐，浮雕般呈现出大唐的书法、壁画及诗歌，"大唐华章"赫然凸现。两队手持宫灯的仕女款款而出，点亮大幕两侧的石柱华灯，仿佛掀开那辉煌的一页。挑灯读史。进入时空隧道，去领略盛唐的华彩和光耀千秋的辉煌。

  舞台转暗，音乐声起，一代诗仙李白那古老而又充满活力、苍凉而又富于浪漫激情的吟诵声从历史深处传来：君不见黄河之水天上来，奔流到海不复回……啊！长风破浪会有时，直挂云帆济沧海！

第一章 盛世风情

  此章内容带有较强的民间色彩，恢弘地表现了盛唐社会的繁荣昌盛、发达的文化艺术和健康而又充满活力的民风。在艺术表现上总体有别于宫廷大典。

  一、秦王破阵乐

  唐代的《秦王破阵乐》今已失传。该舞段编排不拘泥于还原，而是在金戈铁马、气吞万里如虎的军阵演练中，隐现大唐气象，为整台演出注入力度和阳刚之美。

  二、春江花月夜

  《春江花月夜》是唐诗中的名篇，表现的是自然和人生的良辰美景。该舞段表现了唐代女性的阴柔之美，达到极致奇妙的艺术境界。

四、霓裳羽衣曲

此乐舞是唐代最具代表性的音乐歌舞大典。盛世霓裳，飘然羽衣，雍容华贵，大唐泱泱。五彩辉煌的舞台、大气典雅的唐代宫廷音乐、华美的舞蹈、艳丽的服饰共同营造出演出的华彩，令人美不胜收。

第三章　万方乐奏

唐代国力空前强盛，中外交通，万邦朝贺。其博大融会、含纳万方的气概正是盛唐精神的体现，而这也是本章浓墨重彩的一笔，此章有强烈的域外色彩。

舞台转暗，音乐声起，李白吟诵声再次辉煌地响起：明月出天山，苍茫云海间。长风几万里，吹度玉门关……啊！浮四海，横八荒，出宇宙之寥廓，登云天之渺茫！

一、鉴真东渡

鉴真东渡六次始获成功，是中日文化交流史上的重大事件。唐人"走海"，气宇轩昂，踏浪前行，流韵四方。走出去，是唐人的气度，东海万顷，唐风浩荡。

二、丝绸之路

大漠戈壁，驼铃声声；丝绸之路，中西交通。这是中外文化史上盛举，也是唐代开放的辉煌。

三、九部乐汇演

在唐代的十部乐中九部均有异域色彩，大唐的鼎盛，掀起了中西文明融会的高潮。万方乐奏，异彩纷呈。让我们领略到唐人的胸襟和世界文明的辉煌。

（1）龟兹舞；（2）印度舞；（3）朝鲜舞；（4）波斯舞；（5）飞天舞。

尾 声

　　大唐泱泱,历史的自豪;中华泱泱,永远的骄傲。当《大唐华章》的主题歌响起,一队一队身着盛装的唐人款款而来,煌煌而来,掀起盛世华章最绚丽的乐段。我们油然而生民族的自豪与骄傲,阅尽千年前的辉煌,而今又欣逢盛世。为迎接中华民族复兴的伟大时代,让我们以自己的辛劳和智慧铸就民族的光荣和梦想。

　　〔剧终。

精品提名剧目·歌舞

楚水巴山

湖北省宜昌市歌舞剧团

巍峨连绵的群山，茂盛张扬的古藤，蜿蜒潺潺的溪水，清脆悦耳的鸟声。巨大的虎纽凤飞钟敲响，"白虎"、"金凤"，翻滚飘飞，天空五彩斑斓，大地生机盎然。

神农木鼓，粗犷豪放；沮漳陶影，悠远妩媚；利牙·火塘，神圣温馨；巴山夜话，浪漫神秘；千秋简魂，厚重深邃；香溪桃花，美妙亮丽；西塞烽火，雄浑威武；钟鸣云天，恢弘华彩。巴与楚的融合，"虎"与"凤"的交融，大地震撼，辉煌灿烂。

三峡是巴文化的发祥地，三峡是楚文化的摇篮。神奇的山水，厚重的文化，生命的赞礼，灵魂的涅槃。当人们踏进这方热土，那"虎"的雄风，"凤"的神韵会扑面而来，让你步入一个梦幻般的世界……

"楚水巴山江雨多，巴人能唱本乡歌。"唐代诗人刘禹锡曾在巴山楚水之间流连忘返，感慨万千，于是孕育出了反映巴楚先民生存智慧的大型民族风情音画《楚水巴山》。

夏商时期，这里诞生了不朽的巴文明与楚文明，剽悍勇猛的巴民族以虎为图腾，励精图治、开拓疆域；浪漫智慧的楚民族以凤为图腾，跋涉山林、驰骋千里。两大民族相互交融、同生共荣，创造了彪炳千秋的巴楚文明。

《楚水巴山》旨在将传袭至今的古代文明的人文精神，用当代人的审美观来编导，实现把厚重的巴楚文化与现代表现手法完美对接。张扬人的本体意识、人的生命力和创造力。站在广大观众的角度，用现代、时尚的表现手法，让观众在娱乐中领略迷人的巴楚风情和独具魅力的巴楚文化。从某种意义上说，创作《楚水巴山》仍然是：编织一种文化，推出一个民族。

长江三峡，一个永恒的话题，它是一首诗，一个画廊，更是一部民族文化史。唐代诗人刘禹锡在《竹枝词》中写道："楚水巴山江雨多，巴人能唱本乡歌。"巴山楚水间藏着巴人和楚人的无数秘密。巴与楚的交融,古老而神奇;虎与凤的传说,动情而悠美。

　　三峡是巴文化的发祥地,三峡是楚文化的摇篮。先祖神农氏在大巴山尝过百草,黄帝正妃嫘祖在楚水边养过桑蚕。这里走出了伟大诗人屈原,这里飞出了和平使者王昭君。当你踏进这块土地,那"虎"的雄风、"凤"的神韵会扑面而来,让你步入一个梦幻般的世界——

————歌舞《楚水巴山》〉〉〉〉〉

序 巴虎楚凤

　　在华夏连绵无垠的大山深处,有一方神奇而美丽的土地,山至此而雄、水至此而险、景至此而秀、文至此而厚,这就是雄伟瑰丽的长江三峡。夏商时期,这里诞生了不朽的巴文明与楚文明,剽悍勇猛的巴民族以虎为图腾、励精图治、开拓疆域;浪漫智慧的楚民族以凤为图腾,跋涉山林、驰骋千里。两大民族相互交融,同生共荣,谱写了一曲曲绝世华彩的生命乐章。

　　〔远古的三峡地区。
　　〔一座峻峭的山岩若隐若现地耸立在舞台正中,山岩上淌着潺潺的溪水,蜿蜒地从乐池流入观众大厅——
　　〔繁密森森的古树,茂盛张扬的古藤,缠绕在舞台两侧并延伸到观众大厅。感觉中的山巅绝顶上,坚挺着奇形怪状的古松,迎风摇摆——
　　〔古藤上不时洒落几滴露水,发出叮咚叮咚的响声。森林中美妙的小鸟叫声清脆悦耳,一个奇妙的世界——
　　〔钟声响起,全场仿佛动摇起来。舞台中央的大山岩,发出深重的声音开始后退。突然,大山岩发生分裂,一层一层分三层打开。最后退到舞台天幕区,同天幕布景连为一体。近处是层层岩石,远处依稀可见山崖重叠,峰峦插天。巍峨连绵的大巴山——
　　〔几十只"白虎"从不同方位涌出。威猛雄壮的白虎布满整个舞台，白虎在大山中跳起威武欢乐的虎舞——

〔一声霹雳，天空划出一道闪电，大地顿时充满生机。一群"金凤"从大山后涌出，展翅飞翔——

〔白虎上前簇拥着金凤，并将她们高高举起。微风吹起金凤的羽毛，好似空中飘动的一片祥云——

〔白虎将金凤簇拥到三层岩的最高点，组成一个硕大的虎凤图。天空五彩斑斓，大地一片祥和——

〔舞台口一道水幕从天而降，同乐池边的溪水连为一体。水幕上出现剧名——大型民族风情音画。

上 篇

一　神农木鼓

神农氏即炎帝，创农耕，育五谷，造福黎民。雾笼云绕，古藤森森的"神农架"里，世代传颂着神农氏感天动地的神话——

　　　　山有多高
　　　　问白云浓雾
　　　　问猎手樵夫
　　　　水有多深
　　　　问山涧溪流
　　　　问野瀑古渡
　　　　山高水深
　　　　回荡着神农氏开创世界的吆喝

————歌舞《楚水巴山》 〉〉〉〉〉

〔水幕上的剧名隐去。一架组合而成，用掏空的大圆木制成的木鼓，从乐池升起。木鼓上躺着一个近乎赤裸的男子。瀑布般的水直接洒落在男子身上——

〔男子在水的刺激下，发出高亢的喊叫声并随着喊叫舞动起来——

〔男子独舞时，舞台上摆上几十架木鼓。

〔当独舞的男子将组合的木鼓突然推开，瀑布停，舞台灯光亮。郁郁葱葱的森林，绿色的木鼓，舞台呈现充满生机的绿色的世界——

〔几十名赤身裸体的男子上场，敲响木鼓，边唱边舞。震天动地，浑厚苍劲——

　　站在高坡我喊太阳
　　喊得巴山打晃晃
　　太阳是我扔出的一团火
　　烧红了满天红霞光
　　射出金箭千万支
　　长成森林像海洋
　　喊太阳　喊太阳
　　太阳是我扔出的一团火
　　烧红了满天的红霞光

　　站在水边我喊月亮
　　喊得流水闪银光
　　月亮是我点燃的一盏灯
　　照亮了山花的红脸庞
　　播洒清香千万里
　　陶醉多少好姑娘
　　喊月亮　喊月亮

月亮是我点燃的一盏灯

照亮了山花的红脸庞

（领唱、合唱，激烈而豪放）

〔歌声结束，一个小男孩冲出，跳下水池，学着长辈跳起木鼓舞。生命代代相传，人类生生不息——

二　沮漳陶影

　　沮漳二水，楚人赖以生存并崛起的源泉。富饶的沮漳河流域托起了楚文化的兴起。五千多年前，这里就有了成熟的制陶技术，彩陶陶胎薄如蛋壳，尤为神奇——

蜿蜒而逝的沮漳

流淌着绵绵不绝的巴风楚韵

古拙雅致的陶艺

延续着悠悠五千年人类文明

勤劳妩媚的楚女

用双手编织着生命的美丽

〔月光洒满大地。

〔静静的月光下响起埙的独吟，悲凉而苍远——

〔舞台后区，土陶里的少女们在制作陶器。陶罐发出银色的光环——

〔一个美丽的少女独自舞出，跳起一段制陶舞——

〔登登——清脆的陶鼓声响起，惊醒了陶醉中的少女。十几名少女抱着、背着陶鼓上场，跳起欢快的陶鼓舞——

（这一段小快板舞，较充分地体现女子的妩媚和阳刚）

〔陶鼓舞结束，音乐变化。后区从天上降下一只陶壶，里面坐着

————歌舞《楚水巴山》 〉〉〉〉〉

一名端庄的女子——
〔姑娘们注视着飘然而去的陶罐和高高挂在天上的陶壶,憧憬着美好的生活——

三 利牙·火塘

巴人崇火,始于史前,火被尊为图腾,顶礼膜拜。如今,巴人后裔土家人,在建起的新屋落成时,仍要举行熏烟仪式,俗称"贺火塘"。从此,火塘不断烟火,世代相传——

  利牙(母亲)点燃火塘
  点燃吊脚楼的光明
  点燃满山遍野的太阳
  利牙(母亲)守护火塘
  守护生命的冷暖
  守护世世代代的希望
  一天从火塘开始
  尝尽酸甜苦辣
  利牙(母亲)才是儿女的火塘
  一生从火塘出发
  走遍千山万水
  火塘才是土家人的故乡

〔一架独具特色的木制火塘摆放在舞台中央。闪亮的木炭围着火塘中飘舞的火焰。一只典型的土家铜壶挂在火塘上方。整个舞台暖暖的,一片温馨——
〔身穿黑色土家服饰的利牙(母亲),坐在火塘旁唱着一首生命之歌——

熊熊的火在烧

水在烧

漫长的岁月在瓦罐罐里煎熬

悠悠的歌在烧

舞在烧

一代代的娃儿在火塘边唱跳

火在烧

梦在燃烧

日子在铜壶里欢笑

爱在烧

情在燃烧

火边的爱情不用寻找

云在烧

霞在燃烧

云霞卷走了雨雪风暴

夜在烧

魂在燃烧

篝火烧红了天涯海角

（这是一段女中音歌曲，用民族的、通俗的方法演唱）
〔演唱过程中，无数身披黑色斗篷、头戴硕大黑色包头的土家男女，手捧高脚的铜灯盏，摆放在火塘及利牙周围——
〔独唱结束前，身披黑斗篷的男女在舞台后区组成一个方阵——
〔歌声突然停止。方阵演员们打开斗篷，现出橙色的内衣。红红的火塘，亮亮的油灯，橙色的演员服饰，全场一片金黄——
〔舞台面光压暗。天幕上闪烁满天的星光，同舞台上的油灯、火塘连为一体。缥缈美妙的无伴奏合唱直上九霄——

四 巴山夜话

巴山巴人,一个远去的奇迹。"毛古斯",巴人最原始的舞蹈,它表现了祖宗"毛人"的劳动生活和生殖崇拜——

  巴山逶迤
  民族的传说被火把照亮
  山路穿云
  爱情的故事被山鼓传承
  百花怒放
  茅草荆榛遮不住山妹的怀春
  山溪奔腾
  层峦叠嶂挡不住阿哥的情怀
  灵魂在舞蹈中洗礼
  生命在呐喊中完美
  这就是巴山巴人跋涉的诗章

〔十几个高大的镇墓兽摆放在舞台两侧,神秘而诡异——
〔一声高亢吆喝声响起,大山发出阵阵回音——
  撒叶儿嗬
  扯起喉咙我喊高腔
  喊醒地狱喊天堂
  天堂我不拜玉帝
  地狱我不怕阎王
  哭着来哟唱着走
  哭着唱着一个腔
  生不喜哟死不悲

生生死死梦一场
天上照样种五谷
入地照样挖金矿
生死轮回还是我
不枉人间走一趟
阴间好比黑夜短
阳间好比白日长
白天黑夜都是我
唱着跳着去天堂

〔一缕朝霞露出天边，镇墓兽开始转动。一声吆喝，镇墓兽跳出身披金黄颜色的毛古斯。全体毛古斯跳起祭祀舞蹈，祈求上苍，保佑人类五谷丰登——

（毛古斯舞主要运用跳丧的舞蹈语汇）

〔祭祀舞结束，全体毛古斯脱下稻草衣。男、女舞者近乎裸体。音乐变化，舞者们跳起一段带有浓烈的性文化色彩的肉连响舞。他们拍打自己也拍打别人，庄重而神圣——

〔一对男女双人舞穿插在群舞之间，主要表现爱情，男女双方大胆示爱，最后，女领舞将双手的黑锅灰按在男子的胸前——

〔肉连响舞中段，镇墓兽里飘起五彩的飘带。灯光变化，烟雾缭绕，全场五彩斑斓——

〔一声哭啼，一个小生命诞生，众人将其托起。生命延绵不息——

―――歌舞《楚水巴山》 〉〉〉〉〉

下 篇

五 千秋简魂

　　两千三百多年前，西陵峡畔秭归县一个长着茂盛翠绿的修竹、月牙形的小坪里，传出一声孩子呱呱坠落的哭声，从此，这里有了"读书洞"、"照面井"、"擂鼓台"等无数美丽的传说。这孩子，就是中国历史上第一位伟大的爱国诗人——屈原。

　　　　一片片薄薄的竹简
　　　　那是满山翠竹的魂魄
　　　　一行行陌生的锲形文字
　　　　那是沧海桑田的记忆
　　　　把生命刻上竹简
　　　　悲怆的《天问》千秋明志
　　　　把灵魂刻上竹简
　　　　永恒的《离骚》永载青史

〔舞台口灯光压暗。屈原身披长斗篷，高举酒杯独饮——
〔舞台上灯光渐亮，屈原丢掉酒杯，抒发忧国忧民的情怀——
（这时一段深沉的男子独舞）
〔屈原舞到高潮，天上降下篆刻《离骚》的竹简，舞台口推出几堆大竹简——
〔音乐变化，一群男子推一副竹简围绕屈原舞蹈——
（这是一段现代感很强的男子群舞。音乐和舞蹈要充分体现中华民族的浩然正气）
〔群舞结束，音乐变化，屈原将一个个"竹简"推倒在地，"竹筒"组成了一条弯弯曲曲的道路直通远方。屈原在"竹筒"道路上艰难跋涉，最后倒在通往天堂的红梯上——

路漫漫其修远兮

吾将上下而求索

六　香溪桃花

香溪，长江边一条碧绿透明的小溪。相传，汉明妃王昭君儿时就在溪边浣衣、梳妆，因洗涤香罗帕，致使百里溪水芳馨四溢而得名——

当年走出香溪夹岸相送的桃花依旧在红

当年走向远方依依惜别的喜鹊依旧在飞

当年出塞时弹响的琵琶依旧悠长

一曲美妙的故事依旧在代代传唱

〔舞台上，春意盎然，满天飘洒着花雨——

〔昭君独自坐在月光下看见满地桃花，翩翩起舞——

〔一群少女手持花篮上场，围绕昭君跳起欢快的桃花舞。

〔昭君来到溪边，轻轻地浣纱。天空降下水幕，少女们在水幕后脱下衣裙沐浴——

〔音乐变化。霹雳闪电，昭君想到要离别家乡，难舍难分——

〔远方马头琴响起，姑娘们上前为昭君披上美丽的出嫁衣。遥远的天边，蒙古包若隐若现——

七　西塞烽火

楚之西塞，兵家必争之地。自商王武丁征伐归国始，战火连绵不断，无数巴楚男儿为了民族存亡，捍卫尊严，手持长剑，浴血奋战——

―――歌舞《楚水巴山》 〉〉〉〉〉

  江风浩浩　　寒光凛凛
  金戈铁戟　　战马嘶鸣
  楚之西塞　　骁勇将士战旗猎猎
  三峡深处　　永矗一柄青铜宝剑

〔一声战马嘶鸣，划破长空。马蹄声由远而近震撼大地――
〔舞台灯光起。三匹战马拉着一架战车，屹立在舞台后中央，战车上站立三个青铜武士威武雄壮。
〔舞台两侧的漆器图案变化成淳于、盾、鼎等不同名称和形状的青铜器。
〔一队武士从战车后拥出，跳起一段剽悍的巴士剑舞――
（这是一段充分展示技巧，高难度的舞蹈。群舞中要考虑出现单人舞、双人舞和三人舞。音乐铿锵有力，如排山倒海）
〔巴楚男儿浴血奋战。一柄宝剑从天而降，将士们倒在被鲜血染红的大山上――

八　钟鸣云天

  乐钟金錞　　神奇壮美
  八音悠扬　　华彩深情
  琴瑟曼妙　　弹奏风姿绰约款款雅韵
  霓裳飘飞　　挥洒巴楚文化煌煌精神

〔恢弘的宫殿。巨大的编钟和虎纽钟悬挂在天空――
〔几名少女拨动摆放在舞台上的琴弦――
〔台中莲花宝座上端坐着一尊佛。烟雾缥缈，神秘美妙――

〔钟声敲响,佛隐去。恢弘的宫殿里跳起欢快的男子楚舞——

〔三名女子穿插于男楚舞之间,跳起长袖大楚腰舞——

〔一群女子上场,跳起欢快的小楚腰舞——

〔长袖飘飞,琴瑟合鸣,舞台华彩亮丽,五彩缤纷——

尾声　虎凤合鸣

　　巴人崇虎　　楚人尚凤
　　虎座立凤　　心心相融
　　巴山楚水　　在生命的交响中安然受洗
　　民族精神　　在历史的撞击中和谐张扬……

〔歌声响起,巨大的虎座凤架鼓从天而降,金凤与白虎在虎座凤架上翩翩起舞——

(唱《金凤升腾》)
　　升起一轮朝阳
　　白虎吼叫
　　吼出一弯月亮
　　明月照我楚水巴山
　　好一派人间辉煌
　　云山缠绕
　　缠绕远古迷茫
　　雾海沉浮
　　沉浮世纪沧桑
　　山水汇出天然画卷
　　虎跃凤舞
　　千古绝唱

——歌舞《楚水巴山》 >>>>>

楚水江四海

千帆竞飞展翅翱翔

巴山连万岭

共同崛起华夏脊梁

〔"虎"与"凤"在空中交融舞蹈，优美而流畅；美妙的歌声在空中回荡，宏大而瑰丽。全场演员敲起虎座凤架鼓，跳起巴楚合一的舞蹈。顿时，黄钟大响，满台辉煌——

〔剧终。

杂 技

精品剧目·杂技

依依山水情

遵义市杂技团
贵州省歌舞团

———— 杂技《依依山水情》 〉〉〉〉〉

一

古老的贵州高原，充满着神秘……

舞台上是起伏的山峦，高不可攀的悬崖生长着奇花异草……

天边滚过阵阵雷声，山峦在颤动，炸雷击中大地，点燃起冲天大火……

大地裂开了，岩浆在咆哮，生灵们在火山中跳跃飞舞……（蹦床及高空表演）

一道闪电，一条火龙从火山口中冲向天空（贵州龙/单人唯亚）。

暴风雨冲击着大地，大地在颤抖中苏醒。

二

风暴过后的贵州高原，大地郁郁葱葱……

生命之神从天降下（女子芭蕾/唯亚），带来一片生机勃勃。

山谷中一条河流在缓缓流动，从山谷深外飘来一片树叶，绿色的精灵在树叶上嬉戏……（女子三人柔术、女子双人顶技）

山谷中的万物绚丽多彩，在河流的两边盛开，迎接着大地的春色。

绿色的精灵们用它们的生命拥抱着美丽而神奇的贵州高原（绿色女群舞、生命之神和贵州龙/双人舞）。

三

一颗流星划过夜空，满天星光闪烁，萤火虫们在夜空中飞舞（转碟、水流星、钻桶），昆虫们在森林中翻滚跳跃，轻盈的步伐在树林中穿行（男、女抖杠/高跷）。

夜色中一曲天籁之声从天边传来（高山上的精灵歌手在梳理着美丽的羽毛），歌声中一群活泼的精灵在带有夸张图纹和神秘色彩的钟乳石上跳跃，光怪陆离的羽毛在它们的身后带出一串串神秘的光斑（面包圈技巧/单环/小滚环/贵州龙幽默表演）。

四

阳光洒在高原上……

雨丝从天空中落下。美丽的太阳雨淅淅沥沥地落在贵州高原上，山谷中一群水中长发精灵在细雨中奔跑，用她们的身体在大地上染出美丽的图纹（女子水珠群舞/绸吊/一对男女演员在乐池上），美丽的图纹汇合成从天而降的五彩瀑布。

生命之神用手指在空中画出一道火红的霞光。

天上降下一群打着铜鼓的天神（空中降下铜鼓的表演者），观众席后区和中区都有鼓手在击打着铜鼓，天神们在铜鼓上表演着祭祀的舞蹈（男子傩面舞/双层蹦床/喷火/贵州龙技巧），整个剧场火红的颜色在跳动，鼓声在敲击着流动的空气。

五

大山在旋转，河流在盘旋……

滴滴山泉从山谷滚落，在岩石之间发出奇妙的音乐。

精灵们从悬崖上跳下，在山泉中跃起，它们在奇妙的音乐中起舞（技巧跳绳/跳板蹬人/贵州龙参加表演）。生命之神从天边飞过（唯亚），把串串晶莹的花瓣撒在青山绿水间，大地一片生机勃勃……

远处的山谷点点神火在飘动，歌声中精灵们点点神火送上天空（五女顶技/女子火舞/二女歌手表演长发的多声部重唱）。

巨大的花环悬挂在山谷中，把山谷妆扮得绚丽多彩，五彩缤纷的小花环在精灵们的头上飞扬（草帽/贵州龙参加表演）。

六

　　梦幻般的音乐响起，一组造型奇特的椅子从水中升起，椅子的顶部，浑身水珠的精灵在表演，远处的山峦上一只青虫慢慢地在旋转，舞台银色的水珠在蠕动，一只迷幻般的精灵盘绕在天上，空中一抹彩色在盘旋（高椅/单手顶）。

七

　　巨大的太阳升起了（男子舞蹈/钻圈/贵州龙舞蹈）。
　　生命之神用从太阳中采来的火种，点燃了古老的高原的生命之树（双人芭蕾顶技/生命之神独舞）。
　　一棵大树在舞台中生长壮大，一片树林出现在舞台上。
　　阳光洒在这片神奇而古老的高原上，一片美丽绿色展现舞台上。
　　〔全体演员的舞蹈及大谢幕。
　　〔剧终。

精品剧目·杂技剧

天鹅湖

广州军区政治部战士杂技团

上海城市舞蹈有限公司

―――杂技剧《天鹅湖》 〉〉〉〉〉

序

（东方大地，茂密葱郁的森林，幽深平和宁静）

美丽的少女陶醉在大森林的怀抱。她抚摸带着露水微笑的小草，她问候林间歌唱的小鸟，她采撷芳香沁人心脾的花朵装扮自己的容颜，她敞开美丽的心扉和神秘的大地悄悄私语。

突然，不祥的阴云飘过天边，几只黑鹰从天而降，其中那只巨大而凶恶的黑鹰王恶狠狠地把少女掳去，把她变成为一只白天鹅。

这一段情节表现主要是通过新排练的"高皮"技巧，以两个飞扬跋扈的黑鹰和魔术"变衣"，即黑鹰王通过变换服装瞬间把少女变成为白天鹅。

第一幕

（场景1：古堡惊梦　夜色星空下的欧罗巴大地，灯火阑珊的城堡）

一位王子从梦中知道了少女的遭遇。他为少女高贵的心灵、忧郁的气质和非凡的美丽所感动，那正是王子心神向往、魂牵梦萦的女神。他发誓要不惜一切去拯救少女。

王子喊醒了扮作小丑的随从，随从们在硕大的地球仪上穿纵跳跃，寻找东方的地理方位，确定通往东方的航线。随即，王子乘上华贵的马车带领随从毅然离开了城堡。

（场景2：风帆远航　忙碌的海港码头，即将远航的古帆船，桅杆林立风帆待举）

（"大球飞杆"的表演）历经风浪的水手，在高耸的桅杆上穿跃翻飞身轻如燕。随从们搬运行装收揽缆绳，他们喜悦地等待着随王子远航去神秘遥远的东方。

（飘摇的大海上，摇杆表演）瞭望水手攀上桅杆的最高处，通过望远镜观测远处的风云海浪和天边的陆地。"海浪女"飘逸的裙袂组成了浩渺的波涛。

（场景3：异国风光　巨大的航海舵盘和中间留有大圆孔的舵盘海图）

王子骑着骆驼从狮身人面像前走过，"流星球"的异国风情和壮丽的尼罗河风光没有能够挽住王子的身心；王子乘着大象从泰国宫殿走过，奇异的"滚灯"和东南亚美景没有能够留住王子的脚步；在东方大地，王子一行遇见了气势豪迈的"滚环"车队，他们指点了通往紫禁城的路途。

（场景4：东方紫禁城）

阳光灿烂的紫禁城，热情奔放的"草帽群舞"和奇特的"高跷飞人"组成了欢迎的人墙，王子一行感受到洋溢的真情。他要在东方寻找自己的梦幻。

忠实的随从一路艰辛却不时地插科打诨。

这一幕的情节表达是：（1）小丑在地球仪上找到东方的方位，王子坐上马车离开城堡；（2）王子和随从（小丑）登上帆船；（3）海图中间巨大的舵轮圆洞变换着王子骑着骆驼经过狮身人面像、王子骑着大象经过泰国宫殿的场景，表现时空的转换；（4）王子和小丑装扮的随从来到紫禁城。

实现这一幕运用的表现手段，或者说杂技的本体运用主要有：（1）地球仪上的表演运用了"地圈"节目的技巧、跟头的技巧，特别是过去获得金奖的"钻桶"节目的精粹在这里得到运用；（2）以全国比赛金奖节目"大球飞杆"节目精粹营造帆船出海前紧张繁忙的准备；以新创的"摇杆"表现航行在大海的意境；（3）在王子骑着骆驼经过狮身人面像时表演了完整的新创编的异国情调的"流星球"节目，在王子骑着大象经过泰国宫殿时，表演了东南亚风情的"滚灯"精粹，以金奖节目"青春的旋律——滚环"表现一路风尘鞍马劳顿；（4）到东方紫禁城时，是以进京为党和国家领导人演出的"丰收的季节——草帽"和新创编的"高跷飞人"、"小高跷"组合。

第二幕

（场景：天鹅湖畔　朦胧晃漾湖面，如烟似雾深处）

"小天鹅足尖过钢条"如同小天鹅悠游在平静的湖面；几辆"荷叶车柔术造型"恰似湖面漂浮的花朵，"猴儿翻身过钢条"、"荷叶滑板"营造了天鹅湖的生机。

一群天鹅"溜冰群舞"翩然而至，优雅流畅；"四小青蛙"活泼风趣，像是要和天鹅比美。

众里寻她千百度，王子终于找到了白天鹅，"对手芭蕾"技巧的部分展示，他们在天鹅湖畔互诉衷肠。

为了营造好这一幕艺术氛围，新创了"芭蕾足尖过钢条"、"荷叶车女子柔术造型"、"滑板"、"天鹅转吊环"等技巧；新创了"四小青蛙"华彩段落，还有大型"溜冰群舞"。这一幕主要烘托突出主角王子、白天鹅双人技巧，以及白天鹅、王子、黑鹰三人技巧。

第三幕

（场景：黑鹰王洞穴　枝桠纵横、盘根错节、蛛网高挂、众妖齐集）

王子寻找白天鹅闯进了鹰穴。

"蹦床小鹰"、"轱辘车小鹰"在自己的领地飞扬跋扈。

黑鹰王让各色的女妖诱惑王子。

"倒立八女妖"技艺奇绝；"独轮车双人技巧西班牙舞"风靡山洞；"扔球女妖"灵巧轻盈；"鹰蛇柔术"妖冶万状。黑鹰王尽力施展魔力。一会儿把白天鹅变黑天鹅，一会儿把黑天鹅变白天鹅。王子被黑天鹅吸引，黑鹰王计谋得逞。

这一幕运用了较多的杂技节目，新创了很多新节目新技巧，其中有获得金奖的"男女现代软功"、"生命之灵——倒立技巧"，新创编的"小鹰蹦床"、"独轮车西班牙舞"，特别是新创编了很多魔术情节，有"鹰王座出白天鹅"、"飞羽毛"、"树桩出美女蛇"、"树桩白天鹅变黑天鹅"等。这一幕主角的双人技巧较多，不仅白天鹅，还有黑天鹅和黑鹰的双人技巧。

第四幕

（场景：天鹅湖畔　花开漫天）

湖面上弥漫着悲哀，白天鹅被蛛网所困，失去了自由，众天鹅为她焦急哀痛。天鹅湖畔，王子又看见了悲伤忧郁的白天鹅。他再次被激起了要用全部生命的力量拯救少女的崇高信念。

"抖轿子"表现天鹅奋起；"浪桥飞人"表现天鹅与黑鹰的抗争。

王子拼尽全力击溃了黑鹰王的阻挠，用"爱情之箭"消灭了黑鹰王。最后坚贞不渝的爱情战胜了黑鹰王的魔咒，白天鹅又变回为少女。所有的天鹅簇拥着为他们祝福，无数的鲜花怒放向他们微笑，王子和少女梦圆东方。

这一幕再次运用了天鹅群舞，主要突出白天鹅和王子的双人技巧的精彩展示，他们的足端技巧"单足尖肩上转体180度"、"单足尖站头顶阿拉贝斯"、"单足尖站头顶踹燕"等，在这里推向最高潮。新创节目有"浪桥飞人"，金奖节目"抖轿子"得到部分运用，营造了善与恶的抗争；创新技巧有"弹皮黑鹰"，表现了恶势力的最后顽抗。

〔剧终。

精品剧目·杂技晚会

ERA——时空之旅

创意 艾瑞克

编导 黛布拉

情节主线

俊男和淑女是一对深爱着的恋人,因为种种原因而被迫分开,无奈中,两人约定如果有来生、有另一个时空的话,一定要认出对方,并且相守到永远。

目睹了他们故事的时空精灵和时间老人决定用穿越时空的魔法来帮助他们达成愿望。在这对恋人互相寻找对方的过程中遇到了很多阻碍,也看到了很多有趣的人和事,像外表健壮魁梧、内心热情善良的农夫等,最终一对恋人在众人的帮助下终于得以重逢在另一时空中,从此过着幸福快乐的日子……

——杂技晚会《ERA——时空之旅》 〉〉〉〉〉

序　幕

现代化的马戏城金碧辉煌。《ERA——时空之旅》广告、闪光、醒目……

观众在剧院入口处排队进场，在熙熙攘攘的观众大厅中，有一些身穿与常人不同的别样服饰的"观众"也在等候入场。这些"观众"与正常的观众间产生了许多有趣的交流，在充满期待的观众中，既营造了一种欢快融洽的气氛，又使观众产生一种不同寻常的奇妙的感觉。"这些人"有的好像是属于"过去的"，有的则是从未见过的……加上现实中的观众，正好暗示了将要演示的是"过去"、"现在"与"将来"的时空之旅。

当观众步入观众厅时，那种奇妙的感觉会愈来愈强……

舞台上有一堵高达六米，直径十一米的巨大的玻璃圆墙，它那巨大的圆形镜面将观众厅里的一切尽收其中……

剧场里坐着的观众、站着的观众、走着的观众、说话的观众、沉思的观众……与镜子里的观众交叠在了一起，它是静与动、实与虚、远与近的互动，暗示了海派文化的宽广胸怀……

多媒体背景：舞台的两侧高耸着两座建筑：一座是上海传统的典型的石库门，一座是欧式建筑，现场演奏的中西乐队就在其中为演出伴奏，中西合璧的建筑、音乐，展现出上海特有的多元文化交融、互相辉映的独特魅力。

在演出大厅的左边，大家听到了市场的人们在交易时的沸腾声，从右边又听到了汽车开过时的喇叭和马达声，在中间的远处又隐隐地听到了吴侬软语的叫卖声……

从入场起，面对这一切，观众们感觉到自己似乎与"过去的"、"未来的"已处在同一个"现代"的空间……

　　灯光渐暗，音效渐轻，寂静，漆黑……

　　"序幕"结束，"时空之旅"起程展开……

一　时空镜幻——倒立造型

　　多媒体背景：幽光闪烁的玻璃圆罩，隐隐约约显现出圆罩中的地面上，雪白、金黄的花瓣层层开放，身穿素色服装的少男少女团团而卧，如静止不动的雕塑，如远古甜美的梦境正在慢慢展开……

　　在轻柔委婉的歌声中，在巨大的玻璃圆罩的笼罩下，原本如雕塑般静止的少女忽然苏醒了过来，她用右手支撑着身子，轻缓地竖起了单臂倒立。少女用她那柔而有力的肢体做出了各种婀娜的造型。只见她右手支撑着倒立的身体，左手挽起了一条腿挽向了自己的头部之上，形成了一个优美的倒劈叉的动作……在缓缓的音乐声中，少女支撑着的立拐连同立在立拐之上的少女的单臂倒立的造型被一个立柱慢慢地托向了三米高的半空中，圆柱体随风摇曳，少女玉树临风。在高高的圆柱体之上，身轻如燕的少女做出了一系列优美而高难的单臂倒立的造型，那是获过国际金奖的倒立技巧……忽而如游鱼戏水又呈出浴芙蓉之态，纯洁、无瑕，在多媒体光影的配合下，如诗如梦，将人们一下子带进了如仙如醉之境……

二　时空转换

　　灯影渐暗，随着悠扬音乐的远去，少女优美的身影在巨大的玻璃罩之后渐渐隐去。

　　多媒体背景：在一阵激烈音乐的激荡下，玻璃圆罩后方巨大的幽洞中，一束天籁之光直射其中。流动的浦江夜景如跳跃的音符，幽蓝的背景光影如入太空之境。

　　音乐歌词：我不知道路在何方　　　夜阑无寐　　　踏着夜色寻找

——杂技晚会《ERA——时空之旅》 〉〉〉〉〉

人说幽灵夜深吟唱　　那是祖先的声音
在向我传递神秘的信息　祖先的血脉
越过千山万水　　　　在我的血管里　汨汨流淌
如先知的声音　　　　引导我走向光明

一大群身着远古服饰的演员,他们沿着巨大的玻璃罩逆时针方向飞奔……此时,另一队身着各种时装的骑着时尚自行车的演员,飞驶而上,沿着巨大玻璃罩的外沿顺时针方向绕起圈来。在此同时,巨大的玻璃罩缓缓地、神奇地向空中悬起,渐渐地隐没在了苍穹般的剧场之顶。而地面上,骑自行车的演员、着远古装束的演员,从正反时针方向旋转渐渐融为一体,交互穿插、忽左忽右、忽内忽外,相互对换,穿梭般变化万千的队形中,在多媒体变幻不定、如魅如影的灯光背景下,在神圣崇高肃穆的气氛里,给人以远古与现实、将来与过去时空交替的暗示……又似乎让人们感悟到历史与现实、现实与未来,那些个说不清、道不明的联系……

时空精灵来回穿梭,仿佛带走了时间,一下子从古代转换到了现代,穿着远古服饰的演员们慢慢脱下了身上的长袍,换上了现代摩登的服饰,时间老人推着木轮平板车从台中间走过,收集起脱下的古袍,仿佛载着历史的沧桑、沉重、缓慢地离去……

俊男和淑女在人群的两边两两相望,仿佛前生的约定、旧日的夙愿,明明从未相遇,为何却感觉莫名的熟悉……

三　古彩新韵——古彩戏法

多媒体背景:幽暗天际、参天古树,犹如古老的中华文明盘根错节、枝繁叶茂……

一位着宽大长袍似巫、似幻、似仙的古者,迈着方步,一摇一摆地踱至街中,街头站着一群现代青年男女,他们好奇地看着古者,只见古者忽地挥动魔毯表演起了神奇搬运大法。

一只只明晃晃的玻璃碗满载着晶莹清洌的圣水,被一碗一碗地凭空从魔毯中变了出来，围在一旁的行人，不断击掌喝彩，顺手接过了玻璃水碗，平放在了地上，并在水碗中点燃了神秘的烛光。

忽然，古者在魔毯中又变出一座晶莹剔透的玻璃水塔，水塔层层叠叠都可分开。古者下蹲，从长袍内又变出几十斤重的盛满清水的大海碗。

继而古者脱下长袍，着一身玄色短打服装，身上无一藏掖，只见古者就地一翻滚便从魔毯中变出了一盆熊熊燃烧的火盆。从中华古老的神秘的变化腾挪之术中，体现了神州水火相生又相克的古老辩证观念……

古者最后用魔毯朝空中一挥，霎时，天降甘霖……

多媒体背景：舞台上突然出现了高八米、宽十八米的壮观奇妙的大型水幕。

四 碧波轻舟——晃板踢碗

在"飞流直下三千尺"般的水幕上，一幅江南水乡的夜景映入眼帘。水幕中间出现了飘飘忽忽的一个个光体，那就是中国古代文明的至宝——司南。随着司南的清晰，我们看到的司南化作了一只荡漾在碧波之上的小船。小船上坐着一个"渔女"，立着一个"渔夫"，"渔夫"用篙轻点小船，驶到了舞台中央，在多媒体灯光的变换下，一池碧水、两岸杨柳的景色顿时化作了司南的大标盘，大标盘上甲乙丙丁、东南西北的标示清晰可见。就在这摇摆不定的司南船之上，"渔夫"深情地望着"渔女"，取出了一只圆形管状道具，横放在船上来回滚动，在管状道具上放一块木板，在木板四角上又扣放了四只玻璃杯，玻璃杯上又摞了一块木板，这还不算，渔夫在木板四角上又扣放了四只玻璃杯，如此叠摞三层，"渔夫"对着"渔女"深情地一笑就勇敢地跳了上去，表演起国内难得一见的高难技巧节目《晃板踢碗》，只见"渔夫"在一只横卧滚动的圆管上高摞着四块木板，十二只玻璃杯，然后单足立稳，在不停的晃动之中，用另一只脚把一只只碗、杯、匙准确无误地踢到自己头上稳稳地承接住，那高超的晃板踢碗绝技——如"正反相扣叠摞踢四碗"等，让观众看了之后思绪良久……

而久久留恋在这江南、"司南"的美丽的"晃动"之中,更让人惊叹于中国"四大发明"的伟大、中华民族古老文明的灿烂神奇。

多媒体背景:油画般的江南小镇,小桥流水人家,水幕隐隐约约出现了城市的脉动,水幕渐渐变成了银幕……

五 过场——农夫进城

多媒体背景:出现了一片乡村景象,一位身材魁梧、膀大腰圆、光顶的农夫在公路上飞快地骑着一辆三轮车,车上还载着一只大缸。随着多媒体背景的不断向前推移,景色从农村转变成了高架,又从高架来到了喧哗的都市中心……

幕布随着音乐慢慢升起,农夫与三轮车出现在了观众面前,欢快地向观众招手,虽然一身风尘,仍然兴致勃勃,仿佛感叹城市的霓虹魅影、高楼林立,也暗示着上海这个五方杂处的国际大都市、新移民的多元成分。

六 时尚戏圈——台圈

多媒体背景:层层叠叠的圆管,与舞台上的圆缸、圆圈、圆台相映成趣。圆中有圆、圆上有圆,世界是一个"圆"……

农夫将三轮车停在了台中央,把载在车上的大缸,倾侧卧倒,又将盖在缸上的布揭开,从一只大缸中缓缓地爬出一蛇形装束的少女,倒立着身体,爬到了后台,紧接着,接二连三地又爬出三位蛇形少女,都是倒立着身体爬进后台……

突然,农夫吹起了哨子,招来了一群穿着时尚服饰的年轻小伙子,生龙活虎地跳起了街舞。农夫又急急地吹起了哨子想叫一群小伙子停下,想不到哨声又引来了另一群时尚青年。两拨青年街头相遇,"一山不容二虎",不禁激起了竞争比赛的斗志,于是两队人马玩起了钻圈跳圈比赛的游戏,并请农夫担当比赛的裁判,要是有谁失误的,罚他就地俯卧撑十个。只见小伙子们,个个生龙活虎、你争我夺,表演了一系列荡人心魄的高难技巧,其中有单人跟斗穿圈、双人对手穿圈,还有集体对穿圈,更有甚者,竖放在桌上的圆形罗圈,还会随着桌上的机械装置,自动地360度地不停旋转,小伙子们更是把握了精确的时间差,丝毫不差地用高难度的翻腾技巧穿了过去。令人惊叹的是,农夫将圈一只一只地摞高,一直摞到了四只,加上桌子的高度,伸手一量,足有一人一手还要高。农夫将高高重叠的四重圈也平转了起来……只见一小伙说时迟那时快,一连翻了好几只连续筋斗,最后纵身一跃翻了个360度转体后空翻稳准地穿过了高圈。

在一群少年们激越奋进的呼号声中,两队人马"不打不相识",握手言和,演出达到了一个高潮……农夫满怀激情地目送着这群天真、活泼、时尚的少年们远去,是欣赏,更是寄望……

跳跃的节奏、激烈的动作,也喻示了不懈进取、友好竞争、和谐共进的时代精神。

七 千古绝顶——花坛

多媒体背景:刚才喧哗的街头,顿时宁静了,巨大的天幕上和圆形的场地上,出现了中国特有的景德镇青花瓷的精美图案和古代兵马俑威武雄壮的陶像。

农夫抱着一只青花小瓷坛,笑盈盈地走到了台中央。只见他手执青花瓷坛,只轻轻一提,头微微一迎,小坛子就稳稳地顶在了头上,然后,两手互掷互承,如车轮般转于两臂两肩及背之间。继而使出"苏秦背剑"、"张飞骗马"等高难技巧。其后,将坛置于脖后,不用双手,下蹲,猛地一立身、一甩头,将小青花瓷坛反弹到半空中,令人叫绝的是农夫并不用手承接,而是头迎花坛,又一甩头,花坛又稳稳地落在了农夫的脖后。如此三番,结束了小青花瓷坛的精彩表演。

观众报以热烈的掌声,但农夫演出并没有结束。

只见他又笑盈盈地抱出了一只十几斤重的景德镇大花坛。

只见他轻轻地将手平托坛底，用另一只手轻轻地拍了几下坛子，顿时琅琅声响如磬，观众会意地互相点了点头，认定农夫手中托的是一只货真价实的景德镇瓷坛。

只见他轻轻地将坛子一翻，手执坛沿，奋力一抛，十几斤重的大坛，直冲穹顶，眼看着大坛又将落回地面，农夫并不用手接而是一个甩头背接，大坛又稳地落在了农夫脖根处的背上。紧接着又做了一个骗腿，农夫又将坛沿口立起，稳稳地顶在了头上。继而做头顶坛沿口的各种高难技巧。开始用头微微颠动，使头顶的坛子360度水平转动。复而，头顶着坛子的方向不动，农夫自己却东南西北四面转向，煞是稳健……

农夫停顿了一下，继而又做了花坛中的最高技巧之一——头顶坛沿口颠换口沿。全场观众为之哑然。接着农夫舞动大瓷坛左右猛掷，瓷坛上下、左右飞腾，农夫转侧在坛阵之中，观者满眼见坛，不见其人。最后只见大瓷坛如一只横转的飞轮，稳稳地停留在农夫头顶上飞转……

农夫的舞坛表演技高艺精，展示了中华民族传统技艺的博大精深与精美瓷艺的完美结合，也体现了中国作为瓷器王国的深厚文化底蕴。

八　风拂柳丝——女子柔术

多媒体背景：芳草延绵连天碧，红花漫天尽朝晖。在无限美好的春光下，大自然万物复苏……

音乐歌词：我想起　　　　　　在汹涌的大海深处
　　　　　有一个秘密奇特的地方　那是一个小小岛屿
　　　　　是纯真的化身　　　　　安宁的象征
　　　　　心灵的伤痕　　　　　　在此得到安抚
　　　　　睁开你双眼　　　　　　专神凝视
　　　　　在黑暗中　　　　　　　有一线光明
　　　　　我想起　　　　　　　　一颗神秘美好的心
　　　　　被你泪汪汪的眼睛蒙住

游向你心灵的深处　　　　那里有宁静的归宿

装扮成蛇形的四位少女,不知何时从舞台四面地下的暗道中升上了舞台。之后,少女集聚在舞台中后方的一个圆形平台上,演绎了一组优雅高难的体现少女身姿柔美的集体造型。

只见少女：身如柔藤,柔中存刚。
　　　　　形若累卵,稳中见险。
　　　　　攀举推挪,举重若轻。

俄顷间：四女倒立相对,现匀称;

又顷刻：四女下腰相叠,现巧影;

音乐悠扬,造型如画、如梦、如幻,忽叠、忽垒、忽上忽下、忽左忽右……

极尽柔美之致,难言奇巧之形,让人心驰神往,流连忘返。

多媒体背景：多媒体灯光照出了四位少女的美丽剪影,人影、人形,形影相依、形影呼应,就如中国剪纸艺术般充满了灵动的视觉效果。

渐渐地、渐渐地,随着人们思绪的远去,四位少女随着旋转的大平台慢慢地、慢慢地隐向那深邃的"时空幽洞"……

九　过场——天外来客

多媒体背景：四周、地面的多媒体投影出了满天的星光点点,宇宙、银河的景象若隐若现,时空变幻不定,人类的时代变迁不过是宇宙中的沧海一粟……

音乐奏起了天外之音,穹顶上飘下了无数降落伞,伞下乘着由不同时代和空间来的人们,他们如同历史纪元的过客,匆匆地在人们眼前一现,而降落在地就又不知了去向。

十　生命之轮——大车轮

一只巨大的现代化的空中大转轮如同巨大的风车，从空中降了下来，同时又降下了一把银白色的降落伞，下面乘着一位穿银色太空服的人，落地后，正用传感器向太空报告消息……

巨大的空中转轮，开始旋转了，太空人一个一个跳了上去，表演了惊险、高难的"太空行走"、"太空行走跳绳"、"太空行走耍火棒"、"太空蒙眼行走"等令人惊悚的高难动作。空中转轮飞也似的加快了速度，在直径十几米的空中转轮上一下子跳上了六位"太空人"，随着转轮内外飞转，人们时而只见人影而看不到车轮，时而又看到转轮而看不清人影。

人影、轮风、轮风、人影，相互交换，惊险迭出，转轮将人们带入了宇宙的无限遐想之中……

猛然间，太空人一声齐喝，转轮戛然而停，同时空中飘落下一条巨大的白幕，将巨大的空中转轮与"太空人"一同遮挡了起来……

多媒体背景：转动的大车轮与背景上的多媒体投影交相辉映，层叠变幻，如时代的车轮滚滚向前、转动不息、生命不止……

十一　中场休息

多媒体背景：时光在电子投影的幕布上不停流动。在巨大的白色幕布上，多媒体灯光呈现出古钟、古表、沙漏、电子计时器。

伴随着钟的嘀嗒声、心脏的搏动声、沙漏的漏沙声，进行着倒计时，亦暗示了不同纪元的时空正在相互穿插，正在相互排异，正在相互浸润……

十二　流星异彩——水流星

休息过后，灯光渐暗。

黑暗中伴随着风声，从远际飘来了七彩缤纷的流星之舞，令人眼花缭乱，煞是壮观。原来是演员们舞动着"彩色灯流星"，从远处边舞边翻边变换着队形，走上场来。由于他们都身着夜行衣，所以场上只见流星七彩飞旋，而难辨人影。因此偌大的一个圆形场地上星火璀璨、耀舞八方。星光点点、风声习习，舞得满天灿烂……

演员们使劲轮耍流星，个个如执满月。每每空中对抛对接，又如流星落地。精彩、漂亮。

多媒体背景：幕布上、地面上投射出流星运行的轨迹，流光溢彩，巨大白色的幕布上又反投出一大一小时尚青年的身影，原来是时空精灵和现代青年正在随着激烈的时代音乐跳着街舞。顿时，流星之舞与现代街舞，影影相映，互为消息……

音乐歌词：来啊　来啊　　　　大家来参加天空的喜庆会

　　　　　新的一天即将来临　　全世界手拉着手

　　　　　黎明到来之前　　　　星星纵情欢舞

　　　　　星球邀请地球　　　　欣赏太空的舞蹈

　　　　　星球邀请地球跳舞　　新人骑着星星

　　　　　逍遥宇宙　　　　　　大家来吧

十三　凝聚瞬间——三人造型

随着音乐的渐弱，流星灯亦渐渐远去，时尚街舞之影亦顿时消逝去。乾坤又复平静。

在多媒体反投灯的照射之下，巨大的幕布上，出现了两位健美男士和一名婆娑女性的影子，这些影子忽而巍峨高大，如参天大树；忽而变小，如数尺侏儒。就在幻影大小高低的变换中，演员做起了力与美的《三人造型》。使观众看到了寻常难得一见的如此夸张放大或变形的特殊造型的身影。

倏忽之间，几十米高的白色大幕从天降落，三位表演造型的演员以正常人的形象出现在了幕后方的高大平台之上。

他们继而表演了《头上单手顶打滚》、《打滚顶》、《手举—抱腰分叉造型顶》等高难对手技巧。让观众欣赏到了幻影与现实的不同美感的人体造型之美……

多媒体背景：金色、红色的纸幕映现出多层次的绚丽效果。舞台投射出灿烂耀目的光芒，光影流动间，两旁多媒体投影出的两座充满古老神秘色彩的兵马俑塑像、背景投射的演员背影、多媒体投影投射出的延时表演影像与正在表演造型的演员相映成趣……

音乐歌词：梦境里　　　　梦见你　　　　　　从神话中向我走来

盼着你　　　　梦中的小奇迹

天地万物欢聚一堂歌颂生命的创造力

宝贵的奇迹

十四　过场——飞去来器

身体魁梧的农夫，又飞快地来到台上，手中拿着古老的狩猎、自卫攻防的工具"飞去来器"（这只用硬木片制成的十字形猎具，现在已经演变成自娱游戏的一种技艺表演）。

他先把"飞去来器"拿在手上像风车一样旋转了一下，乐呵呵地放在头边像电风扇一样迎着"飞去来器"传出的微风……

只见他手拿起"飞去来器"用手腕一抖抛掷出去，小小的十字形的木板制成的"飞去来器"滴溜溜地飞转着，像流星在观众头上盘旋一遭，又回到农夫手中。

观众正要为他精准的技艺而赞叹时，他继而又转换了一个方向将"飞去来器"用力抛掷出去,只见小小的"飞去来器"在观众头上盘旋着飞去,转了一大圈之后,农夫用手去接,只见"飞去来器"像直升飞机的机翼一样稳稳地停立在了农夫手上,飞快地旋转着。

大家似乎又回到了远古时代,看到了我们的祖先灵巧地驾驭生产工具——"飞去来器"的能力……

十五　龙腾虎跃——跳板浪桥

多媒体背景:上海城市中俯首可见的建筑工地景象,大吊车、打桩机,伴随着画面,建筑工地上嘈杂的轰鸣声隆隆而响。这是一个不断建设中的上海,一个不断发展的上海,蓬勃向上的氛围中,仿佛明天更高、更强、更美的城市形象就要跃然而出……

一队朝气蓬勃的青年男女,一拥而上,布满了舞台。舞台中央支起了一个"浪桥",又放着一架"跳板",顷刻间小伙子们利用"浪桥"的惯性,把自己抛向半空,在空中翻腾了好几个筋斗,又准确地落在了"跳板"的一头上,利用自己的加速压力将站在"跳板"另一头的小伙儿弹上了九霄,使他在空中九转十八旋地翻了个高难度的转体跟斗又落在了早在那里组成三截人梯的小伙子们的肩膀上。这一切,做得又稳又准。这是他们正在表演上海杂技团的看家和不断创新的节目《大跳板与浪桥》,它在全国杂技赛上获得过金奖第一名的好成绩。

只见他们气宇轩昂、英姿飒爽,不断展示他们那独创的绝活儿,《直体四周》如燕翻飞;《转体1440度旋翻》又似鹰击长空;而《单腿高跷720度旋翻》又好似仙鹤展翅直上九天。都市的今天,传承勇敢、活泼、奋进、探索和热情……

姑娘们伸展了身姿,小伙子敞开了胸怀,在跳板的跳砸吼声中,在浪桥那冲破一切阻力的威风中,雄壮、疾迅、威武、矫健、稳准,充满了阳刚之美。

在都市的背景下,在激越的音乐声中,一群充满朝气的现代青年,最后做了一个在竖起有近20米高的用两个人组成，中间用高杆支撑的承载体上，只见一小伙矫健翻身，轻巧、稳准地用《后空翻两周坐高椅》的惊险高超的动作结束了这个节目。

它，气势磅礴，震撼人心，令观者惊心动魄，仿佛时代铿锵的节奏、不断发展的脉动活力也在其中交汇……

十六　过场——奇异地球车

几声远处传来的雷声，带着雨声，使舞台暗了下来，在黑暗中，奇异的车子由一超时代装束的人驾驶着在场内绕行，车子在黑暗中不时地发射出五颜六色的荧光。更叫人疑惑不解的是，那辆奇异的车子，前轮竟是一只泛着迷人蓝光的地球……

车子在行进着，让人们敞开了无尽的遐想，从木轮的平板车到不同时代款式的自行车、三轮车，再到这奇异的地球车，这个车子是什么地方来的？是月球、火星？还是……它又代表了什么？车子的不断发展也是人类不断进步的象征吧……

多媒体背景：地面上由多媒体投影出蔚蓝色不断转动的地球影像，音乐浑厚幽远，地球车沿着地面上的地球影像不停旋转，是生命正在地球上不断衍生、不断进化、不断发展……

十七　壮志凌云——排椅

多媒体背景：映出了东方明珠和金茂大厦夜间灯火辉煌的高大形象。

一群演员每人手执一条板凳，来到了舞台上，并把板凳排列成了一个环形，时空精灵快乐地跳到板凳上，如走平衡木般在细窄的板凳上游走。随后，一位工匠收起时空精灵走过的板凳，搭叠起一个"大鹏展翅"的象形造型。"大鹏"的造型用十几条长条板凳搭叠，只见工匠横七竖八、左穿右插地巧妙搭成了造型，表现了中国传统工艺的精巧及高超形象的抽象艺术。

这时，时空精灵引出了一群女演员，她们带着椅子走上了舞台，看到工匠搭起的精巧"大鹏"，十分欣赏，一位女演员还爬上了"大鹏鸟"身上，做了一个杂技中的代表动作——倒立。

在工匠精巧优良的中国传统工艺制作理念影响下，女演员们决心用人体和中国的木椅也搭叠一组更漂亮、更壮观的造型。

多媒体背景：蓝色、红色、银色交织的纸幕，如皎洁的月光，如醉人的夕阳，如艳美的朝霞。

女演员们素白的服饰，在美丽背景的映衬下，显得更加高雅圣洁。

在舞台中后方，有一白色的高高的桌子立在那儿，桌上横立一把椅子，椅子上又斜着放了一把椅子，这把椅子只有两条腿着地，剩下的一个支点是用椅背靠着下面一把椅背。这些就是这个将要搭叠更漂亮、更壮观造型的基础，即所谓最稳定的底座了。

接着一名女演员先爬上了底座，请人递上了一把木椅，把木椅的椅背扛在肩上用一只手稳住又俯下身来用另一只手支撑在下面一把椅子的椅背上，组成了整个造型的基础（一个桌子、三把椅子，中间一位女演员），紧接着，另一位演员爬上了下面三把椅子之上，又叫人递了一把椅子上来，如同下面一位女演员一样，用肩扛上面的一把椅子又俯下身子用另一只手支撑在下面一把椅子背上。然后还有一位演员又爬上了第四把椅子，用同样的方法稳住了椅子，然后再一位演员爬上了五把椅子……又上了一位演员……又上了一位演员……一直上了六位女演员，七把椅子都用同样的方法，同样的动作叠砌。此时，观众远远看去，好似凭空一座高高的比萨斜塔，巍峨立在浦江之巅，又如危崖边的风动石，迎风微摆……

动作造型并没做完，已觉气象万千。

在紧张音乐的催促下，六位女演员从上至下地一位一位地竖起了倒立，如矗浦江之擎天柱，又似万笏朝天来……

参差排比的造型，体现精巧重复的连续图案美。巍峨擎天的高度和惊险体现了中华民族勇敢攀登、一览众山小的传统精神……

此时，工匠攀举起了板凳搭叠的"大鹏"高高地顶在了头顶，走到了舞台中央，似乎在说：中国正像传说中的大鹏鸟一样正在展翅高飞。

十八　翻江倒海——抖杠蹦床

多媒体背景：晴空万里，白云飞舞，花儿灿烂地盛放，红瓦屋顶下遮风挡雨的平静生活，阳光灿烂的日子，平凡却让人温暖。

一群身材矫健身着鸟形服饰的青年，出现在蹦床之上，蹦床一字排开直通后台天幕。蹦床之前有两位壮实小伙儿肩扛一根抖杠。

身着鸟形服饰的青年开始了蹦床的表演，他们越蹦越高、越蹦越奇、越蹦越美，在多媒体背景晴空碧云的映衬之下，如雀鸟高飞，似雄鹰翱翔。忽而一青年从蹦床一头连蹦连翻，直奔台前而来，最后一个前空翻如饿鹰扑食，双脚稳稳地落在了那根由两人肩扛的只有十多公分宽的抖杠之上。然后，又在抖杠上，连翻了好几个燕式后空翻，又连翻了一个后空翻两周，有惊无险地稳稳落在抖杠之上。

在强烈音乐的配合下，好几位着鸟形服饰的青年，在蹦床上越蹦越高，做出了连续翻腾，又做出不同花色跟斗的高难技巧。与此同时，天幕上的背景飞也似的向前推移变换。

多媒体背景：忽然多媒体背景整个运动了起来。偌大的云天背景以衔天地、吞浦江之势，吞云吐雾地快速旋转起来。

着鸟形服的演员，在如此壮丽的背景下，上下翻腾，如苍龙东海戏水，如海燕搏击长空……

多媒体背景：此时，多媒体背景又为之一转，成为了一条长长的时空隧道，飞快地向前推进，在空中翻腾的演员一个个一下子如入奔腾而又有巨大磁性的旋涡，要想生存就必须奋力与之搏斗……

猛然间，舞台穹顶上，坠下了许多飞鸟衣着的少女，在蹦极橡胶绳巨大的弹力下，上下飞翻，组成了一组又一组空中自由翱翔的壮丽景象。

台上、台下、台前、台后形成了一道独特的风景线——前面的斤斗腾跃翱翔，花样翻新，后面的背景飞速向前推移，令人眼花缭乱、令人心驰神往、令人遐想万千……这不正是我们追求的在高速发展的时空中令人神往的自由吗？

十九　过场——都市一角

多媒体背景：人来人往的热闹街头，每个人都在自己的轨迹上各自奔忙，两边的多媒体投影出窗框和栖鸟的剪影，看着双双对对的鸟儿和地上成双成对的人群，真是在天愿作比翼鸟，在地愿为连理枝，不知是有人在窗前看风景，还是看风景的人在看自己……

又回到了都市的一角，熙熙攘攘的行人，从街的一头走向了另一头，行人中，身材魁梧的农夫，拉着一车丝绸也缓缓地走到街心，由于车上的丝绸从车上落在了地上，他只得停下车来，整理落在地上的长长的绸子……

二十　时空之恋——绸吊

在农夫整理失落地上的长绸时，时空精灵又像音符一般跃出，同时也引出了俊男和淑女，他们一起停住了脚步，此时，不用任何言语，两颗心已经穿越时空走到了一起。

他们走上前去将农夫车上的长绸引吊上了半空。只见蔚蓝色的丝绸如通天之练、柔情之水，随风而摆。这对年轻的情侣，面对着柔软的绸缎，爱抚轻摩，禁不住将美丽的丝绸共同披盖在身上，缠绕在了一起……随着绸带的渐渐升高，悠悠然、飘飘然旋转于空中，飘浮于都市之上。只见俊男子如吴刚轻挽嫦娥，脉脉送递秋波；再看，淑女如浣纱西施，妩媚双眸，当空翩翩起舞。清风送爽、明月如盘，一对恋人如胶似漆，一会儿，彩绸缠腰，淑女倒挂，俊男吊下斜飞鹊。一会儿，交臂叠影，抱颈抚腰双飞燕。更惊看：双脚对挂成飘旋探海。楼影、月圆、星稀，真是：都市一时得幽境，天高地远梦芳华。

多媒体背景：俊男和淑女的影像由多媒体投射在了背景上，他们仿佛在雨中相遇、四目交投、欲言又止，终于，浓郁的爱意冲破一切阻隔，两人紧紧相拥，只要有爱，风雨中都是甜蜜。

此时，歌手也缓缓走上了台中，为一对爱侣唱起了一曲抒情唯美的恋歌。

音乐歌词：You and I touched the sky　　You and I can dream and fly

We are the same　　We are the one　　We always were...in love

Hand in hand we are wings of one love　　A bird takes flight

Heart of red　　Heart of white　　A full spectrum of light

Open hearts begin to dance　　They overflow with love, romance

Eternity makes love last forever　　Forever guided

Dancing with the sound and light

The precious sound's unbroken　　Nothing is spoken

We're free to be forever in love

Every thought I think of you　　Every move I make with you

Every beat in time with you

中文译义：你和我　　伸手触碰天空　　你和我　　梦想飞翔天际

我们形同一人　　我们永浴爱河

执子之手　　以爱为翼　　如鸟飞行

鲜红跳动的心　　雪白纯洁的心　　透射七彩光芒

敞开心灵　　舞动雀跃　　浪漫爱意　　满溢心中

生生世世　　让爱永恒

永恒牵引　　不离不弃　　光影流动　　轻舞长歌

坚定的誓言　　无声胜有声

天长地久　　永无止境

不知何时，柔情之绸不见了，留下这对情侣相拥而立，只有一束月光照在了他们身上……

二十一　彩蝶飞舞——转碟

　　清风、树影、塘边，一组手执竹签上转花碟的少女踩着圆场、踏着花步，走上场来。少女婀娜如摆柳，手舞花碟似蝶飞，真是一片夏夜荷塘风光……

　　多媒体背景：突然呈现出一个巨大的从太空中鸟瞰地球的图形——美丽、碧蓝、剔透的地球，它在少女、花蝶、树影、风荷中旋转，加上高难的转碟技巧……美轮美奂，是天上还是人间？

二十二　时空穿梭——飞车

　　手转花碟的少女，隐在了幽静的夜空中……

　　多媒体背景：巨大的地球图形转瞬变成了一只钢筋铁铸的，透着网状空眼的大钢球。多媒体幕后的背景又转换为五彩缤纷的都市景象。一部发动机的轰鸣打破了宇宙的寂静。

　　球内一身着秦王朝兵马俑式甲胄的武士，胯下的金镫竟是一辆现代的高速摩托车。武士甲饰红缨，看来是一名军官。只见他手中油门一扭，摩托车就飞速地在球体中盘旋飞驰着。军官在球体内先轻夹车身，潇洒地来了一个双脱手，让观众猛然一惊。接着他又爬上车身，做了一个"张飞探海"（一只腿独立，另一只腿向后抬起伸直，双手扶把，上身向前探），又赢得了一片掌声，最后，又急急加速回旋，一圈、二圈、三圈，忽地回转龙头，来了一个垂直90度的大回环，然后一个小转弯，猛地一刹闸，车子便稳稳地停了下来，只见军官回身挥手大喝一声亮相，赢得了个满堂彩。

　　之后，球门大开，军官驱车向前，引出了七位英武的甲胄武士，驾驶着摩托车，其中两位还是巾帼英雄呢。

　　在武士军官的带领下，英武豪迈的武士，驾着摩托，冲上二楼观众走道，开灯鸣号，接受了观众的检阅。

在直径6.5米的巨型钢球内，武士军官先带了一名小将表演了圆球双飞，他们先在球内横旋尾追，继而一加速，双双驶入了垂直90度的轨道，同速交叉上下翻飞，如同两只苍鹰搏击九霄，既惊险又壮观。

紧接着，钢球内又一武士驶进一辆摩托，形成三辆车横旋追尾，又一声喇叭号响，三辆摩托齐刷刷地同时驶入垂直90度轨道，三辆车同时交汇，如三颗流星，时合时分更是紧张耐看。

球门又一次打开，又一武士骑着摩托加入了飞行队伍，球体内人均占有的地方更小了，给表演的难度又加大了。又是横旋尾追，紧接着又一声喇叭号声，四辆摩托同时加速，同时垂直90度冲向球顶，像脱缰野马，奔腾无羁，四辆摩托同时上下翻飞，同时会车，看上去犹如：广场四射的喷泉、节日盛开的礼花，美丽、缤纷，但又令人惊怵、胆寒。

本以为节目已到高潮，可以告一段落。没想到在武士军官的指挥下，不停顿地继续表演，紧接着有：五车连续大回环、六车、七车、八车齐飞共旋，可以想象，在一个6.5米直径的球体内高速行驶着八辆飞驰的摩托，其间距紧蹙的程度可想而知的了。在大钢球中，八辆摩托此时灯火通明，犹如八颗流星，明光闪闪；速度像八支飞镖，势不可遏；隆隆的马达声，呼呼的风吼声，如雨疾雷劈，加上多媒体灯光缭绕旋转，大球体内已难分上下，不辨东西，又回混沌之中。恰似：金猴大闹凌霄殿，又如哪吒狂舞浑天绫，看者惊呆了，演者演绝了。

多媒体背景：在多媒体灯光的照射下，舞台上下一片火红灿烂，犹如火山。喷发的壮观，又如花火绽放的灿烂，光移影动，整个舞台都仿佛流动了起来。确实，这舞台就是一个内蕴轰烈生命的活火山，每一刻都能震撼天地。

高速、惊险、超绝、刺激、匪夷所思的表演令人心潮澎湃。创造民族发展的时代精神，令人热血沸腾、意气风发；古代武士、现代车骑，古代与现代在时空中相遇、相融，有古代文化的沉淀，才有现代文明的发展。也许时空之旅这趟旅途，也是古往今来，震古烁今的感官之旅、惊喜之旅、思想之旅……

"圆球"犹如一个地球，我们世世代代繁衍生息，为了美好，为了明天，奋勇前进，一年又一年，一代又一代……

尾　声

所有的演员都重新走上了舞台，在欢歌笑语声中，天花乱坠，在激越的音乐声中，全场激情满怀。此时，观众与演员之间正共同分享着《时空之旅》的美好，品味、惊喜和遐想……

忽然，落英缤纷，伸手去接时，才看清楚原来飘零如落花的纸片上还写着一句句与时间有关的箴言。

"光阴和爱情皆一去不复返。"

"时间可以治愈一切创伤。"

"相约时空之旅，缔结幸福之缘。"

"时间可以创造奇迹。"

时间也许是一把双刃剑，它不是舞台上的时空之旅，可以让人在时空中任意穿梭，它会让人衰老，让人生离死别，但也同样充满希望。每一分每一秒都在不停流逝，时间无可逆转，但总是相信会有更好的就在前方……

〔剧终。

图书在版编目（CIP）数据

国家舞台艺术精品工程剧作集/中华人民共和国文化部艺术司编.
—北京：文化艺术出版社，2007.12
ISBN 978–7–5039–3437–7

Ⅰ.国… Ⅱ.中… Ⅲ.舞台艺术–戏剧–简介–中国–2002~2007 Ⅳ.J809.276

中国版本图书馆 CIP 数据核字（2007）第 181122 号

国家舞台艺术精品工程剧作集

编　　者	中华人民共和国文化部艺术司
主　　编	于　平
副 主 编	蔺永钧　刘中军
统　　筹	胡　晋
责任编辑	王大鹏　陆明君　孙文刚　蔡宛若　胡　晋
责任校对	方玉菊
出版发行	文化藝術出版社
地　　址	北京市朝阳区惠新北里甲1号　100029
网　　址	www.whyscbs.com
电子邮箱	whysbooks@263.net
电　　话	（010）64813345　64813346（总编室）
	（010）64813384　64813385（发行部）
经　　销	新华书店
印　　刷	三河市国英印务有限公司
版　　次	2007 年 12 月第 1 版
	2007 年 12 月第 1 次印刷
开　　本	787×1092 毫米　1/16
印　　张	281
字　　数	3800 千字
书　　号	ISBN 978–7–5039–3437–7/J·902
定　　价	580.00 元（全12册）

版权所有，侵权必究。印装错误，随时调换。